Über dieses Buch »Der anspruchslose Titel dieses Buches gemahnt an irgendeine idyllische Geschichte. Man fängt zu lesen an und wird schon nach den ersten Seiten gespannt. Klar, sehr gut pointiert, untermischt von glänzenden Formulierungen, erzählt Theodor Balk von der Aufgabe, die er sich als antifaschistischer Journalist gestellt hat: Er will den Ursachen, die Hitler zur Herrschaft brachten, nachgehen und will den schlüssigen Beweis erbringen, daß am Ende einer solchen Entwicklung dieser zweite, dieser furchtbarste Weltkrieg steht... wie seinen Manuskripten ergeht es dem durchaus unerwünschten Theodor Balk in allen Ländern, die er durchstreift oder durchflieht. Kapitel wie die ›Reisen durch die künftigen Kriegsschauplätze‹ oder ›Préfecture, Fünfte Etage‹ sind meisterhaft in ihrer durchaus aufs Wesentliche zielenden Wahrhaftigkeit.« (Oskar Maria Graf in *Aufbau*, New York)

Der Autor Theodor Balk (i.e. Fodor Dragutin), 1900 in Zemun (Jugoslawien) geboren, gestorben 1974 in Prag, deutschschreibender jugoslawischer Schriftsteller, Dr. med. an der Universität Wien; seit 1929 Redakteur in Berlin an der *Linkskurve*; ab 1933 Exil in Paris, später Bataillonsarzt im Spanischen Bürgerkrieg, später Exil in Mexiko, 1945 Rückkehr nach Europa. Dieses Buch erschien erstmals 1943 in Mexiko.

Theodor Balk

Das verlorene Manuskript

Fischer
Taschenbuch
Verlag

Verboten und verbrannt/Exil

Ungekürzte Ausgabe
Fischer Taschenbuch Verlag 5179
August 1983
Fischer Taschenbuch Verlag GmbH, Frankfurt am Main
Lizenzausgabe mit freundlicher Genehmigung
des Gerstenberg Verlages nach der Ausgabe Mexiko 1943
Umschlaggestaltung: Max Bartholl
Gesamtherstellung: Hanseatische Druckanstalt GmbH, Hamburg
Printed in Germany
980-ISBN-3-596-25179-6

Inhalt

Es begann mit Stickstoff

Ich stehe auf Skiern. Auf einem kahlen vom Wind verwehten Hang. Eine Reihe von nackten Stöcken – die Wegmarkierung – führt nach beiden Horizonten und macht die Landschaft noch lebloser.

Der Himmel ist zerklüftet. Tiefe Wolken jagen über die vereiste Schneefläche. Unter mir quirlt beängstigend dunkler Dampf aus der Tiefe. Aus dem Deutschen Reich, das seit kurzem das Dritte sich nennt.

Ich warte auf Lobinger, meinen Quartiergeber. Heute früh, während ich schlief, hat er das Haus verlassen. Eines jener niedrigen Häuser, die in einem Talkessel Schutz vor den Wettern des Riesengebirges suchen. Den leeren Rucksack auf dem Rücken ist er nach Schmiedeberg aufgebrochen, das jenseits der Grenze im Dritten Reich liegt.

Nun soll er aus diesem Loch kommen, aus dem die beängstigend schwarzen Dämpfe heraufwirbeln, den Weg, den ich vor nicht langem selbst gegangen bin.

Jener Morgen, als Frau Sonia, meine Berliner Hausfrau, zu ungewohnter Morgenstunde mein Zimmer betrat – wie weit liegt das zurück, dabei ist es vor elf Tagen gewesen. »Herr Balk«, rief sie von der Tür her, »wir sind umzingelt«. Das »Wir« war der Laubenheimer Platz Nummer 6, eine Treppe rechts bei Binders, wo ich unangemeldet seit einiger Zeit wohnte. Es war ein Irrsinn von mir gewesen, als Versteck gerade die Künstlerkolonie zu wählen, die in der Nazipresse das Epitheton »die rote« trug und als Brutstätte des »Kulturbolschewismus« galt. Aber ich hatte keine Wahl. Um es ehrlich zu sagen, ich war zu bequem und nahm das erste Angebot, das von Binder, ohne viel zu überlegen an.

Ich stürzte zum Fenster. Ja, wir sind umzingelt. Schupoleute, auf jede zehn Schritte einer. »Auch der Hof ist umstellt«, sagte Frau Sonia, die noch immer ratlos in der Türe stand.

»Ich rasiere mich jetzt«, sagte ich, »dabei kann man am ruhigsten nachdenken.«

Während ich mich rasierte, kam ihr Mann in den Raum. Ich sagte ihm, daß ich die Wohnung sofort verlassen werde, um ihm keine Unannehmlichkeiten zu machen. Sollte man mich unten fragen, von wo ich komme, so werde ich sagen, daß ich mit ihm bis spät in die Nacht gearbeitet hätte – Binder war der Herausgeber einer Presse-Feuilleton-Korrespondenz und ich schrieb ab und zu für ihn – und dann zum Schlafen dageblieben wäre.

Vor dem Haustor hielt mich ein Polizist an. »Kommen Sie mit!« Er geleitete mich zu einem Auto, vor dem zwei Herren in Zivil standen. »Ihre Papiere«. Mein Papier war in Ordnung, ein guter und rechtsgültiger jugoslawischer Paß. »Danke«, sagte der Polizeiagent, »Sie können gehen.« Das ging ja glatt, dachte ich und schritt aus, lässig und ohne Eile, wie ein Mensch, der von seiner Unschuld durchdrungen ist, da rief mir der andere nach: »Einen Augenblick. Was haben Sie in Ihrer Aktentasche?« Ich kehrte um und öffnete bereitwillig meine Tasche. Drinnen waren einige Nummern der Binderschen Korrespondenz, die ich mir eigens als Alibi eingesteckt hatte. Sie wurden zu meinem Verhängnis. »So, so, Sie arbeiten mit dem Binder«, des Polizeiinspektors Stimme war auf einmal unangenehm interessiert geworden. »Mit dem Binder arbeiten Sie also. Dann muß ich Sie festnehmen.«

Ich wurde nun zu einem Überfallwagen geleitet, einem offenen Wagen mit Bänken. Ich nahm auf der hintersten Bank Platz, der erste Fang des Tages.

Der Empfang hatte sich noch gesittet gestaltet, als lebten wir noch in der Weimarer Republik. Bald sollte es anders werden.

Aus den Haustoren und hinter den Straßenecken des Laubenheimer Platzes tauchten von Schupoleuten geführt neue Opfer auf. Manche unversehrt, manche sich den Kopf haltend. Sie füllten die Bänke. Neben mir kam mein Hausherr und Arbeitgeber zu sitzen. Sein Krawattenknoten hing tief über die Jacke hinab. Das Taschentuch, das er vor seiner Nase hielt, war von Blut getränkt. Wenn er es abnahm, kamen die Trümmer einer einst schmalen und gebogenen Nase zum Vorschein. Wir sprachen kein Wort. Was, dachte ich, mag der Binder nur verbrochen haben, Binder, der sich so geflissentlich von jeder Politik fernhielt?

Es füllten sich die Bänke. Mein Freund Thomas der Schauspieler, und noch ein Schauspieler. Ein Maler. Ein Verleger.

Ein dürrer alter Mann, den ich nicht kannte, und der so zitterte, daß er die Zigarette nicht zum Mund führen konnte. Der bekannte Individualpsychologe S. M. Fast alle Spuren von Schlagwerkzeugen auf den Gesichtern und Kleidern tragend.

Feuerwehr war inzwischen vorgefahren. Nicht um den Brand zu löschen, der aus einem kleinen Scheiterhaufen, genährt von Fahnentuch, Gemälden und Bildern vor uns dahinbrannte, sondern um mit hohen Leitern durch die Fenster in verschlossene Wohnungen einzudringen.

Die Prügeltracht, die der eine und der andere bei seiner Verhaftung abbekommen *hatte,* schien unseren Wächtern ungenügend zu sein. So kletterten sie auf den Wagen, ein Schupo- und ein SA-Mann und schlugen uns mit ihren Gummiknüppeln auf die Köpfe, was immer wir auch taten, was immer wir auch zu tun unterließen. Der Schupomann stand bei dieser Verrichtung dem SA-Mann nicht nach, er gehörte dem Kommando zur besonderen Verwendung des Obersten Wrede an, einer aus Nazipolizisten nach dem Machtantritt Hitlers gebildeten Stoßtruppe. Und je höher die Sonne stieg, je trockener unsere Kehlen und je feuchter unsere Stirnen wurden, je mehr Leute sich um uns sammelten, um so wilder handhabten unsere beiden Wächter ihre Schlaginstrumente, um so unflätiger wurden ihre Worte.

Das Publikum verhielt sich in seiner Mehrzahl schweigsam. Ich sah Lola, Thomas' Frau, ich sah Fräulein Tillinger, bei der ein Teil meiner Bücher untergebracht war, ich sah Bekannte und Verwandte der Opfer. Ihre Gesichter waren leblos wie Masken. Nur durch die Öffnungen zwischen den Augenlidern drangen nach außen Strahlenbündel, die Leben verrieten, ein durch Angst und Panik gelähmtes Leben.

Es gab im Publikum auch einige Bösartige. Um ihren Beifall warben unsere Dompteure. Da war ein sehr sorgfältig gekleideter älterer Herr, der mit zittriger Hand seinen Spazierstock gegen uns schwang. Es schien, als wäre er einer der frühen Georg Grosz'schen Zeichenmappen entsprungen. Dann war da ein Schauspieler, der mit Tragödenstimme die Anwesenden aufforderte, diese dreckigen Juden, das waren wir, an die nächsten Bäume zu knüpfen. Er näherte sich uns und hob schon die Hände, um Binder aus dem Wagen zu zerren, niemand machte Anstalten, ihm dies zu verwehren, aber es stand ihm auch niemand bei. So ließ er die Hände wieder sinken.

Noch hatte es sich nicht überall herumgesprochen, daß das

Töten von Juden und von Roten eine nationale Tugend sei. Noch hatte sich des Schauspielers Feigheit mit der Feigheit der anderen nicht zum Heldentum vereinigt. So blieb er in der Geste stecken, wie auf der Bühne.

Bald wird er diese Schüchternheit abstreifen und ein neues Kleid, ein braunes oder ein schwarzes, über seine eigene Feigheit stülpen. Und er wird nicht mehr in der theatralischen Geste stecken bleiben, er wird Menschen, wie unsereinen, aus den Wagen schleifen und mit ihnen in den Columbiahäusern Inquisitionstragödien auf realistisch spielen.

Nein, es hatte sich in jenen Tagen noch nicht genügend herumgesprochen, was für eine Zeit für Deutschland angebrochen war. Und so geschah es, daß eine Frau in der Menge zornige Worte ausstieß, so überstürzt und mit so heiserer Stimme, daß ich nur den Sinn und nicht die Worte verstand. Im nächsten Augenblick entschwand sie unseren Blicken, hinter den Rücken der Schupo- und SA-Leute.

Ein Postbeamter kam nun des Weges, der vielleicht gar nichts Böses im Sinne hatte, der uns aber mehr Schläge einbrachte, als der Schauspieler und der ältere Herr zusammen. Der Mann hielt einen Foto-Apparat vor sich und wollte uns in verschiedenen Ansichten fotografieren. »Hüte ab!« befahl hinter uns der Schupomann. »Lächeln!« »Nach rechts schauen!«, so ging das immerfort, und wie schnell wir auch das von uns Geforderte verrichteten, unser Dompteur gab sich nie zufrieden.

Schlimmer als die Prügel war die Scham. Die Scham, daß wir taten, was zu tun uns unsere Dompteure hießen: die Hände zum Hitlergruß heben, die »Wacht am Rhein« singen, Heil Hitler rufen. Es ist wahr, wir taten es nicht auf den ersten Befehl, nicht nach den ersten Schlägen. Aber immerhin.

Scham auch für manche aus dem Publikum. Nicht für den älteren Herrn, der in seiner zittrigen Hand den Spazierstock schwang, – und erst recht nicht für den Schmierentragöden, der von Bäumen und Anknüpfen deklamierte – für den Postangestellten, der auf dünnen Beinen vor uns mit seinem Foto-Apparat herumhüpfte, ein Lächeln auf dem Gesicht, halb verlegen, halb geehrt.

Die Nacht verbrachten wir in einer Sammelzelle des Polizeipräsidiums, auf dem Alexanderplatz. Nach Mitternacht wurde ich zum Verhör geholt. Der Kommissär, der mich verhörte, war korrekt – es gab in jenen frühen Tagen des Dritten Reiches noch alte Beamte am Alex. Ich wußte, wenn ich in dieser Nacht nicht freikomme, so werde ich nie oder nur nach vielen Jahren freikommen. In diesem Rummel der Massenverhaftungen werden sie keine Zeit haben nachzusehen, ob über mich ein Akt in den Archiven besteht. Bleibe ich hier, so werden sie den Akt finden und darin die Geschichte mit Leuna, die ihnen sehr mißfallen wird. Dann bin ich geliefert.

Diese Einsicht in die Gefahr machte mein Denken kalt, und präzis, als ginge es nicht um meinen Kopf. Ich benahm mich wie ein irrtümlich verhafteter Diplomat. Bestand darauf, meinen Gesandten zu sprechen, der, wenn man mir glaubte, mein bester Freund war. Ich forderte, daß man meinen Rechtsanwalt, den ich nicht hatte, auf der Stelle verständige. Je eindringlicher ich wurde, um so versöhnlicher wurde der Kommissär. Schließlich eröffnete er mir, daß er mich, in Anbetracht der guten, ja freundschaftlichen Beziehungen zwischen der neuen Reichsregierung und meinem Lande, in Freiheit setzen werde. Allerdings, unter einer Bedingung: falls man in meiner Wohnung, bei der Haussuchung, die morgen früh gemacht werden sollte, nichts Belastendes finde.

Man fand nichts. Meine Freundin, die seit Wochen allein in unserer Wohnung im Norden der Stadt wohnte, war für gestern Abend mit mir vor der preußischen Staatsbibliothek verabredet. Ich kam nicht. Sie wartete. Aus Langweile kaufte sie sich den »Angriff«. Die Schlagzeile sprach von der gelungenen Polizeiaktion in der Künstlerkolonie. Auf dem Foto, das da abgedruckt war, fand sie mich. Sie eilte nach Hause und säuberte die Wohnung gründlich, entfernte alle verdächtigen Bücher und Manuskripte.

Man fand also nichts. Ich war frei.

Am Abend bestieg ich am Bahnhof Friedrichstraße einen D-Zug nach dem Süden. Um sechs Uhr morgens war ich in Schmiedeberg, am Fuße des Riesengebirges. Endstation. Alles stieg aus. Das Grau eines Wintermorgens lag über dem Bahnhofsplatz, als ich das Gebäude verließ. Kein SS-Mann, kein SA-Mann war zu sehen. Weder hier noch vorhin auf dem Bahnsteig.

Eine vergangene Ruhe umhüllte mich. Die Ruhe der alten Provinz. Die Ruhe des Schnees, der meterdick und watteweich die Dächer, die Gärten, die Felder jenseits des Schienenstranges bedeckte.

Nur meine Schritte klangen in diese Stille hinein, knirschende Schritte auf dem vereisten und von vielen Rad- und Schlittenspuren gezeichneten Fahrweg.

Brüsk und ohne Übergang war ich in diese Stille hineingeraten, aus dem ratternden D-Zug, aus den nächtlichen Gesprächen zufälliger Mitreisender, aus der Sammelzelle und dem Überfallwagen des Berliner Polizeipräsidiums, aus der Großstadt Berlin mit ihren Umzügen und Siegesfeiern.

Den Weg kannte ich. Ich war ihn schon viele Male gegangen, allein und mit Freunden, hinauf zu den Schneefeldern des Riesengebirges und wieder zurück.

Diesmal jedoch sollte es nur hinauf und nicht mehr zurück gehen. Diesmal galt meine Reise nicht dem Skiterrain, sondern dem Terrain schlechthin. Diesmal war meine sportliche Kleidung Vorwand, meine Skibretter kein Sport-, vielmehr ein Verkehrsmittel. Ich selbst kein Ausflügler, sondern ein Mensch, der im Begriff war, aus dem Lande, in dem er lebte, zu verschwinden – ein Emigrant.

Ein Emigrant, nicht zum ersten Mal. Vor einigen Jahren hatte ich Jugoslawien verlassen, als in einer Weekendnacht unser König die Konstitution in den Papierkorb warf und sich zum Diktator ausrief. Diesmal verließ ich mein Asylland. Und wenn Jugoslawien auch das Land war, in dem ich geboren, in dem ich meine Kindheit und Jugend gelebt hatte, mein heutiger, dieser zweite Schritt schien mir folgenschwerer zu sein, als der vorhergehende.

Größer war diesmal der Einsatz. Größer die Folgen. Dieser Coup Hitlers drohte auf Europa niederzufallen, auf die ganze Welt.

Neun Tage sind es her, seit ich diesen Weg hinaufstieg, an den Kiosken mit Ansichtskarten und holzgeschnitzten Briefbeschwerern – »Zur Erinnerung an Schmiedeberg« – vorbei, an herrschaftlichen *Villen* und bescheidenen Bauernhäusern, alle noch mit verschlossenen Holzläden. Zur rechten Seite tauchte der Torbogen mit der Aufschrift »Bob-Bahn« auf. Ich schritt zwischen niedrigen Tannen, die Skibretter auf den Schultern, den Waldweg hinauf, der sich in die Höhe zu meinem Ziel wand.

Hier hatte sich die Stille noch dichter um mich gelegt, die Stille der Wälder, die Stille der Berge. Selbst der Schall meiner Schritte ward vom weichen und weißen Boden aufgesogen. Nur dann und wann raschelte es im Geäst, fiel mit einem hauchartigen Klang ein Schneeklumpen von einem überbelasteten Tannenzweig.

Ich wußte nicht, was mir an jenem Morgen war. Ich fühlte

mich müde, zerschlagen, krank, obwohl der Aufstieg erst begonnen hatte.

Vielleicht war es Hunger. Ich langte in die Tasche und biß in eine Schokoladerippe.

Es wurde mir nicht besser. Immer schwerer fiel es mir, meine Beine zu heben. Mein Herz pumpte in einem irren Tempo, bald setzte es aus, bald schlug es zwei Mal hintereinander.

Woran das liegen mag? Was ich jetzt zu vollbringen hatte, war doch eher ein bequemer Spaziergang als eine sportliche Leistung.

Alarmierend war diese Unordnung in dem Mechanismus meines Herzens geworden. Ich blieb stehen, steckte meine Skistöcke in den tiefen Schnee, lehnte mich an die beiden Griffkolben, schluckte weiter Schokolade mit Schnee, den ich von den Tannenzweigen abstreifte.

Ich raffte mich auf. Diese frühe Morgenstunde war die günstigste Zeit, um unbemerkt über die Grenze zu kommen. Aber schon nach den ersten Schritten trommelte mein Herz, als wären seine Klappen defekt geworden. Was kann das nur sein? Die Aufregung, die ich gestern und vorgestern ausgestanden hatte? Die Prügel und Schläge? Die beiden auf den Pritschen des Polizeipräsidiums und auf den Holzbänken des Eisenbahnzuges hingedösten Nächte? Die Demütigungen? Die Ohnmacht? Die Enttäuschungen?

Der Wald wich auf einer Seite zurück. Eine Lichtung öffnete sich. Auf einem steilen Hang stand ein alpiner Steinbau. Das war die Prinz-Heinrich-Baude, das letzte Haus auf deutschem Boden. Tausend oder zweitausend Meter weiter, und ich habe jenen imaginären Strich erreicht, zu dem ich strebe – die Grenze. Tausend oder zweitausend Meter weiter – und sie können mir nichts mehr anhaben.

Der Wind, der bislang nur durch die Spitzen der Tannen gepfiffen hatte, peitschte jetzt über das nackte Gelände, stach mit tausend eisigen Nadelspitzen meine Wangen, bedeckte meine Brillengläser mit undurchsichtigen Eislandschaften. Der Weg, der bislang mit einem bauschigen weißen Teppich belegt war, verlor sich nun auf dem glatten, vereisten und steil zum Himmel strebenden Hang. Ich glitt bei jedem Schritt aus, rutschte, keuchte, schwitzte, strauchelte, kam nicht vorwärts.

Nimm dich zusammen! In der Baude sitzt vielleicht Grenzpolizei oder S.A. Jetzt, wo du bis auf tausend oder zweitausend Meter an dein Ziel herangekommen bist, willst du jetzt alles auf das Spiel setzen? Raff dich auf! Eine Viertelstunde, eine halbe Stunde, und du wirst dort drüben ausruhen können, solange es dir behagt.

Jedoch ich konnte nicht weiter.

In der Baude vergewisserte ich mich mit dem ersten Blick, daß hier keine Gefahr drohe. Keine Uniformen, weder braune noch grüne, eine wohlig warme Gaststube, gedeckte Tische, die auf Gäste warteten, es war ja erst acht Uhr. Nur ein Paar saß da, nicht jung, nicht alt, in bunten Skihemden, und strich sich Butter und Honig auf die Schrippen. Und die hölzerne Treppe kam ein beleibter Mann in Filzpantoffeln herab, der »Einen guten Morgen« in den Saal schleuderte und von dem Paar als Antwort ein »Ach, Sie Langschläfer!« erwidert bekam.

Nein, hier wußte man nicht, was unten im Flachland vorgefallen war, wußte nichts von Menschenjagden, nichts von Todesängsten, nichts von den gemarterten Körpern, die aus der Hedemannstraße in die Sammelzelle am Alex geliefert werden.

Keiner der hier Anwesenden würde auf den Gedanken kommen, daß der Blutschorf auf meinen Lippen und die Schramme auf meiner Stirn nicht durch einen Sturz, vielmehr durch Faust- und Gummiknüppelschläge erzeugt worden waren.

Oder trügt dieser Schein?

Gibt es nicht immer und überall Menschen, die sorglos plaudern und Butter und Honig auf Schrippen streichen, dieweil unter ihren Fenstern Menschen gejagt werden und im Nachbarhaus Menschen Todesängste ausstehen?

Ist diese Gleichgültigkeit um des Nächsten Schicksal nicht Vorbedingung für den eigenen Erfolg und das eigene Wohlergehen bei jenen, deren Leben auf Erfolg und Wohlergehen eingestellt ist?

Unwissen oder Nichtwissenwollen, wie auch immer diese Indifferenz zu deuten war, sie kam mir in jenem Augenblick zu Gute. Von niemandem beachtet aß ich meine Omelette, trank meine heiße Milch dazu, zahlte, bewältigte den steilen Abhang besser als ich es erwartet hatte und fuhr schließlich ab, die nackten Stöcke der Wegmarkierung entlang, um die ich jetzt, neun Tage später, in Erwartung Lobingers, Slalom fahre, damit ich mich erwärme und die nervöse Ungeduld des Wartens eindämmere.

Jene Abfahrt war die schönste meines Lebens gewesen. Sie vereinigte die sportliche Freude an der Schnelligkeit mit dem

Gefühl des Gerettetseins, das ein Ertrinkender haben muß, dessen Füße festen Boden berühren – den festen Boden der Tschechoslowakischen Republik.

Was nun vorerst folgte, gehörte dem Alltag an. Die Weiterfahrt und die Ankunft in einem kleinen Gebirgsdörfchen, das ich von meinen letzten zwei Skitouren kannte. Die Unterkunft bei Lobinger, meinem alten Quartiergeber. Seine Einladung, auch ohne Bezahlung bei ihm zu bleiben. »Was haben Sie in Prag verloren! Bleiben Sie hier, so lange Sie wollen, und erholen Sie sich vorerst.«

Ich blieb, neun Tage lang.

Zum Guten oder zum Schlechten?

Bis vor einigen Augenblicken dachte ich, daß es zum Guten war.

Aber jetzt, seit einer Viertelstunde befürchte ich, daß es zum Schlechten war. Lobinger wollte spätestens um drei Uhr auf dem Rückweg an dieser Stelle sein. Jetzt ist es ein Viertel nach drei. Verschwunden sind auch die letzten blauen Streifen am Himmel. Das Loch, in dem Deutschland liegt, ist noch infernalischer geworden, der Wind heult wie im »Fliegenden Holländer«. Mein Slalom-Laufen erwärmt mich nicht mehr, der Hang ist zu flach. Von den Stöcken möchte ich mich aber nicht entfernen, ich könnte Lobinger verfehlen.

Neun Tage lang war ich Gast im Hause von Lobinger gewesen. Tagsüber arbeitete er unten, im Talgrund, in einer Spinnerei. Abends saß ich mit den Lobingers, mit ihm und ihr, in der Wohnküche und erzählte. Erzählte von drüben, wie es kam und warum es kam und was die Leute davon denken und was ich alles in Berlin gelassen hatte.

Ich hatte in Berlin alles gelassen, was ich besaß. Aber von allem, was ich besaß, tat es mir nur um ein Stück leid: um meine Leunamappe.

Diese Notizen, Aufzeichnungen, Interviews, Beobachtungen, erste Entwürfe, Auszüge aus alten Zeitungen und Zeitschriften, aus Protokollen und Jahresberichten bildeten den Rohstoff für eine Buchreportage.

Das sollte nicht eine Reportage, wie viele andere werden. Der Stoff, den Leuna erzeugte, war Stick-Stoff und Brenn-Stoff. Stickstoff aus der Luft, flüssiger Brennstoff aus Kohle.

Die Verfahren waren geheim. Und sie wurden gut behütet.

Meine Arbeit war also nicht ohne Gefahren gewesen. Ich bewegte mich in einer Zone, die ständig von der Betriebspolizei eingesehen war. Eingesehen war nicht nur die Fabriksiedlung Leuna selbst, sondern all die Hunderte von Weilern, Dörfern und Städtchen der Umgebung, aus denen die Arbeiter und Angestellten alltäglich mit der Eisenbahn, auf Autobussen und auf Rädern in das Werk kamen.

Betriebsspionage hieß der Paragraph, den man auf mich anwenden würde, wenn ich in die Hände der Polizei fiele. Vor kurzem noch wurden die Strafgesetze für dieses Verbrechen erhöht, das Höchstmaß, so weit ich mich entsinne, auf zehn Jahre.

Man konnte mich also zu zehn Jahren wegen Betriebsspionage verurteilen, obwohl das, was ich tat, nichts mit Betriebsspionage zu tun hatte. Ich war nicht nach Leuna gekommen, um zu erforschen, wie Stickstoff aus der Luft und Benzin aus Braunkohle gewonnen wird – darüber hätte ich mich weit bequemer, billiger und gefahrloser in der Staatsbibliothek in Berlin informieren können. Denn wenn auch das Verfahren ein Geheimnis war, so nur in den Einzelheiten. Die allgemeinen Grundsätze waren der ganzen Welt bekannt, und sie genügten mir.

Am Horizont, dort wo die Stöcke in den Hexenkessel versinken, der Deutschland heißt, taucht ein Fleck auf. Ein dunkler Fleck, der sich schnell vergrößert. Ein Mensch. Ein Skiläufer. Das könnte er sein, der Lobinger. Abbremsen die Freude, sonst wird die Enttäuschung bitterer. Ach, wäre er es, wie gerne verzichtete ich auf das Leuna-Manuskript, auf zehn Leuna-Manuskripte!

Er ist es nicht.

Unbekannt waren nur die Details. Eine Unmenge von Details, die in Tausenden von Patenten geschützt waren und den Leuna-Werken gehörten, die wieder Eigentum der I. G.-Farbenindustrie waren.

Aber auch um diese Details zu erwerben, wäre ein Spion nicht hierhergekommen. Und wäre er hierhergekommen, so hätte er sich nicht in Leuna sehen lassen. Nicht in Leuna, nicht in den umliegenden Ortschaften. Er hätte nicht die Arbeiter in ihren Wohnungen aufgesucht, sondern im besten Hotel von Halle seine Leute empfangen. Nicht mit Kohlenschippern und Verladern und Druckablesern und Mischern, und wie die Verrichter der tausenderlei Teilhandlungen heißen mögen, hätte er gesprochen, sondern mit den Ingenieuren und Chemikern der Versuchs- und Kontroll-Laboratorien. Denn was weiß schon der Arbeiter von dem, was sich in der Maschinerie vollzieht, die er bedient? Ich habe mit Dutzenden, mit Hunderten von Arbeitern gesprochen und jeder wußte nur über einige Handgriffe und Sinneswahrnehmungen zu berichten. Der eine, wie die Kohle umgeladen, der andere, wie das Wasser aus der Saale gepumpt wird, der Dritte, wie die Regeneratoren gefüllt, der Vierte, wie die Röhren abgedichtet werden, ein Fünfter, wie die Kohlenbrecher bewacht, ein Sechster, wie in den Hochdrucköfen die Atmosphären abgelesen werden. So vom Einrollen der Braunkohlewaggons bis zum Ausströmen des gelben Benzinsaftes und dem Ausfallen des weißen schwefelsauren Ammoniaks.

Die Leunaarbeiter, Robotern gleich, wissen von der Natur der Vorgänge, die sie erzeugen oder überwachen, nicht mehr als die Eisenwände eines Kühlturmes oder die Quecksilbersäule eines Barometers von dem wissen, was sich in ihnen vollzieht, von dem, was sie registrieren, wozu sie da sind.

Nun ist er dicht an mich herangekommen, der Mann, den ich für Lobinger hielt. Groß, schmal und blaß, das Gegenbild von Lobinger, der klein, gedrungen und rot ist. Der Kleidung nach ist das kein Sportler, ein Hiesiger.

Vielleicht weiß er etwas über Lobinger. Ich werde ihn ansprechen. »Guten Tag«, grüße ich, »haben Sie Feuer?« Ja, er hat Feuer. Ich biete ihm eine Zigarette an. Nein, danke, er rauche nur Pfeife. Das Wetter. Ja, das Wetter. Es würde heute noch schneien. Ob er es weit bis nach Hause habe? Oh nein, eine halbe Stunde Weges. Bis Petzer. Petzer, da arbeitet ja mein Lobinger. Ob er den Lobinger kenne? Wie denn nicht, heute noch habe er mit ihm gesprochen. Heute noch: eine heiße Welle schießt mir in den Kopf. Ruhig, Herz, noch ist nichts gewonnen. Und zu welcher Zeit denn, zögernd stelle ich die Frage, zögernd wie ein Kartenspieler die zuletzt gekaufte Karte aufdeckt. Na, in der Früh. Er sei mit Lobinger nach Schmiedeberg gefahren. Und nacher? Vor dem Hotel »Zur Schneekoppe«, wo der Alois Portier ist, habe er sich von ihm verabschiedet. Und nachher? Nachher habe er ihn nicht mehr gesehen. Und auch nichts über ihn gehört? Gehört? Was soll er über ihn gehört haben? Nichts, sage ich, ich frage nur so. »Na, grüß Gott, Herr!« – und weg ist er, der Mann aus Petzer und mit ihm eine Hoffnung.

Ich selbst habe einen Tag im Leunawerk verbracht, im blauen Overall und unter falschen Papieren. Das Risiko war groß, für mich und für den Arbeiter, der mir seine Betriebskarte lieh –

und es lohnte sich nicht. Was ich da sah, hätte vielleicht einen konstruktivistischen Maler inspiriert – dieses Gewirr dicker und noch dickerer Rohre, die auf dem Boden krochen und in die Höhen sich rankten, die schlanken Konusse der Rieseltürme, die ei-ovalen Ammoniaktanks, die wolkenkratzerhohen Kesselhäuser, die dreizehn sich ins Firmament bohrenden Schornsteine. In meinem Kopf aber mischten sich all diese Formen, Geräusche, Gerüche und Dämpfe zu einer Paste, betäubt verließ ich zu Schichtschluß den Betrieb.

Nein, wäre ich ein Betriebsspion gewesen, ich hätte alles andere getan, als das, was ich getan hatte. Was mich nach Leuna trieb, das waren nicht die Geheimnisse der chemischen Zeugung, das waren Dinge weniger geheimnisvoller Art, das waren die Menschen. Die Geschichte des Aufstandes, von dem ein Volkslied aus dem Jahre neunzehnhundertdreiundzwanzig zu berichten weiß: »In Leuna sind Viele gefallen...« Die Verrobotung der Arbeit. Das Denken dieser vierzehntausend Leunamenschen (es war den Nazis nicht hold). Das Gerücht, daß Leuna den Japanern Sprengstoffe liefere. Was mich nach Leuna zog, waren keine chemischen, vielmehr politische Geheimnisse. Geheimnisse der nahen Zukunft, die, eher als ich es damals dachte, Leuna zum Alptraum von ganz Europa machen sollten.

All diese Überlegungen hätten mir nichts genützt, hätte man mich erwischt. Selbst die Arbeiter, die ich aufsuchte, selbst sie blickten mich mißtrauisch an, wenn ich ihnen vom Zweck meines Besuches sprach. Und sie hätten sicher nie ein Wort gesagt, wäre ich nicht in Begleitung von Männern erschienen, die sie aus der Arbeiterbewegung kannten.

Und trotz meiner Akkreditierung durch verläßliche Genossen, muß einer, den ich sprach, nachher Angst vor der eigenen Courage bekommen haben. Ein Haftbefehl wurde gegen mich erlassen. Ich erfuhr rechtzeitig davon. Kehrte nach Berlin zurück und hielt mich bei Binders verborgen.

Dieses Haftbefehls wegen habe ich auch so überstürzt meine Reise nach dem Riesengebirge angetreten. Alles ist schließlich gut ausgegangen – bis auf die Geschichte mit Lobinger. Eine weitere Viertelstunde ist vergangen und kein Lobinger ist zu sehen. Hat ihn dieser Alois denunziert, der Portier aus der »Schneekoppe«? Hat die Post das Paket geöffnet? Hat man ihn unterwegs angehalten?

Dumm und kriminell, kriminell und dumm irgendwelcher Papiere wegen eines Menschen Leben auf das Spiel zu setzen.

Gut, ich habe ihn nicht darum gebeten, er selbst hat sich angeboten. »Schreiben Sie nur Ihrer Freundin nach Berlin«, hat er mir gesagt, sie soll Ihnen das Zeug gut verpackt und mit dem Vermerk »Achtung! Zerbrechlich!« zuschicken. An die Adresse Portier Alois, Hotel zur Schneekoppe. Alois ist mein Jugendfreund und entfernter Vetter. Ich werde ihm sagen, daß es sich um Schmuggelware handelt. Er ist überdies Zugführer beim Stahlhelm.«

Es ist wahr, ich habe dieses Anerbieten nicht sofort angenommen. Ich kam mit Einwänden, sprach von Gefahren, vom großen Risiko. Doch Lobinger wies alle meine Bedenken mit der Geste des Fachmanns von sich, eines Grenzlers, der Erfahrung im Schmuggel hat. Meine Schuld war es, daß ich zu leicht nachgab, der ich im Schmuggeln zwar keine Erfahrungen hatte, wohl aber mit den Arbeitsmethoden der politischen Polizei.

Tief unter mir, hinter dem beängstigend dunklen Gewölk, das aus der Niederung aufsteigt, liegt in einem Polizeigebäude oder in einer SA-Kaserne die Antwort auf meine bange Ungewißheit. Und noch tiefer ins mitteldeutsche Land hinein, unweit von der Stelle, wo anno Sechzehnhundertundsoundsoviel Gustav Adolf gefallen ist, liegt Leuna.

Der Welt besagen die Namen Krupp und Essen, Junkers und Dessau mehr, als der Name dieses Industriedörfchens. Wahrscheinlich, weil Kanonen und Flugzeuge eindrucksvoller sind, als der mehlweiße Ammoniakstaub und die gelbliche Flüssigkeit, die an allen Tankstellen zu kaufen ist, der Stoff, der Kanonen und Flugzeuge treibt. Vielleicht auch deswegen, weil Leuna auf keine so lange Geschichte zurückblickt, wie die Werke des Kanonenfabrikanten.

Leuna war noch Feld und Wiese, als es in den ersten Jahren dieses Jahrhunderts in dem Kopfe des Chemikers Fritz Haber aufgebaut wurde. Habers Überlegungen sind die folgenden: Die Luft besteht zu achtundsiebzig Prozent aus Stickstoff. Aber aller Stickstoff, den die Fabriken und die Äcker der Welt brauchen, kommt aus einem einzigen Lande, aus den Salpeterwüsten der chilenischen Kordilleren. Stickstoff ist Grundbedingung des Lebens – und des gewaltsamen Todes. Stickstoff im Eiweißmolekül – ist Leben. Stickstoff auf den Hängen der Kordilleren – ist Tod oder Leben. Der Salpeterdünger, der die müden Felder wieder zu Kräften bringt – ist Stickstoff. Das Dynamit, das den jungen Krieger zu Tod zerreißt – ist Stickstoff. Der gleiche Stoff schafft Leben und zerstört es, je nachdem, in welcher molekularen Zusammensetzung er zum Wirken kommt.

Den Lobinger wird er töten, der Stickstoff. Töten, wie manch anderen Unschuldigen, der nichts gestehen kann, weil er nichts zu gestehen hat. Himmel, könnte ich alles rückgängig machen!

Das Geheimnis des Luftstickstoffes ist es, daß er jede Verbindung meidet. Die Stickstoffmoleküle unserer Atmosphäre sind träge, reaktionsfaul, isolationistisch. Hier liegt das Problem, das zu lösen sich der Chemiker Haber in den Kopf gesetzt hatte. Jahre und Jahre war er auf der Suche nach einem Stoff gewesen, der das Stickstoffmolekül aus seiner Vereinsamkeit locken würde. Jahre und Jahre suchte er einen Vermittler, einen Katalysator, wie man das in der Chemie sagt. Er fand ihn. Mit Hilfe dieses Stoffs und hohen Drucks und Rotglut zwang Haber den Stickstoff sich mit Wasserstoff zu paaren. Das geschah in der Zeit, da die Okkupation von Bosnien, der Zwischenfall von Agadir, die Balkankriege Stoff für die Schlagzeilen der Presse lieferten, in einer für Europa kritischen Zeit.

Das Experiment war geglückt. Aber von den Glasröhren und Spritzflaschen der Laboratorien bis zu den Drucköfen und Kühltürmen von Leuna war noch ein langer Weg zurückzulegen. Diesen Weg ging der Chemiker Haber mit dem Techniker Bosch.

Nach Bosnien, nach Agadir und den Balkankriegen brach der Weltkrieg aus.

Der Gedanke, im Gehirn des Juden Fritz Haber geboren, wird in die Hände des Juden Walter Rathenau gelegt.

Im meinem Leuna-Manuskript liegt ein Bericht Rathenaus von Ende 1914. Es heißt da, daß die Salpetervorräte Deutschlands Mitte 1915 ausgegangen wären, hätte man nicht eingegriffen. Er, Rathenau, habe den Bau großer Salpeterfabriken in die Wege geleitet, die von der Privatindustrie mit Staatssubventionen errichtet werden und die Deutschland in wenigen Monaten unabhängig von der Salpeterzufuhr machen sollten.

Zehn Jahre darauf wird Rathenau ermordet, der Retter aus Deutschlands Salpeternot. Seine Mörder regieren heute das Reich. Der tote Rathenau und der lebende Haber, die den Grundstein zur deutschen Kriegsautarkie legen, sind heute in Deutschland geächtet.

Des Juden Haber Geheimnisse sind heute das geworden, was die Hitlerphrase nationale Güter nennt, Schöpfungen deutschen Erfindergeistes. In Wirklichkeit sind sie nach wie vor

Eigentum der I. G.-Farben. Der Staatsanwalt wird gegen Lobinger Anklage auf Landes- und Hochverrat erheben. Fünf Jahre. Zehn Jahre. Das Hackbeil. Werde ich je noch eine ruhige Minute verbringen können?

Neunzehnhundertsechzehn wachsen auf den anonymen Feldern und Wiesen des Dörfchens Leuna die Maschinen und Schlote, die aus der Luft Ammoniak erzeugen und bis zum Waffenstillstandstage die Schlünde der deutschen Kanonen und die Bomben der deutschen Fliegerei speisen.

Zehntausend Arbeiter, zwanzigtausend, es steigt die Ziffer der Arbeitshände in Leuna in Zehntausenden. Um Millionen aber steigt die Ziffer des Todes auf den Schlachtfeldern.

Die Privatindustrie, die auf Reichskosten das Ammoniakwerk Leuna aufbaut, ist die Interessengemeinschaft der Deutschen Teerfarbenfabriken. Leuna ist ihr erstes gemeinsames Werk. Sie ist das Kind, das aus der losen Liebelei der Interessen eine feste, unzertrennliche Ehe schaffen wird: die I. G. Farbenindustrie. Elfhundert Millionen Reichsmark bringen die Partner in die Ehe.

Aber es ist nicht nur das Geheimnis um den Luftstickstoff, das vielleicht in diesem Augenblick, da ich vergebens auf Lobinger warte, die Büros der Schmiedeberger Polizei und Staatsanwaltschaft aus ihrer kleinstädtischen Ruhe gerüttelt, und das, wer weiß, Anlaß zur Verhaftung Lobingers gegeben hat. In Leuna wohnt nicht nur das Geheimnis Habers, das Geheimnis des Luftstickstoffs, in Leuna wohnt auch das Geheimnis des Doktor Bergius, das Geheimnis der flüssigen Kohle.

Der Chemiker Bergius ging davon aus, daß Kohle und Rohöl gleichen Ursprungs sind. Beide haben die Farnkräuter und Urwälder vorsintflutlicher Zeiten zu Ahnen. Unter deutschem Boden sind die abgestorbenen Baumstämme hart und schwarz geworden und nicht flüssig und gelb, wie in Rumänien oder auf dem Kaukasus. Deutschland besitzt viel Kohle, mehr Kohle, als es gebrauchen kann, aber kein Rohöl. In der Zeit der Dampfmaschine machte dieser Unterschied in der Wandlung der Urkräuter nichts aus. In der Zeit des Brennstoffmotors war er zu einem entscheidenden Nachteil. Der Chemiker Bergius suchte die Natur zu korrigieren, suchte Kohle in Rohöl zu verwandeln.

Ich habe nun jede Hoffnung aufgegeben. Ich wollte noch bis halb fünf Uhr warten. Halb fünf ist vorbei. Doch ich verharre weiter, auf verlorenem Posten. Vor der Rückkehr graut es mir. Allein, ohne Lobinger vor die Augen der Frau zu treten. Eine

Nacht des Wartens mit ihr verbringen. Eine lange Nacht unter dem stummen Blick des allerprivatesten Anklägers.

Es hat zu schneien begonnen. In schiefen Strähnen jagen die weißen Flocken durch die Luft. Von den Stöcken der Markierung sind nur die nächsten zu sehen. Alle übrigen hat die opakgraue Dunkelheit verschlungen.

Das, was in diesem Augenblick da unten in einem Polizeiamt Gegenstand eines inquisitorischen Verhörs ist, das Geheimnis um die Gewinnung des Stickstoffs, das Geheimnis um die Verflüssigung der Kohle, ist auf vielen grünen Tischen Objekt eines internationalen Handels geworden.

Mal in Paris, mal in Frankfurt, mal auf einem Adriadampfer, mal in einem Ritz-Hotel trafen sich die außerordentlichen Gesandten der königlichen Royal Dutch Shell, der imperialen Imperial Chemical Industries Ltd., und der republikanischen Standard Oil, des französischen Chemietrustes Kuhlmann, der norwegischen Norsk-Hydro, der chilenischen Salpeterherrn mit den Abgesandten der I. G.-Farben. In ihren Aktentaschen trugen sie Patente, Checkbücher, ausgestellt auf Minister und Generäle, Abgeordnete und Senatoren, auf politischen Einfluß und militärische Macht.

Auf diesen Konferenzen wird die Welt aufgeteilt, Einfluß-Sphären und Märkte werden abgegrenzt, Preise festgesetzt, Patente gegen Anleihen getauscht.

Mr. Teagle, Oberhaupt der Standard Oil, einigte sich mit I. G-Farben. Das geschah in den zwanziger Jahren. Naturprodukt und künstlicher Stoff, Rohöl und synthetisches Öl, Materie und Idee, Gegenwart und Zukunft schlossen sich zur Standard I. G. Company zusammen. Die I. G. brachte die Patente, Mr. Teagle das Geld. Dreißig Millionen, vierzig Millionen Dollar. Die Experimente waren kostspielig. Auf dem Devisendünger der Standard wuchs in Leuna die Großstadt des synthetischen Benzin.

Es war das die Zeit, in der manche Nationalökonomen von Über-Imperialismus schrieben. Der nationale Imperialismus sei gestorben, sagten sie, und damit sei auch die Ursache von Kriegen gestorben. Die neue Internationale des Friedens sei die der Trusts. Diese Nationalökonomen hielten den Austausch von Patenten, Geld, Märkten, Machteinfluß und Aktienpaketen für den Zusammenschluß der Menschheit zum ewigen Frieden.

Da steht im Schneesturm auf den Höhen des Riesengebirges

ein Emigrant aus Deutschland. Er wartet auf den Mann Lobinger, der ihm sein Leunamanuskript bringen soll. Er wartet nun schon ohne jede Hoffnung, auch die halbe Stunde nach vier ist schon lange um. Er wartet mit der Hartnäckigkeit der Verzweiflung, mit verzweifelter Hartnäckigkeit.

Fern von ihm, über die Pässe des Riesengebirges, durch den Böhmerwald, auf den Gebirgspfaden der Alpen, über Rhein und Mosel, durch die Niederungen Hollands und Schleswigs wandern zur gleichen Stunde Männer und Frauen auf Schleichwegen aus dem Dritten Reich. Sie kommen, gleich ihm, mit leeren Händen. Das einzige, was sie mit sich tragen, sind einige Erkenntnisse und Einsichten.

Sie wissen, daß die Monate – oder vielleicht Jahre? – die nun folgen, schwer sein werden. Aber sie ahnen nicht, was diese Monate oder vielleicht Jahre alles bringen werden, an Enttäuschungen, an Überraschungen, an Paradoxen, an selbstmörderischer Blindheit und an verbrecherischem Hasardspiel. All dies liegt in dunkle Nebel gehüllt, die den einen von ihnen da oben auf den Höhen des Riesengebirges in diesem Augenblick einhüllen.

Alle Phantasie der Flüchtenden reicht nicht aus, um zu ahnen, welche Bedeutung eine Stadt namens München erlangen wird, welche völkervernichtende Kraft zwei Worte entfalten werden, die sie noch nicht kennen, die noch nicht geprägt worden sind, die Worte: Fünfte Kolonne.

Ganz in Weiß ist der Mann an der Grenze gehüllt, von den Augenbrauen bis zu den Skibrettern. Milchig-grau und opak ist die Welt um ihn geworden, Himmel und Erde sind in eins zusammengeflossen, ein aus dem Nichts in das Nichts ragender Stock und die Umrisse seiner Hornbrillenfassung sind die einzigen Konturen in diesem chaotischen Zwielicht.

Mit der unausgesprochenen Hoffnung, er möge nie den Weg nach Hause, nach dem Hause Lobingers aus diesem Chaos finden, schreitet der Mann auf seinen Skiern die Markierung entlang, Stock um Stock sich von der Grenze entfernend.

Mit ihm geschah, was mir in jenen langen Viertelstunden, da ich auf ihn wartete, ahnte. Das Paket kam beschädigt in Schmiedeberg an. Auf der Post entdeckte man, daß das zerbrechliche Zeug, das es enthalten sollte, Papier war. Die Polizei stellte die Natur des Papiers fest. Sie verhaftete Alois, den Portier des

Hotels »Zur Schneekoppe«. Alois gestand alles, was er wußte – er wußte nicht viel. Im Hotel »Zur Schneekoppe« legte man dem Lobinger eine Falle. Und in die fiel er an jenem Tag, da ich vergeblich auf seine Rückkehr wartete.

Drei Wochen später wurde Lobinger aus dem Gefängnis entlassen. Er schrieb mir nach Prag und lud mich in einem auffallend schriftdeutschen Brief ein, ihn zu besuchen. Der Schnee sei körnig und schön, prachtvolles Skiwetter, und ich könnte mein Manuskript leicht wiederbekommen, aber nur wenn ich persönlich käme, er wolle es um keinen Preis einem anderen in die Hand geben als mir.

Aber ich fuhr nicht hin, mein Manuskript zu holen. Denn unsere Freunde aus Lobingers Gegend hatten das Prager Flüchtlingskomitee davon verständigt, daß Lobinger seine Freiheit mit dem Versprechen erkauft hatte, mich lebend in die Hände der Gestapo zu spielen. Ich möge, schrieben sie, auf keinen Fall einer Einladung Lobingers Folge leisten. Ich glaube und will in dem Glauben bleiben, daß sie mich auf Willen und Wunsch Lobingers gewarnt haben.

Mein Leuna-Manuskript liegt in den Akten der für Leuna zuständigen Staatsanwaltschaft, mein Manuskript einträchtig neben meinem Haftbefehl.

Reise durch künftige Kriegsschauplätze

1

Liegen ist eigentlich verboten.

Laut Gefängnisordnung hat der Häftling von sechseinhalb Uhr morgens bis sieben Uhr abends auf seinem harten Hocker zu sitzen oder die Zelle auf- und abzuschreiten. Vier Meter hin und vier Meter her, hin und her und her und hin, zwischen Pritsche und Kübel und Tür und vergittertem Fenster (durch das man nur dann schauen kann, wenn man auf den Tisch klettert, was wieder verboten ist).

Ich liege trotzdem den ganzen Tag über. Eingehüllt in eine Decke, denn aus diesen dicken Festungswänden mariatheresianischer Zeit ist der Winter noch nicht ausgezogen, obwohl wir April schreiben, April 1935.

Ab und zu ist ein rostig-schleifendes Geräusch von der Tür zu hören: der Aufseher hat die Klappe zurückgeschoben und sieht durch den Spion, wie ich ganz unvorschriftsmäßig auf meiner Pritsche liege.

Es ist ein alter Aufseher, der Franta Ramus, wie ihn die Gefangenen nennen – was auf Deutsch, Franz der Lärmende bedeutet. Achtzehn Jahre Dienst in der Monarchie und siebzehn Jahre Dienst in der Republik liegen hinter ihm, zusammen fünfunddreißig Jahre, in denen er gelernt hat, das Leben auf einige Gesetze und Vorschriften der Gefängnisordnung zurückzuführen.

Daß Franta Ramus mich meine Untersuchungsgefängnistage so unvorschriftsmäßig verbringen läßt, ist weder auf seine Güte, noch auf neu erworbene Einsicht, noch auf den Einfluß kriminalreformerischer Ideen zurückzuführen. Nichts von alledem. Franta Ramus ist ein Mensch mit Schrullen. Als wir letzten Montag unsere Dusche nahmen – zwei Minuten dampfendheißes Wasser alle vier Wochen – da ergötzte er sich an dem Unwissen all der hier versammelten Schmuggler, Taschendiebe und Einbrecher, die da nackt und sprachlos vor ihm in der dampfenden Kammer standen und keine Antwort auf seine Frage wußten, was denn der Pythagoräische Lehrsatz lehre.

»Aha, Ihr *Gauner:* schwindeln, stehlen, betrügen, schmuggeln, einbrechen, mit dem Messer herumstechen, das ja. Aber was lernen, daß a quadrat plus b quadrat gleich c quadrat ist, das nein. Und nun schnell abtrocknen, aber dalli!«

Nein, es ist weder Güte, noch neu erworbene Einsicht, noch Einbruch moderner Ideen in dieses K. u. K. Strafvollzugsgehirn – es ist einfach mein Doktortitel.

– Sie sind Doktor, fragte er mich am Tage meiner Einlieferung. Was denn für einer? – Doktor der Medizin – Was Sie nicht sagen!

»Dieser Doktor von Nummer 216 ist ein Doktor der Medizin«, höre ich seine Stimme durch den Korridor hallen. »Ein wirklicher Doktor der Medizin«. Stolz klingt in seiner Ankündigung mit, der Stolz eines Menageriebesitzers, der ein seltenes Tierexemplar erworben hat.

– Also ein Doktor der Medizin sind Sie! Franta Ramus hat sich wieder durch den Türspalt an mich gewandt. Doktoren haben wir hier schon genug gehabt, noch und noch. Doktoren der Jurisprudenz, ojojojo, die zähl' ich gar nicht mehr. Auch Doktoren der Philosophie. Sogar einen Doktor der Theologie, einen gewissen – hier nennt Franta Ramus einen Namen, der mir entfallen ist – der, hör' ich, von der Kanzel den Prochaska* beschimpft hat. Alles haben wir gehabt, wie gesagt, nur keinen Doktor der Medizin. Sie sind unser erster.

Die Tür schließt sich und wie beim »Aufzug der türkischen Wache« höre ich Franta Ramus' schleifende Schritte und krächzende Stimme sich entfernen, die Stimme immer leiser und leiser das Motiv wiederholend, daß dieser Doktor von Nummer 216 ein wirklicher Doktor der Medizin sei.

Diesem Titel also verdanke ich es, daß ich liegend und nicht sitzend oder auf- und abschreitend die Tage meiner Untersuchungshaft verbringen darf.

Dadurch wird aber meine Lage kaum erträglicher.

Als mich vor zwei Wochen Therese zur Gare de l'Est begleitete, sagte ich ihr, halb im Scherz und halb im Ernst: – Auf dieser Reise werde ich mindestens zweimal verhaftet werden. Einmal in Polen und einmal in Österreich, oder in Danzig.

* Tschechischer Spottname für Franz Joseph I.

In Polen, in Österreich, in Danzig, in Memel, überall eher – als in der demokratischen Tschechoslowakei.

Und nun sitze ich da, in der Zelle 216 des Bezirksgefängnisses von Brüx, im Norden der Tschechoslowakei, ganz sinnlos von einem Gendarmen verhaftet, und dies – wegen Nazispionage.

Grotesk. Und noch grotesker, daß sich der Sachverhalt nicht in vierundzwanzig Stunden aufklären läßt. »Vierundzwanzig Stunden?« Mein Rechtsanwalt lächelt über die weltfremden Ansichten eines Laien. »Nicht einmal in vierundzwanzig Tagen. Da werden vorher die Gerichtsferien kommen und es wird Herbst werden.«

Und es wird Herbst werden und draußen steigen die Gemeinderatswahlen und der Henlein fährt an der Spitze einer Karawane mit viel Musik, Fahnen und Klimbim durch das Land. Und in Danzig spitzt sich die Lage zu, und in Memel, schreiben die Zeitungen, bereiten die Nazis einen Putsch vor, während ich hier sitze, zum Nichtstun verurteilt.

Als ich nach dem Saarplebiszit mit Freunden über meine neuen Reportagepläne sprach – eine Reise durch die künftigen Kriegsschauplätze, durch die deutschsprechenden Gebiete rings um das Dritte Reich – da meinte einer mit einem Lächeln, das aus Galgenhumor, Ironie und Genugtuung über die Pointe zusammengesetzt war: »Um Gotteswillen, tu' uns das nicht an. Sollen wir nach der Saar auch Danzig verlieren!«

Weiß Gott, ich mag gar manches Unheil auf dieser Welt angestiftet haben, aber für die Niederlage an der Saar war ich wahrlich nicht verantwortlich.

Verantwortlich für sie waren ganz andere Leute. Verantwortlich für sie war, unter anderen, ein Herr, der am Quai d'Orsay saß, während ich im Saargebiet von Ort zu Ort wanderte und die Leute nach ihrer Meinung ausfragte.

»Wir sind Deutsche«, sagten sie alle, »Deutsche und nicht Franzosen.« – »Heil Hitler« sagten nur wenige. »Wir sind nicht für Hitler, aber wir sind noch weniger für Frankreich«, sagten die meisten.

Status quo war für die einfachen Leute ein zu komplizierter Begriff. Stimmten sie für den Status quo, so entschieden sie sich – ihrer Meinung nach – für Frankreich.

Stimmten sie aber für Deutschland, so entschieden sie sich – und das wieder war vielen nicht klar – für Hitler.

Ein schweres Dilemma.

Es gab Lösungen. Der Völkerbund hätte ein zweites Plebiszit dekretieren können, das zu einem Zeitpunkt stattfinden sollte, da in Deutschland wieder menschenwürdige Zustände herrschten. Damit wäre der Nazi-Propaganda – Status quo gleich Frankreich – die Spitze genommen worden. Die Saarländer hätten ohne nationale Gewissensbisse zwischen einer kleinen, aber demokratischen Saar-Republik und dem Dritten Reich wählen können.

Man hätte auch die Abstimmung verschieben können.

Diese Lösungen lagen aber nicht auf der Straße, die nach München führte. Der Hausherr vom Quai d'Orsay empfing in seinem Kabinett den außerordentlichen Gesandten des Führers und hier, weit von der Saar, wurde ihr Schicksal beschlossen.

Die Druckerschwärze meines Saarbuches war noch nicht richtig trocken, da ließ der Herr vom Quai d'Orsay den Pariser Polizeipräfekten wissen, daß ich in Frankreich ein unerwünschter Gast sei. Ein Schriftsteller, der dagegen schrieb, daß dem Dritten Reich ein wenn auch kleines, aber an Schwerindustrie und Kohle reiches Ländchen einverleibt werde, hatte im Frankreich Pierre Lavals nichts zu suchen. So bekam ich eines Dezembertages vom Polizeipräfekten von Paris einen roten Zettel zugeschickt, in dem ich aufgefordert wurde, binnen fünf Tagen Frankreich zu verlassen.

Ich legte Einspruch ein.

In den Wochen, die folgten, reifte mein Reiseplan. Ich wartete nicht den Entscheid des Innenministers in Sachen meiner Ausweisung ab. Ich löste eine Fahrkarte nach Prag, via Zürich und Salzburg. Von Prag fuhr ich ins Sudetengebiet.

Und nun, dieweil draußen die Mauern mit dem neuen Berliner Text »Heute die Saar, Wir über's Jahr« beschmiert werden, sitze ich in Zelle 216 des Bezirksgefängnisses Brüx, untätig und in einem Jahrgang des illustrierten Familienblattes »Über Land und Meer« aus den neunziger Jahren blätternd. Was hier gelesen wird, bestimmt Franta Ramus, einen Bibliothekskatalog gibt es in der Anstalt nicht.

Muß ich mich so gehen lassen? Bin ich denn zu meinem Vergnügen im Gefängnis? Kann ich nicht auch hier meine Arbeit fortsetzen? Laufen nicht unten im Hof die Leute herum, die ich auszog zu interviewen: politische Häftlinge, Nazis?

In meiner Zelle steht ein zweites zusammenklappbares Bett. Ich werde einfach einen Zellengenossen verlangen. Vielleicht, wenn ich Glück habe, bekomme ich einen Nazi.

»Das können Sie tun«, meint Franta Ramus. »Sie müssen sich nur zum Rapport melden. Nein, morgen geht es nicht, Dienstag ist Rapporttag, Herr Doktor.«

Der Dienstag kommt. Der Beamte ist einverstanden.

– Danke, sage ich. Ich möchte als Zellengenossen einen Politischen haben.

– Einen Politischen? Was Ihnen nicht einfällt. Abgelehnt.

– Das ist aber in der ganzen Welt so üblich.

– Sieh her, Sie scheinen große Erfahrungen auf diesem Gebiet zu haben. Bei uns ist es aber nicht üblich.

– Dann verzichtete ich.

Ich verzichtete, nicht aber die Gefängnisverwaltung.

Der Mann, den sie mir in die Zelle setzte, hat trübe emaillige Augen und tellergroße Hände, mit denen er nichts anzufangen weiß. Stundenlang kann er wortlos vor sich hinstarren. Sein Mund öffnet sich nur ab und zu, um einem tiefen Seufzer den Weg frei zu geben. Sein Gesicht ist leer wie eine Maske und ich fürchte mich des Nachts vor ihm wie vor einem Orang-Utan, der einen erwürgen kann, ohne sich dabei etwas zu denken.

Mein Zellengenosse stammt aus einem sudetendeutschen Grenzdörfchen und ist wegen Schmuggels verhaftet worden. Er ist halb blind und hat Zeit seines Lebens kein Buch und keine Zeitung gelesen.

Eines Tages bringe ich das Gespräch auf Politik.

Von Politik verstehe er nichts. Es sei denn, daß der Hitler bald kommen und es ihm dann besser gehen wird.

– Warum meinen Sie das?

– Nun, dann werd' ich Arbeit bekommen. Oder wenigstens eine höhere Arbeitslosenunterstützung. Drüben in Deutschland bekommt ein Arbeitsloser mehr als hier einer, der in Arbeit ist.

– Die Arbeitslosenunterstützung hat nicht Hitler eingeführt. Auch die höheren Löhne nicht. Die hat er von der Weimarer Republik übernommen, wissen Sie denn das nicht?

– Kann schon möglich sein. Ist mir aber auch egal. Die Hauptsach': ich krieg' die Unterstützung. Die Unterstützung – oder Arbeit.

– Schöne Arbeit. Kanonen.

– Meinetwegen auch Kanonen.

– Zuerst wird er Sie Kanonen bauen lassen, Ihr Hitler, und nachher in den Krieg schicken.

– Gehen's Herr, das ist hohe Politik. Davon verstehe ich

nichts. Die Hauptsach', daß es mal wieder auf'm Tisch was richtiges zum Essen gibt.

– Das Essen könnte Ihnen eines Tages im Hals stecken bleiben. Im Kriege pflegen Soldaten zu fallen.

– Mich nehmen sie ja nicht zum Militär, von wegen der Augen.

– Der Krieg kennt heute keine Fronten. Der ist überall. Der wird mit Bombenflugzeugen auch in Ihr Dörfchen kommen. Sie haben ja Frau und vier Kinder, nicht wahr?

– Sie ham ja Recht, Herr. Krieg ist schlimm. Schlimm, aber nicht das Allerschlimmste. Glauben's mir, Herr, schlimmer als jetzt kann es uns gar nicht mehr gehen. Es muß anders werden.

Und er holt tief Atem, um ihn als Seufzer auszustoßen, wobei er einige Ajajaja-Laute folgen läßt. Nun wird er bis zum Abend kein Wort mehr sagen und vor sich hinbrüten, wie ein wildes Tier, das in eine Falle geraten ist.

In den Bergen, aus denen mein Zellengenosse stammt, ist der Hunger ein historischer Gast. Spitzenklöppelei, Handweberei, Halbedelsteinbearbeitung, *ganze* Familien, vom Großvater bis zu den Enkelkindern, vom Tagesanbruch bis spät in die Nacht – damit hielten sich die Leute über Wasser. Aus diesen Gegenden zogen schon Hunderte mit Geigen und Trompeten davon, allerorts in Europa waren die böhmischen Musikanten bekannt. Die Fabriken, die im vorigen Jahrhundert in den Gebirgstälern erstanden, brachten den Leuten etwas mehr Brot. Die Fabriken versorgten die ganze österreichisch-ungarische Monarchie. Neunzehnhundertachtzehn brach die Monarchie zusammen, und damit der ganze Markt. Im neuen Staat stellten sich die Fabriken auf Ausfuhr um. Die Weltwirtschaftskrise von neunundzwanzig wirkte hier verheerender als in irgend einem anderen Industriegebiet Europas.

Ich gebe es für heute auf. Gespräche fallen mir ein, die ich im Herbst neunzehnhundertzweiunddreißig in Mitteldeutschland mit Nazi-Arbeitern geführt habe. Die Arbeiter hatten viel Zeit zum Reden, ihr Betrieb, der dem Schwiegervater des Herrn von Papen gehörte und eine der größten keramischen Fabriken Deutschlands war, befand sich im Streik. Eigentlich waren es keine richtigen Nazis, diese Arbeiter.

Sie hatten nichts gegen die Roten. Auch das Programm der Kommunisten, meinten sie, wäre gut. Nur hätten die keine Aussicht so bald ans Ruder zu kommen. Hingegen wären die Aussichten für Hitler groß. Man möge ihn an die Macht kommen lassen, damit es so schnell wie möglich anders werde. Erträglicher. Auskömmlicher.

An diese Nazi-Arbeiter, die keine Nazis waren, dachte ich, als mein Zellengenosse unser Gespräch abbrach mit dem Ausspruch, daß es so nicht weitergehen kann.

Eine Stunde lang marschieren wir täglich um einen viereckigen Hof: graue Mauern, grauer Erdboden und nur in einer Ecke der schüchterne Versuch einiger Kräuter, Grün in dieses Grau zu bringen.

Ich sehne mich nach Luft und Bewegung. Aber diese sechzig Runden, manchmal sind es neunundfünfzig und manchmal einundsechzig, die wir da taubstumm im Zweimeterabstand zu absolvieren haben, sind weder Hygiene noch Vergnügen.

Vor mir schreitet Tag für Tag ein schmächtiger hochgewachsener Junge mit herabhängenden Schultern. Ein Intellektueller, vielleicht ein Nazi.

Ich nehme mir vor, ihn anzusprechen.

Das ist nicht einfach. Während des Spazierganges haben die Häftlinge den Mund zu halten.

Mein Vordermann ist es, der mir beibringt, wie das Verbot zu umgehen ist. Er spricht mich, ohne sich umzudrehen, in der Kräuterecke an:

– Hier können wir frei reden, höre ich ihn sagen.

Ja, das kann stimmen. In dieser Ecke sind wir vom Aufsichtsbeamten zu weit entfernt, um von ihm gehört zu werden, und unsere Lippenbewegungen kann er nicht sehen, da wir ihm an dieser Stelle den Rücken drehen.

– Sie sind Journalist? fragt er mich in der nächsten Runde.

– Jawohl, Journalist.

– Und wie gefällt es Ihnen bei uns?

Die Antwort muß ich ihm schon bis zur nächsten Runde schuldig bleiben. Die Konversation, die uns dieser für den Wachposten optisch und akustisch tote Winkel zu führen erlaubt, ist nicht reich. Eine Frage und eine Antwort und wenn es kurze Sätze sind, dann noch einmal so viel.

Meine Antwort ist für die Anstalt nicht schmeichelhaft. Ich höre meinen Vordermann lachen.

Und wieder schiebt sich eine Runde dazwischen.

– Korrespondent einer jugoslawischen Zeitung?

Es scheint sich schnell herumgesprochen zu haben, wer ich bin. Und das ist gut so. Die These des Brüxer Staatsanwalts, mußte sie nicht gerade einem Nazi einleuchten? Was kann ein jugoslawischer Journalist, der an der Nordgrenze der Tschechoslowakei verhaftet wurde denn anders sein, als ein Nazispion.

Bei der nächsten Runde bin ich es, der an meinen Vordermann eine Frage richtet:

– Und Sie, sind Sie Student?

– Ja und nein.

– Wieso?

– Ich war es bis vor kurzem. Jetzt bin ich Reisender.

Eine Runde.

– Und weswegen sind Sie hier?

– Weil ich zuviel reiste.

– Sonderbar, sage ich, und da pfeift es schon und damit ist für heute mein Interview zu Ende.

Zurück in die Zelle. Ich habe nun vierundzwanzig Stunden Zeit, um mich für das morgige Interview vorzubereiten. Ich darf den Mann nicht mit allzu indiskreten Fragen stutzig machen.

Am nächsten Morgen wirbeln schwarze Flocken durch die Luft, eine Eigenheit des Brüxer Klimas. Die schwarzen Flokken kleben überall, an den Mauern, auf der Erde, auf dem spärlichen Grün der Kräuterecke. Sie steigen aus dem Innern der Erde empor und nun schweben sie in der Luft und liegen uns auf der Brust. Sie sind der Reichtum des Landes: Kohle, Braunkohle.

– N'Morgen!

– N'Morgen!

– Wie meinten Sie das gestern mit den vielen Reisen?

– Reisen ist heutzutage ein Verbrechen.

Eine Runde.

– Sie reden in Rätseln.

– Unsere Zeit spielt sich in Rätseln ab.

Der Mann entgleitet mir. Ich höre am besten mit der Fragerei auf.

Zwei stumme Runden.

– Man beschuldigt mich, als Kurier zu reisen.

– So, sage ich und verharre im Schweigen.

– Verbindungen mit einer ausländischen Macht zu haben.

– Was Sie nicht sagen!

Mein Vordermann dreht sich um und blickt mich forschend an. Aber nein, mein Gesicht drückt keinen Spott, es drückt das Erstaunen einer naiven Seele aus.

– Kurierdienste! Ausländische Macht! Haha. So eine Idiotie! Als ob Henlein...

– Was, frage ich ihn in der nächsten Runde?

– Nichts... Henlein kennt den *Hitler* überhaupt nicht... Hat ihn nie gesprochen... Nie etwas von ihm gelesen... Demzufolge kann er auch keine Kuriere über die Grenze zu Hitler schicken. Sie verstehen?

Ich verstehe. Es ist eine Anspielung auf eine Äußerung, die Henlein vor kurzem gemacht hat. Henlein sparte in jener Zeit, da seine Partei noch jung war, nicht mit loyalen Erklärungen. Er wollte dem Schicksal der sudetendeutschen Nazipartei entgehen, die in den Tagen verboten wurde, als er seine Partei gründete. In seiner ersten großen Rede, das war im Oktober vorigen Jahres, sagte er, es sei lächerlich, ihm und seinen Mitarbeitern nachzusagen, daß sie sprachliche oder gedankliche Anleihen beim reichsdeutschen Nationalsozialismus gemacht hätten. Nichts liege ihm ferner. Trotz kritischer Vorbehalte sei er für die Liberalität, vom Nationalsozialismus trennten ihn fundamentale Unterschiede.*

– Ich verstehe, sage ich laut. Aber warum hat man Sie...

– Woher soll ich das wissen? Ich reise in Gablonzer Waren.

– Gablonz. Da war ich unlängst.

– Ja, in Gablonzer Kinkerlitzchen und nicht in Nationalsozialismus. Sie verstehen?

Dumm. Der Mann bockt. Womit habe ich nur seine Ironie herausgefordert? Mit meiner zu dick aufgetragenen Naivität? Ich muß morgen meine Taktik ändern.

Mein Zellengenosse, der halbblinde Schmuggler ist heute entlassen worden. Gott sei dank! Nun kann ich wieder ruhig schlafen. Aber ich kann irgendwie nicht froh sein. Sind es die Kohlenflocken, die mir auf der Brust liegen, schwer wie Blei? Ist es mein Mißerfolg auf dem Hof? Oder ist es einfach die Zelle, eine Haftdepression? Die Tage vergehen, nun auch die Wochen, und nichts rührt sich.

Verzweifeln, nach schäbigen drei Wochen Haft? Das möchte dem Herrn Doktor so gefallen. Dem Herrn Intellektuellen. Dieweil.

Ja, dieweil in Rothau...

* Einige Jahre später, da sein Auftraggeber gerüstet sein wird, im Frühjahr neunzehnhundertachtunddreißig, wird Henlein in Karlsbad folgendes erklären: »So wie das Deutschtum der ganzen Welt bekennen auch wir uns zu den nationalsozialistischen Auffassungen des Lebens.«

Ein Mann, nennen wir ihn Durig.

Vor einem Monat schritt ich an seiner Seite durch das tote Werk von Rothau. Gras wuchs zwischen den Schienensträngen der Betriebsbahn und Moos in den leeren Hallen. Helle Flecke deuteten am Betonboden an, wo einst die Maschinen standen, und glichen jetzt verblaßten Vierecken auf Zimmerwänden, die von verschwundenen Bildern sprechen.

Gras und Moos und zusammengefallenes Gemäuer. Die Burgruine eines Walzwerkes, das Rothau und Umgebung Arbeit und Brot gab, den vielen Hunderten von Arbeitern und ihren Familien. Fünf Jahre sind es her. Oder sechs? Wer weiß es.

Für Sonntag hatte ich mich bei Durigs zum Mittagessen eingeladen. Wir saßen in der Küche beim Tisch, Durig, seine Frau und sein Sohn, ein Junge im Lehrlingsalter. Die Tochter ist bei Herrschaften im Dienst, in Karlsbad. Es gab Schweinebraten mit Sauerkraut und Kartoffeln und als Nachtisch Kaffee mit Kuchen.

Für die Durigs war das ein Festessen. Ein Festessen, das sie seit den letzten Weihnachten nicht gehabt haben. Denn die zwanzig Kronen, die ich Frau Durig für den Einkauf in die Hand drückte, waren der Betrag, den der Staat ihrem Mann zum Unterhalt für die ganze Woche gab. Zwanzig Kronen für ihn und zehn für jedes weitere Familienmitglied.

Nach Tisch ging der Junge Fußball spielen. Die Frau wusch ab und Durig erzählte mir über die letzten fünf Jahre, die sich trostlos wie eine Landschaft aus trocken Brot und Zichorienkaffee ohne Ende ausstreckten.

Gab es davor etwas anderes? Wird es je danach etwas anderes geben?

Arbeit außerhalb? Arbeit ist rar. Auch stellt niemand einen Roten wie ihn an.

O ja, die Henleins haben ihm Angebote gemacht. Nicht nur einmal. Unlängst noch hat ihn der Bochynek, der ihr Obmann ist, beim Holzklauben im Walde angesprochen. Bei uns wirst du sofort Sekretär der Arbeitsfront, hat ihm der Bochynek gesagt. Sekretär mit hundertfünfzig Kronen die Woche. Denn Durig ist nicht irgend jemand. Durig ist der Führer der Arbeiter im Ort. Nun, wenn du krepieren willst, ist das deine Sache, hat der Bochynek gesagt. Schau, der lange Max ist in der letzten Woche zu uns gekommen und auch der Silberthaler Franz.

Behalt' sie nur, den langen Max und den Silberthaler Franz,

hat ihm Durig leichtfertig geantwortet. Aber innerlich hat es ihm doch einen Stoß gegeben.

Auch Durig ist nur ein Mensch, dachte ich. Ein Mensch mit Frau und Kindern und dem Bedürfnis nach all den guten Dingen dieser Welt. Ob er nie, fragte ich ihn, ob er auch nie geschwankt habe?

Nein. Nie... Oder doch. Eigentlich die Frau. In Nächten, wenn sie schlaflos dalagen.

– Ist ja nicht wahr! Es war die Frau, die aufgeschrien hatte. Sie stand da wie eine Zeitlupenaufnahme, eine Schüssel in der einen, das Geschirrtuch in der anderen Hand.

– Ach, Anna, ist ja keine Schande, war ja nur eine Regung, sagte der Mann beschwichtigend.

– Keine Schande? Wie kannst du dem Herrn sowas erzählen?

– Aber, Anna, du hast ja nachher selbst gesagt...

– Wie kannst du nur! Was wird der Herr nun von uns denken?

Was der Herr von ihnen dachte?

Er schämte sich. Er schämte sich seiner selbst. Alles, was er bisher getan hat, schien ihm nichtig. Nichtig die Dinge, die er niedergeschrieben, nichtig die Opfer, die er seiner Gesinnung gebracht hat. Denn hier vor ihm stand ein Mensch, der im obskuren Dunkel der Provinz einen übermenschlichen Kampf austrägt. So einen Namen wird weder Presse noch Literatur für die Martyrologie der Nachwelt erhalten. Lang ist die Liste der Märtyrer und Helden, zu denen die Menschen vor Altären beten und denen sie auf Plätzen und in Büchern Denkmäler setzen, aber nur wenige sind es, die es verdienen – wie dieser hier.

Soll die Lehre von Rothau nur von so kurzer Dauer gewesen sein? Beginne ich schon nach drei Wochen Haft den Kopf hängen zu lassen?

Ich hatte für den morgigen Interviewtag meine Verhaltungslinie gewählt. Ungefähr die: Ach, erzählen Sie mir nichts. Habe nicht auch ich die Folgen dieser von Kriminalschmökern erhitzten tschechischen Polizeiphantasie am eigenen Leibe kennengelernt? Wissen Sie, wessen man mich beschuldigt?

Ich komme am nächsten Morgen gar nicht dazu, mich nach meinen neuen Verhaltungsmaßregeln zu halten. Mein Vordermann ist heute sehr gesprächig. Er sei nun schon zehn Monate in Untersuchungshaft. Und nur zwei Mal verhört worden. Man verschleppe seinen Fall. Ganz bewußt. Um ihn auch ohne Urteil zu bestrafen. Das sei unerhört. Er sei selbst Jurist und wisse es besser als jeder andere, wie dieses Verfahren gegen jedes Recht ginge. So werde es auch mir ergehen. Ich werde den Sommer, den Herbst, den Winter und den nächsten Frühling hier noch verbringen.

In diesem Sinne spricht zu mir mein Vordermann, dieweil ich schweige und denke. Ich denke daran, wie es mir und meinesgleichen, wie es den Tschechen erginge, wenn dieser junge Mann hier bestimmen würde, was Recht und was Unrecht ist. Dann wäre die Untersuchungshaft sicher kürzer. Kürzer und formloser. Verteidiger, Zeugen, unabhängige Richter, Plädoyers gäbe es nicht mehr, sie gehörten einer veralteten Zeit an. Moderner wären Schnellverfahren. Moderner die in den Büros der Gestapo erlassenen Todesurteile. Moderner der Tod »auf der Flucht erschossen«. Aber das volle Maß dessen, wozu mein Vordermann fähig wäre, kannte ich damals nicht – dazu war meine Phantasie zu arm.

Am Tage darauf hat es mein Vordermann sehr eilig. Er spricht mich an einer unüblichen Stelle an: – Haben Sie es in der Zeitung gelesen?

Ich will schon mit »Was denn?« antworten, da pfeift der Aufsichtsbeamte und brüllt über den Hof: – He, Sie, aus Nummer 78! Marsch hinauf!

Gemeint ist mein Vordermann. Ertappt. Damit ist für heute das Interview zu Ende.

Was nur in der Zeitung stehen mag? Ich kann kaum das Ende dieser Stunde erwarten. Verbringe die Zeit im Zählen. Im Rundenzählen. Bei der achtundfünfzigsten Runde pfeift es. Endlich.

Ich lese die Zeitung sonst sehr aufmerksam. Vom Leitartikel bis zu den Inseraten. Es ist ein Regierungsblatt, das man mir erlaubt hat zu abonnieren. Aber gestern hat mir mein Rechtsanwalt einige neue französische Romane gebracht und da habe ich die Zeitung nur flüchtig durchgesehen.

Da haben wir es! Klein gedruckt, zwischen Nachrichten über Auto-Unfälle, Diebstähle und Kongresse von Briefmarkensammlern – ein Dementi des Innenministeriums:

Es wäre unwahr, daß der antifaschistische Schriftsteller Theodor Balk in Nordböhmen verhaftet worden wäre. Es handle sich um ein der Spionage verdächtiges Individuum, das sich den Namen zugelegt hätte, um die Behörden irrezuführen. Die Untersuchung sei noch nicht abgeschlossen. Punkt.

Vielleicht war es gar nicht so schlecht, daß dieser junge

Schnösel von Gendarm mich verhaftet hat. Sein Chef, der Feldwebel, schaute auf die Dinge mit nüchterneren Augen. Wenn es nach ihm gegangen wäre, hätte er mich sicher laufen lassen. Er war mehr an seine Landstreicher- und Hühnerdiebstahlpraxis gewöhnt und die ausländische Figur im mausgrauen Flanellanzug paßte nicht richtig in sein Verbrecheralbum. Sie paßte aber ausgezeichnet in das seines jungen Assistenten, der kriminalpolitische Kurse hinter sich hatte und den das Kleinzeug der Alltagskriminalität schrecklich langweilte.

Nein, es war nicht nur nicht schlecht, es war gut getan. Ich werde nun Dinge zu hören bekommen, die mir draußen in Freiheit niemand erzählt hätte.

Am nächsten Tage schreitet mein Vordermann nicht mehr vor mir. Haben sie ihn mit Entzug des Spazierganges bestraft? Das ist hier nicht üblich. Ach, da ist er ja, weit hinter mir. Ein Dutzend von Häftlingskettengliedern trennen mich von ihm.

Soll so mein Interview enden? Mein längstes und schwierigstes.

An diesem Vormittag bekomme ich einen neuen Zellengenossen. Er muß hier ein bekannter Gast sein. Franta Ramus, der die Tür aufschließt, klopft ihm jovial auf die Schulter: – Das war ja schnell, was? Wann hast du uns verlassen? Im März. März, April, Mai: drei Monate, na, ich hab's ja gleich gesagt.

Der Beamte, der ihn hierher gebracht hat, sagt: – Aber diesmal hast du ganze Arbeit gemacht. Der Heinrich ist tot. Mausetot. Stierchen, Stierchen, dir blüht der Galgen.

Ich sehe nur den Nacken und den Rücken des mit Stierchen angesprochenen Mannes. Es ist ein mächtiger Rücken, den die Bemerkung des Beamten nicht aus seiner gewichtigen Ruhe zu bringen vermag.

– Na also, geh' dich ausschlafen, sagt Franta Ramus väterlich. Rin in die Zelle!

Das also ist Stierchen: Flachsblonde Strähnen, die ihm tief in die Stirn fallen, ein talmi-modischer in den Schultern wattierter und in der Taille geraffter Rock, darunter ein weinrotes straff über den Brustkasten gespanntes Seidenhemd – ein Brüxer Beau.

– Ich hab's mir ja vorgenommen, spricht Stierchen, ohne mich anzusehen, mehr für sich. – Ich hab's mir wirklich vorgenommen, wiederholt er laut und nun zu mir gewandt den Satz. Aber ich weiß es selbst nicht wie, meine Hand ist mir ausgerutscht. Einfach ausgerutscht. Ich hab's gar nicht tun wollen. Die Hand ist's gewesen. Als der Heinrich mit dem Spaten auf mich zugekommen ist, da ist's eben geschehen. Das ist stärker als ich. Ob der Heinrich wirklich tot ist? Wer weiß es? Kann schon wahr sein. Schade ist's nicht um ihn.

Stierchen schüttelt mit einer Kopfbewegung die hellen Haarsträhnen aus dem Gesicht und mustert mich näher: – Und du, was ist mir dir?

– Politischer.

– Ach, du mein Gott, ein Politischer. In seiner Stimme klingt etwas wie Mitleid mit. Ein Politischer!

Stierchen bekommt bald heraus, daß ich ein blutiger Anfänger in Gefängnisdingen bin. Er schüttelt von neuem sein Haupt, diesmal mißbilligend. »Wie, drei Wochen bist du schon hier und hast nichts zum Rauchen?« Ich bekomme einen kleinen Vortrag über das ABC der ungeschriebenen Gefängnisordnung zu hören, eine Anleitung, wie die geschriebene zu umgehen sei. »Zigaretten kannst du gegen Butter haben. Einen Bleistift besorgt dir der Kalfaktor gegen Tabak. Für das Herausschmuggeln von Briefen nimmt der Kalfaktor zwei bis drei Kronen, je nachdem ...« Stierchen hat einen guten Teil seines Lebens in dieser Anstalt verbracht und ist mit ihren Sitten und Gebräuchen vertraut.

Zum Interviewen komme ich auch die folgenden Tage nicht. Mein früherer Vordermann trottet weit hinter mir am Hofe einher. Es ist nichts zu machen. Ich bin auf Stierchen allein angewiesen. Der erzählt mir sein ganzes Leben: Siebentes Kind einer Bergarbeiterfamilie, Vater bei der Nelsonschachtkatastrophe um das Leben gekommen, Liebling der Frauen, Zuhälter. Seine Geschichten spickt er mit Lebensweisheiten, wie:

– Mit anständigen Frauen ist nichts anzufangen, laß dir das von mir gesagt sein. Zum ersten Mal im Leben bin ich jetzt mit einer zusammen, mit der Gretl. Glaubst du, die weiß, was sich gehört? Einen Dreck weiß die! Wäre ich mit der Mary oder mit der Lucy zusammen, am Mittwoch hätte ich mein Paket mit reiner Wäsche. Darauf kannst du Gift nehmen. Aber die Gretl, die Gans, die wird, wett' ich, nicht kommen. Sowas plärrt und versteht nichts von der Welt.

Wieso ich den ganzen Tag über ruhig liegen und lesen kann, das ist auch etwas, was Stierchen nicht versteht und was er zutiefst mißbilligt.

– Du liest dir noch die Augen aus dem Kopf. Wirst ja dumm von lauter Lesen. Und wozu führt das? Sieh dich nur selbst an.

Da sitzt du hier im Bunker, genau wie ich, der ich nie ein Buch angeschaut habe. Ich hab' wenigstens dem Heinrich eins über die Fresse gehauen. Du hast, wie du mir sagst, überhaupt nichts angestellt. Das kommt eben von zu vielem Lesen, Herr Politischer.

Die letzte Feststellung gibt Stierchen das Stichwort, um mir seine Ideen über Politik auseinanderzusetzen.

– Politik, das ist nichts. Sie haben mich auch in die Politik haben wollen, die Henleins. Bei mir, nichts zu machen. Aber, siehst du, an allem ist die Gretl schuld. Das Mädl, sie ist Spinnerin bei Ehrlich & Sohn, was glaubst du, was bringt sie am Freitag nach Hause? Sechzig Kronen, mal fünfundsechzig, wenn's gut geht. Das verdient die Mary im Schlaf, du verstehst? Warum ich nicht von der Gretl weggegangen bin? Ich sag's mir ja auch, wo ich auf jedem Finger zwei gescheitere hätte haben können. Kurz und gut: ich mußte etwas dazuverdienen. Und so hab' ich mich halt überreden lassen. Von den Henleins. Bin zu den Wahlversammlungen mitgefahren. Zehn Kronen für den Abend. Da hat es zerschlagene Gläser und Köpfe gegeben, noch und noch. Mir konnte es ja egal sein. Nur der richtige Schmiß steckte nicht dahinter. Dem Heinrich bin ich über die Fresse gefahren, bei ihm hab' ich's nicht anders gekonnt. Die Wahlschlägereien, die waren, wie soll ich dir das erklären, die waren, ja, ich hab's, – Schichtarbeit. Eine Versammlungsschicht: eine halbe Stunde Fahrt oder so, eine Stunde Versammlung und manchmal noch weniger, ein Dutzend Schreie »Heil Henlein«! und »Nieder mit den roten Volksverrätern!«, zehn Minuten Keilerei, drei Maß Bier und zehn Kranderl. Und schaden kann's ja nicht. Der Hitler soll ja bald kommen. Was hältst du davon, du bist ja ein Studierter?

An diesem Montag ist ein neuer Beamter auf dem Hof. Ich bleibe bei der Tür stehen und mache mir an meinen Schuhen zu schaffen, bis mein Vordermann im Türrahmen erscheint. Hinter ihm trete ich in die Reihe. Der Beamte sagt nichts. Der Coup ist gelungen. Vor mir schreitet wieder schmächtig und mit herabhängenden Schultern, mein Vordermann, der Nazi.

Heute begrüßt er mich in der Kräuterecke mit einem »Heil!« Das klappt.

In den ersten Runden unterhalten wir uns über das lokale Geschehen, über Essen, Wetter, Zellengenossen, Kalfaktoren und den letzten Rapporttag.

– Mich hat man wieder einmal verhört, es war schon Zeit, –

mein Vordermann geht auf ernstere Dinge über – drei Stunden lang und sehr scharf... Die Herren sind sehr neugierig... Möchten wissen, was ich Henlein vom Hitler und was ich Hitler vom Henlein ausgerichtet habe... Hoho, gar manches möchten die wissen... Das ist nicht einfach, gar nicht einfach, mir die Bekanntschaften mit so hochstehenden Persönlichkeiten nachzuweisen... Erstens bin ich überhaupt nicht in der Henleinpartei... Keiner von uns nationalsozialistischen Kämpen ist drin... Was ich von Henlein halte?... Pah, ein Turnlehrer, aber brauchbar... Hat zwei Schulaufsätze über den Turnvater Jahn geschrieben... Kein Redner, keine Flamme... Warum wir ihn dennoch lanciert haben?... Erstens, weil er den ganzen Turnverband hinter sich hat... Dann, weil er den Tschechen nicht verdächtig ist... Er ist bisher nie in der Politik hervorgetreten... Auch, weil wir unseren Sudetendeutschen sagen wollten: Schluß mit den alten Parteien... Bist du ein Deutscher? Dann reih' dich ein in die Heimatsfront... Er sieht auch ganz gut aus, der Henlein... Etwas für die Frauen... Und schließlich...

Hier wird gepfiffen. Schluß für heute.

Stierchen macht mir nach Tisch einen Vorschlag: ob ich nicht mit ihm Dame spielen möchte. Dabei verginge besser die Zeit. Gerne, aber womit? Das wäre sehr einfach: ich soll mich zum morgigen Rapport melden und um die Erlaubnis eingehen, ein Damespiel kaufen zu dürfen. Das koste nur ein paar Kronen.

Übrigens, was ich ganz vergessen habe aufzuschreiben: mit Heinrich haben die Beamten Stierchen nur aufziehen wollen. Er ist gar nicht tot und hat nach einigen Tagen das Krankenhaus mit einem verbundenen Schädel verlassen.

Am Tag darauf möchte mein Vordermann wissen, was ich von seinem letzten Verhör halte. Ich gebe eine ausweichende Antwort.

– Na, da will ich es Ihnen sagen, meint er... Die Herren in Prag haben sich eine kriminalpolitische Kollektion angelegt... Um den Henlein mit Verbot zu schrecken... Aber so einfach ist seine Partei auch nicht zu verbieten... Zwar sitzt Masaryk auf der Burg und Benes im Außenministerium... Aber im Ministerpräsidium und im Innenministerium sitzen Agrarier... Die tschechischen Agrarier lassen mit sich reden... Sie kennen ja Beran?... Der Beran zieht einen gezähmten Henlein einem Benes vor... Und sollte es hart auf hart kommen, sogar den Hitler einem Stalin... Im Augenblick ist es noch nicht so weit... Zuerst müssen wir Österreich erledigen... Nachher...

Deswegen macht Henlein in Loyalität ... Manche unserer alten Kämpfer verstehen das nicht ... Wie der Dicke in Reithosen dort, der sich eben schneuzt ... Das ist eben Politik ... Das hat uns der Führer vorgemacht, was?

Nach dem Spaziergang werde ich zum Verhör geführt. Zu meinem zweiten, wenn man das erste als Verhör rechnen will: damals war ich nach meinen biographischen Daten gefragt worden. Diesmal zeigte man mir einige Fotos, die bei mir gefunden worden waren: Fotos des Rothauer Werkes.

Von wem ich sie habe und wofür ich sie verwenden wollte?

Von wem ich sie habe, darüber verweigere ich jede Aussage. Es genüge, daß in dieser Angelegenheit bereits *ein* Unschuldiger im Gefängnis säße. Wofür ich sie verwenden wollte? Als Illustrationen für die Henleinschen Zauberkünste.

– Drücken Sie sich bitte klarer aus. Und zu seinem Schreiber gewandt spricht der Untersuchungsrichter: – Das mit den Zauberkünsten brauchen Sie nicht zu notieren.

– Ich muß doch von den Zauberkünsten sprechen, Herr Richter, gerade weil ich an Zauberei nicht glaube. Sehen Sie, Herr Richter, vor etwa sechs Jahren geschah es, daß der Besitzer der Rothauer Werke seinen Betrieb verkaufte. Der Besitzer war Deutscher, Deutsche waren seine Arbeiter. Die Käufer waren Tschechen. Der deutsche Besitzer wußte sehr wohl, daß der tschechische Konzern das Werk nur aufkauft, um es nachher stillzulegen. Beim Kauf mag um manches gehandelt worden sein: um den Preis des Grundstücks, um die Rentabilität der Maschinen, um den Wert der Anlagen. Über einen Bestandteil des Unternehmens werden die beiden Parteien stillschweigend hinweggegangen sein: über die Arbeiter und was mit ihnen geschehen soll. Den neuen tschechischen Besitzern kann man das, wenn man Nationalist ist, gar nicht übelnehmen. Vom nationalen Standpunkt gehen ihn ja die deutschen Arbeiter gar nichts an. Aber was halten Sie vom alten Besitzer, einem Deutschen, der mit seinem Namenszug auf dem Kaufkontrakt einigen Hunderten deutscher Arbeiter Brot und Stellung nahm?

– Wir sind hier in keinem Wirtschaftskolleg, fassen Sie sich bitte kürzer.

– So kurz wie nur möglich, Herr Richter. Der ehemalige Besitzer von Rothau gibt dem Henlein Geld. Der Henlein nimmt es. Und die Arbeiter von Rothau, nicht alle, aber viele, loben den Henlein, der das Geld von dem Herrn genommen hat, der sie an die Tschechen verkauft hat. Wie erklären Sie dieses Zauberstückchen?

– Ich habe hier nichts zu erklären – der Untersuchungsrichter ist an sich ein freundlicher Herr, der Verständnis für meine Lage hat, der barsche Ton seiner Antwort gehört zum Metier –, erklären Sie mir lieber, wofür Sie die Bilder verwenden wollten.

– Ich bin eben dabei, Herr Richter. In den letzten Wochen, da Sie mir in Ihrer Anstalt Zeit und Muße zum Nachdenken gegeben haben, habe ich mir über die Zauberkünste des Herrn Henlein meine Gedanken gemacht, über die Technik der Tricks, aber auch über die Bereitschaft der Menschen, die Tricks ernst zu nehmen.

– Wenn Sie nicht augenblicklich aufhören, Unsinn zu reden, lasse ich Sie abführen.

So hörte ich auf, Unsinn zu reden, gab eine befriedigende Erklärung über die Verwendung der Fotos ab und bin nun wieder zurück in meiner Zelle. Der Untersuchungsrichter wollte nichts über die Technik der Zauberei wissen. Nun, so werde ich es sein lassen, anderen, mir selbst muß ich sie klar machen.

Werter Stierchen, werte Nichtanwesende, begann ich meine Abhandlung. Der Stoff, den ich heute vor Ihnen behandeln will, ist weit schwieriger zu verstehen, als die Geheimnisse der Astrologie, der Chiromanie, des Spiritismus und des Hypnotismus...

– Mach' keine Faxen, unterbricht mich Stierchen. Da iß, die Knödeln sind eh schon sicher eiskalt geworden. Gemeint sind die Knödeln vom Mittagessen, die man uns gebracht hat, während ich beim Untersuchungsrichter war.

In der Hypnose tun die Menschen nur das, was sie auch im wachen Zustand tun würden. Dinge, die ihnen schaden könnten, tun sie nicht. Es ist noch keinem Hypnotiseur gelungen, den Hypnotisierten in den Selbstmord zu treiben. Keinem Hypnotiseur ist das gelungen, aber dem Hitler und seinem Famulus Henlein.

– Geh, sei doch nicht fad. Jetzt hab ich schon geglaubt, du wirst mir was Interessantes erzählen, und nun kommst du mir wieder mit Politik.

Wie ist das möglich, frage ich Sie?

Da wäre vorerst die Ungleichheit der Lautstärke in der Verbreitung der Wahrheit und in der Verbreitung der Lüge. Wenige sind es, und Blätter mit geringer Auflage, die die

Geschichte von Rothau verbreiten, viele, und Blätter mit großer Auflage, die sie verschweigen. Und es gibt keinen einzigen Sender in diesem Lande, der sie erzählen würde, jenseits der Grenze gibt es ein halbes Dutzend Sender, die den Sudetendeutschen ganz andere Geschichten erzählen. Ungleich sind auch die Geldmittel: Henlein hat, seinem Meister gleich, eine Dosis Antikapitalismus in seine Propaganda aufgenommen. Die Propaganda läßt er sich von den Kapitalisten selbst bezahlen. So von der Firma Brüder Schicht in Aussig.

– Wenn du die Knödeln nicht essen willst, sag's gleich, dann eß' ich sie auf.

Das Wappen der Brüder Schicht war die erste Fabrikmarke, die ich als Kind kennen gelernt hatte: das Relief eines springenden Hirschs auf einem Seifenstück. Die Schicht-Seife wäscht ganz Europa und eine ganze Partei rein. Als ich in Aussig war, ließ ich mich beim Direktor der Schicht-Werke anmelden. Ich fragte ihn ohne Umschweife, was an der Behauptung wahr wäre, daß Schicht die Henleinpartei finanziere. Der Mann runzelte die Stirn, verschluckte, was er sagen wollte (ungefähr: frech sind diese ausländischen Journalisten. Frech, naiv und dumm), lächelte gezwungen und winkte mit der Hand ab: »Nichts als politisches Wahlgeschwätz.« Übrigens führe die Firma Schicht Bücher, wie das überall in der Welt üblich ist. Kein Heller könne ausgegeben werden, ohne daß er in den Büchern erscheine. Die Bücher würden mehrmals im Jahre von den Behörden kontrolliert.

Das mag schon stimmen, gab ich zu. Was aber Schicht selbst aus seinen Einnahmen, aus seinem Vermögen hergibt, das steht in keinem Buch geschrieben.*

Der Direktor warf mich hinaus.

– Wie hat er das getan? Mit einem Fußtritt?

– Nein, höflicher, wie es sich in diesen Kreisen ziemt, mit Worten.

* Lord Runciman war damals noch ein unbekannter Name. Mir und der Welt. Nicht aber den Brüdern Schicht. Die Schicht sind nämlich am Unilever-Konzern beteiligt, einem Unternehmen, das vier Fünftel der gesamten Seifenweltproduktion kontrolliert. Im Londoner Unilever-Gebäude befinden sich die Empfangsräume der Anglo-German-Fellowship. Der Schöpfer der Fellowship ist Herr Ribbentrop. Der Präsident der Unilever, Mr. D'Arcy Cooper ist eines der angesehensten Mitglieder der Fellowship, desgleichen der Sohn von Lord Runciman, welcher Direktor der Lloyd's Bank und der Imperial Airway ist.
Schicht-Unilever-Runciman, das sind einige Namen des Komplottes, das drei Jahre später der Tschechoslowakei in München den Revolver in die Hand drücken, sie zum Selbstmord zwingen wird.

– Ich frag dich jetzt zum letzten Mal. Ißt du die Knödeln oder ißt du sie nicht? Daß nein? Gut, dann eß ich sie.

Ungleich sind auch die Chancen auf dem Arbeitsmarkt. Die Arbeitslosigkeit im Sudetengebiet ist groß: unter den drei Millionen Sudetendeutschen gibt es ebensoviel Arbeitslose wie unter den vierzig Millionen Franzosen. Wer um seinen Arbeitsplatz bangt, wer auf seines Nächsten Arbeitsplatz einen Blick geworfen hat, egal, sei er nun Spinner oder Weber, Seifensieder oder Glasbläser, Bierbrauer oder Revolverdreher, der gehe zu Henlein. Denn in diesem Haus verkehren die Liebigs, die Mühligs, die Schichts, die Reichenberger Spinnereibesitzer, die Gablonzer Kinkerlitzchenagenten, die Graßlitzer Instrumentenmacher und die Warnsdorfer Weber.

– Was wahr ist, ist wahr. Die Gretl hat sich auch bei Henlein einschreiben müssen, das dumme Ding. Die Wäsche hat sie mir immer noch nicht gebracht, ich hab's dir ja gleich am ersten Tag gesagt, daß sie von der Welt nichts versteht.

Ungleich sind die Machtmittel, die Angst erzeugen. Angst vor morgen, Angst vor Hitler, dem alles glückt. Heute die Saar, Wir über's Jahr. Und dann wird jeder nach allem befragt werden. Mit wem hast du verkehrt? Wo hast du deine Semmeln, wo dein Fleisch, wo deine Hemden gekauft? Welche Zeitung hast du gelesen? In welchem Verein bist du gewesen?

– Jetzt aber hast du genug geredet, sagt Stierchen zwischen zwei Bissen.

– Nein, leider nicht. Die Henleinsche Propaganda ist nach einem wirksamen Rezept von Lüge und Wahrheit gemischt, wie es jede faschistische Propaganda ist. Und wahr ist, daß der junge Tschechoslowakische Staat aus der Konkursmasse der verstorbenen Monarchie ein faules Ding übernommen hat: das fluchbeladene Erbe der Nationalitätenpolitik. In geschwächter Dosis, aber immerhin. Nicht im Gesetz. Dem Gesetz nach sind alle Bürger gleich. Aber in der Praxis herrschen nationale Imponderabilien. In der Schutzzollpolitik des Staates und bei Staatsaufträgen werden tschechische Unternehmungen bevorzugt. Die Gendarmen, die Postmeister, die Finanzbeamten in den sudetendeutschen Orten sind häufig Tschechen. So findet der Ruf »Die Tschechen sind an allem schuld!« Anklang.

– Ist auch wahr, höre ich Stierchen sagen, die Tschechen sind an allem Schuld.

Sie sind daran schuld, daß Hitler die sudetendeutschen

Stoffe und Gewebe vom Balkanmarkt verdrängt und so die Reichenberger Spinner und die Warnsdorfer Weber zum Feiern verurteilt hat. Die Tschechen sind daran schuld, daß Deutschland keine Handschuhe und Spitzen aus der Graßlitzer Gegend einführt, Deutschland braucht seine Devisen für gröbere und tödlichere Stoffe. Die Tschechen sind an der Schließung der Rothauer Werke schuld. Die Tschechen sind daran schuld, daß die Neger in Afrika und die Pariser Midinetten kein Geld mehr für Kinkerlitzchen haben, und die Gablonzer Kinkerlitzchenmacher ins Ausland nur ein Drittel von dem verkaufen, was sie vor der Krise verkauft haben; an allem sind die Tschechen schuld, an den Einfuhrbeschränkungen der europäischen Staaten und der übrigen Kontinente, an der Weltwirtschaftskrise, an...

Heute hat der gestrenge Piskacek, »Periskop« genannt, Hofdienst. Da ist am besten zu schweigen. Mein Vordermann nickt mir stumm zu, wir trotten im Schweigen unsere Runden ab.

Nach dem Spaziergang wird mir das Damespiel ausgefolgt. Ich habe immer geglaubt, daß Dame ein sehr einfaches Spiel wäre. Teufel, nun schlägt mich Stierchen in jeder Partie. Periskop hat wieder Hofdienst, nichts zu machen.

Ich verliere auch heute alle Partien. »Ärgere dich nicht«, meint Stierchen, da ich erkläre, genug am Damespiel zu haben. »Ich ärgere mich nicht.« »Doch, du ärgerst dich.« »Nun, gut, ich ärgere mich.«

Stierchen ist heute bester Laune. Er verspricht mir alles: Zigaretten, Schreibpapier, einen Bleistift, ein himmlisches Leben, wie es hier nur der Baron führt – sobald er nur wieder Kalfaktor wird. Und er hofft es bald zu werden.

Eine bekannte Gestalt in unserer Anstalt ist der Baron. Er läßt sich das Essen aus dem »Goldenen Hirsch« bringen, andere verrichten für ihn schmutzige Arbeit. Er ist ein wirklicher Baron – Mitglied des deutschgesinnten Adels in Böhmen, den die Republik von den staatlichen Kommandostellen verjagt, von dessen Acker und Wiesen sie einen Teil den Bauern und Pächtern gegeben hat. Dieses Unrecht schreit zum Himmel. Lieber Herrgott, der du die Tschechen am Weißen Berg so aufs Haupt geschlagen hast, daß sie es volle drei Jahrhunderte nicht mehr recht heben konnten, und der du uns für unsere Hilfsdienste mit ihrem Boden belehnt hast, laß sie noch einmal durch deinen getreuen Statthalter Adolf Hitler auf das Haupt schlagen, damit von ihnen und von ihrer Agrarreform nichts mehr übrig bleibe.*

Stierchens Hoffnungen sind nicht aus der Luft gegriffen. Gestern hat Franta Ramus den Anton schrecklich ausgeschimpft und ihm Stierchen als Muster vorgehalten. »Bei Stierchen wäre sowas nicht möglich gewesen«, hat Franta Ramus gesagt.

Heute ist die Luft rein. Periskop ist nicht mehr auf dem Hof.

– Dieses tschechische Aas, sagt mein Vordermann.

– Wer?

– Wer denn. Der Periskop. Alle miteinander.

– Und was werden Sie nachher mit den Tschechen machen?

– Nachher?

– Ja, nachher.

– Mit den Tschechen? ... Hausmeister und Köchinnen, was sie auch früher waren ... Nicht mehr slawisches Bollwerk gegen das Deutschtum ... aus mit Gendarm Frankreichs ... aus mit Flugzeugmutterschiff der Russen ... Das wird ihnen der Führer gründlich austreiben ... Hausmeister und Köchinnen, sollen sie bleiben, wozu sie Gott geschaffen hat ...

Am Tag darauf drückt meines Vordermannes Stimme Erregung aus: – Jetzt hab ich ihn, den Kerl ... Sehen Sie den da mit der Lodenjacke, der jetzt in der Höhe der Tür ist ... Er hat gepetzt, dieser Schleimscheißer ... Nun traut er sich nicht mehr, mir in die Augen zu schauen ... Gestern hat er mir einen Zettel zugeschickt, durch den Kalfaktor ... Daß an der ganzen Sache kein wahres Wort sei ... Angst, nichts als schlotternde Angst.

– Wovor Angst, frage ich.

– Er weiß am besten, was seiner wartet.

– Was wartet denn seiner?

– Ach, das weiß er schon.

Ich frage nicht mehr, und auch mein Vordermann läßt zwei Runden wortlos vorbeigehen. Als wir wieder in der Kräuterecke sind, sagt er, leiser als sonst: – Die Feme.

– Die Feme? Aber ...

– Was, aber?

– Nichts, ich dachte nur, daß die Feme eine Erfindung der demokratischen Presse sei.

Hier war meine Naivität nicht am Platze. Mein Vordermann

* In einem ihrer Schlösser wird einige Jahre später ein vom Himmel gesandter Gentleman erscheinen, der Lord Runciman, und ein Dokument verfassen, das in seinen Folgen jenen der Schlacht am Weißen Berg nicht nachstehen wird.

dreht sich gegen alle Regeln der Konspiration ruckartig um und wirft mir einen argwöhnischen Blick zu: – Wie, sagt er gedehnt, Sie mißbilligen die Feme?

Ich suche nach einer geeigneten Rückzugsmöglichkeit.

– Wenn man stark ist, können einem ein paar Verräter nichts anhaben.

– Sagen Sie das nicht. Meines Vordermannes Stimme hat sich etwas vom Mißtrauen erholt. – Sagen Sie das nicht. So ein Scheißkerl kann zunichte machen, was Hunderte geschaffen haben. Alle meine Aussagen.

Ja, die Feme. Natürlich wußte ich mehr von ihr, als ich mir merken ließ. Einige Wochen nur ist es her, da die Feme ihren Besuch dem tschechischen Dörfchen Zahori abgestattet hatte. Da hauste im Gasthof ein gewisser Rudolf Formis, einst Direktor der Stuttgarter Rundfunkstation, dann Häftling in einem Konzentrationslager, nach seiner Flucht Leiter einer geheimen Radiostation im unscheinbaren tschechischen Dörfchen Zahori. Dahin kam sie, die Feme, in einem reichsdeutschen Mercedes-Wagen angefahren und tötete ihn, den Rudolf Formis, mit einigen Revolverschüssen.

Und nun spaziert vor mir, ruhigen Gewissens, ein Mann, dessen Gerechtigkeitssinn sich hier an jedem Staubkörnchen stößt – mal hat ihm einer eine Zeitschrift verweigert, mal hat ihm der Anstaltsarzt nur Aspirin gegen Schnupfen gegeben, mal waren die Erbsen angebrannt. Kaum zwei Schritte vor mir spaziert ein Mann, der ein Funktionär dieses Mordapparates ist, ein Mann, der vielleicht ...

– Schuft, denke ich laut.

Mein Vordermann dreht sich um und starrt mich an, als ob er nicht richtig gehört hätte.

– Jawohl, Sie meine ich, Sie.

Damit war mein Interview zu Ende, mein längstes, das ich je gehabt hatte.

Reise durch künftige Kriegsschauplätze

2

Am Tag nach dem jähen Abbruch meines Interviews war ich aus dem Brüxer Gefängnis entlassen worden. Es war das an einem Sonnabend und Stierchen meinte, als wir uns zum Damespiel setzten: »Die Pfingsten wirst Du noch auf Staatskosten feiern.« An jenem Sonnabend war ich im Begriff, meine erste Partie zu gewinnen. Nur noch wenige Züge fehlten, da ging das Schloß und im Türspalt erschien der kurzgeschorene Kopf Franta Ramus'. »Kommen Sie, Herr Doktor«, sagte er und zwinkerte mit den Augen, »der Herr Untersuchungsrichter will Sie sehen, Herr Doktor.« Unterwegs klopfte er mir auf die Schulter. »Ich hab's ja gleich gesagt, Herr Doktor, daß es bei Ihnen nicht lange dauern wird.« Nichts dergleichen hatte mir Franta Ramus bei meiner Einlieferung gesagt, vielmehr hat er mir gesagt: »Ein Politischer! Und daß du in ein paar Tagen draußen sein wirst? Daß ich nicht lache!«

In Prag ließ ich mir vom Pressechef des Außenministeriums einen Ausweis geben, um künftigen Mißverständnissen mit Gendarmen aus dem Weg zu gehen. Und setzte meine Studienreise fort, kam bis hinauf nach dem schlesischen Troppau und dem einst preußischen Ländchen Hultschin.

Damit hatte ich einen der künftigen Kriegsschauplätze kennengelernt, das Sudetengebiet. In sieben Wochen Gefängnis und vier Wochen Freiheit. Acht andere kennenzulernen, steht mir noch bevor. Die Republik Deutsch-Österreich, die einst dem Römischen Reich Deutscher Nation angehörte, nie aber dem preußischen. Die deutschsprechenden Kantone der Schweiz, die seit sechs Jahrhunderten aus dem Verband des Deutschen Reiches ausgeschieden sind. Elsaß-Lothringen, deutsch bis in die Tage des vierzehnten Ludwig, französisch bis in die Tage Bismarcks, seit 1871 von neuem deutsch und nach 1918 wieder französisch. Luxemburg, das einst dem Deutschen

Reich gar manchen Kaiser gab, und seit 1867 neutrales Großherzogtum ist. Eupen-Malmedy, *zwei* Kleinstädte samt Umkreis, die der Wiener Kongreß den Preußen zugesprochen hat, der Versailler den Belgiern. Nordschleswig, das Preußen 1864 den Dänen mit Gewalt entriß, die Dänen 1920 dem Deutschen Reich durch eine friedliche Volksabstimmung. Der polnische Korridor und Oberschlesien, ein heiß zwischen deutschen und polnischen Historikern umkämpftes Gebiet. Danzig, einst Freistadt, zeitweilig unter dem Protektorat polnischer Könige, preußisch von 1793 bis 1918, heute wieder Freistadt, unter Völkerbundskontrolle. Schließlich Memel, Hafen und Hinterland, das bis Versailles deutsch war und heute als autonomes Gebiet Litauen angegliedert ist.

Zusammen geben diese neuen deutschsprechenden rund um das Reich liegenden Gebiete einige zehntausend von Quadratkilometern und rund fünfzehn Millionen Einwohner.

Acht Länder zu bereisen, steht mir also noch bevor. Wenn sich in ihnen meine Gefängniserfahrungen wiederholen, und Interviews wieder wochenlang dauern sollten, so werden meine Reisemittel ausgehen und mein Bericht wird für manches der Länder zu spät kommen.

Auf der Ringstraße zu Wien stehen die Bauten verjährter Macht: die kaiserliche Burg der Habsburger und das Parlament der Republik, Barockpalast und griechischer Säulentempel. Die Burg ist seit neunzehnhundertachtzehn in ein Museum verwandelt. Auch das Parlament gehört der Vergangenheit an. Ein Jahr nach dem Mord an Dollfuß und siebzehn Monate nach dem Februaraufstand der Wiener Arbeiter herrscht Schuschnigg, der Nachfolger von Dollfuß, en dictateur.

Das Parlamentsgebäude stammt noch aus der Kaiserzeit. In seinen Tagungs- und Beratungssälen tobte um die Jahrhundertwende der Kampf der österreichischen Nationen. Auf seinen Bänken starb die Habsburger Monarchie eines langsamen Todes.

Auf einer dieser Bänke ließ sich ein Abgeordneter eine metallne Tafel mit einem Reim anbringen. Der Reim lief:

Ohne Juda, ohne Rom
Wird gebaut Alldeutschlands Dom.

Der Platz gehörte dem Führer des Alldeutschen Vereins, Georg Ritter von Schönerer.

Der Abgeordnete Schönerer dichtete auch andere Reime. So diesen:

Ob Jud, ob Christ ist einerlei
In der Rasse liegt die Schweinerei.

Dieser Ritter Georg erhitzte mit seinen Reimen und Reden das Gehirn eines Realschülers aus Braunau namens Adolf Hitler.

Die metallne Tafel an der Parlamentsbank ist längst abgemacht, der Reimdichter längst gestorben. Der tote Schönerer emigrierte aus Österreich, das von dem lebenden nichts wissen wollte. Sein Leichnam ruht im Sachsenwald, unweit der Grabstätte Bismarcks.

Hingegen lebt ein anderer Lehrer Adolf Hitlers. Er lebt und ist noch berufstätig. Dr. Walter Riehl hat sein Anwaltsbüro hinter dem Stephansdom. Dort suche ich ihn auf.

Im Wartezimmer hängen viele Fotografien. Gruppenbilder mit Fahnen und Uniformen. Auf einigen ist ein schmächtiger junger Mann im Regenmantel, mit Chaplinbärtchen und bösem kaltem Blick zu sehen, Adolf Hitler.

Eine Tür öffnet sich. Der Herr, der auf mich zukommt, ist identisch mit dem Mann, der auf den Gruppenbildern neben Hitler steht. Er ist nur älter geworden, seine Gesichtszüge entspannter, seine Haltung ziviler.

Dr. Walter Riehl ist Erfinder der Patentmarke und des Firmennamens. Er hat den Namen Deutsche Nationalsozialistische Arbeiterpartei geprägt. Er hat das Hakenkreuz zum Parteisymbol gemacht. Dies geschieht noch im alten Österreich, Jahre bevor der Ansichtskartenhausierer Adolf Hitler Politiker werden wird. Die Beiden begegnen einander erst nach dem Krieg in dem zwischenstaatlichen Bund deutscher Nationalsozialisten. Dr. Walter Riehl vertritt darin Österreich. Adolf Hitler Deutschland. Vorsitzender dieses Embryos einer Internationale der fünften Kolonne ist Dr. Riehl.

Bald jedoch, neunzehnhundertdreiundzwanzig, bei einer Tagung in Salzburg, gehen des Lehrers und des Jüngers Wege auseinander. Diskutiert wird Taktik: Sollten die Nationalsozialisten die Macht mit Wahlenthaltung und Putsch oder mit Wahlbeteiligung und Legalität erobern? Der Lehrer ist für Legalität. Der Jünger für Putsch. Der Lehrer verschwindet in die Versenkung der Geschichte. Der Jünger tritt in ihr volles

Rampenlicht. Er macht den Feldherrnhallenputsch in München.

Aus jenen Zeiten erzählt mir Dr. Walter Riehl und weist auf die Fotos, die an den Wänden hängen.

Noch einen Vorgänger Adolf Hitlers lerne ich in Wien kennen: den Universitätsprofessor Othmar Spann. Seit einem Vierteljahrhundert lehrt dieser Mann Totalitarismus – oder Ganzheitslehre wie er es nennt –, eine romantisch aristokratische Idee vom Staat. Seit einem Vierteljahrhundert schleudert er von seinem Katheder sein Anathema gegen Demokratie und Liberalismus, gegen Marxismus und Pazifismus. Bei ihm ging die ganze sudetendeutsche Führerequipe zur Schule, außer dem Oberführer Henlein, der nur die Turnschule hinter sich hat. Othmar Spann ist heute im Dritten Reich nicht mehr persona grata, ebensowenig wie Riehl. Hitler will ein Führer ohne Lehrer und Vorläufer, ein von der Vorsehung entsandter Prophet sein.

Doch lassen wir Walter Riehl und Othmar Spann, lassen wir die Toten ihre Toten begraben und kehren wir zu den Lebenden zurück. Die Gegenwart ist Schuschnigg, die Gegenwart ist seine Vaterländische Front, die Gegenwart ist das Krukenkreuz, eine österreichische Abart des Hakenkreuzes, die Gegenwart ist auch ein Arbeitslager außerhalb der Stadt, an der Donau.

Ich sehe mir die Anstalt in Begleitung eines jungen Arbeitsdienstoffiziers vom Stab an. Er trägt die steife schwarze K. u. K.-Kappe auf dem Kopf, die die Republik in den ersten Tagen abgeschafft hat. Auf der Rückfahrt fragt er mich, was ich von ihm halte. Was ich von ihm halte? Ich kenne ihn zu flüchtig, um darauf antworten zu können. Nein, nein, so meine er das nicht. Was ich glaube, welcher politischen Richtung er angehöre.

Der nationalsozialistischen, sage ich – nach den Gesprächen, die er mit den Zöglingen im Lager geführt hat, fällt mir diese Diagnose nicht schwer.

– Erraten, bestätigt er mit sichtlicher Befriedigung.

– Haben Sie keine Angst, daß ich Sie anzeigen könnte?

– Angst. Aber gehen's, Herr Doktor. Wissen Sie, Herr Doktor was mein Chef, der Oberleutnant X. ist? Nationalsozialist. Und wissen Sie, was mein zukünftiger Schwiegervater, der Oberpolizeirat Y. ist? Ebenfalls Nationalsozialist. Da sehen's.

Das X wie auch das Y sind nicht Ausdruck meiner Verschwiegenheit oder Rücksichtnahme, der Chef des Arbeitsdienstes und der Polizeidirektor haben sie heute wahrlich nicht nötig.

Sie sind vielmehr Ausdruck meines schlechten Gedächtnisses. Die Auflösungen für X und Y stehen in meinem verlorenen Manuskript.

So ein Oberleutnant X leitet die Erziehung der Jugend. So ein Oberpolizeirat Y dirigiert eine Abteilung der Wiener Polizei, – und all dies ein Jahr nach der Ermordung von Dollfuß durch die Nazis und der darauf folgenden politischen Reinmacherei in der Polizeidirektion auf der Elisabeth-Promenade und in anderen Regierungsämtern.

Am Abend nach diesem Lagerbesuch liege ich in meinem Hotel zu Bett und lese die offizielle Darstellung der Ereignisse vom 25. Juli 1934, der Ermordung des Kanzlers Dollfuß. Es ist eine aufregende Detektivgeschichte. Nur daß in ihr die Spannung nicht durch die Geistesgegenwart, nicht durch die rasche Entschlußkraft und nicht durch den Scharfsinn der Polizei erzeugt wurde, – sie wurde ganz im Gegenteil durch die gewollte Ausschaltung dieser Polizeitugenden hervorgerufen.

Einer der Verschworenen bekommt es im letzten Augenblick mit der Angst zu tun. Er sucht einen Bekannten auf, einen Regierungsbeamten, und erzählt ihm, was für diesen Tag geplant wird. Es ist am frühen Morgen des 25. Juli gegen acht Uhr. Der Regierungsbeamte benachrichtigt das Bundeskanzleramt. Dieses benachrichtigt den Polizeipräsidenten, oder einen der Polizeidirektoren, ich kann mich nicht mehr richtig entsinnen. Dieser ist skeptisch – Polizeipräsidenten und Polizeidirektoren, die selbst mit im Komplott sind, sind besonders skeptisch. Anderes würde für diesen Tag geplant sein, anderes und weit gefährlicheres, antwortet er durch den Draht. Die Kommunisten wollen auf dem Michaelerplatz demonstrieren. Und gegen dieses bedrohliche Unterfangen habe er die ganze Polizeimacht mobilisiert. Wahrscheinlich, höchstwahrscheinlich sogar, sei die Meldung über den geplanten Naziputsch nur ein kommunistisches Ablenkungsmanöver. Immerhin, er der Polizeipräsident, oder war es der Polizeidirektor, werde das Nötige vornehmen.

Inzwischen ist es 11 Uhr geworden oder noch später. In das Bundeskanzleramt am Ballhausplatz fährt ein Lastauto ein, vollgepfropft mit Bundessoldaten. »Der angeforderte Schutz«, denkt aufatmend der Wachkommandant. Ach nein, die Pg. Mörder höchstselbst.

Einer der Namen, den man nachher auf der Ministerliste der Putschisten fand, war Apold. Direktor Apold dirigierte vom

Direktionsgebäude der Alpinen Montan AG. aus hauptamtlich die Förderung von Eisenerz und nebenamtlich die Förderung des Ballhausputsches, des Putsches, der Dollfuß den Kopf kostet.

Meine erste Fahrt in die österreichische Provinz führt mich nach Leoben und Eisenerz, in die Erzgruppen der Alpinen Montan. Der Direktor daselbst heißt nicht mehr Apold. Aber was tut auch der Name zur Sache. Der neue Direktor, mag er heißen, wie er wollte, ist gleichfalls ein Angestellter der Firma, die den Apold mit der Förderung von Erz und von anderen Dingen beauftragt hat. Die Besitzer der Aktienmehrheit der Alpinen Montan sitzen nach wie vor an der Ruhr. Nach wie vor heißen sie Krupp und Thyssen, Kirdorf und Vögeler.

Ich gehe hier auf Straßen, unter denen, wer würde es glauben, der größte Eisenklumpen Europas liegt. Dieser Erzberg allein liefert ein Viertel dessen, was ganz Deutschland an Erz fördert. Und er wird das Doppelte davon liefern, sollte es Hitler das nächste Mal besser gelingen, die österreichische Frage zu lösen, als am 25. Juli.

Nach Eisenerz sehe ich mir Steyr an – nach den Eisenklumpen die Eisenverarbeitung. Als ich dann wieder im Zuge sitze und über die Gespräche nachdenke, die ich in Wien, in Eisenerz und in Steyr geführt habe, wird mir manches klar.

Ja, Österreich ist gleichfalls eine schwache Stelle in diesem deutschsprechenden Ring. Aus anderen Gründen als das Sudetengebiet. Hierzulande hat die Regierung jene Staatsform zertrümmert und jene Kreise von sich gestoßen, die allein die Unabhängigkeit Österreichs gewährleisten könnten: die Demokratie und die Arbeiterschaft. Mit Nazis in den Regierungs- und Wirtschaftsämtern, mit den Arbeitern im Konzentrationslager Wöllersdorf und auf den Evidenzlisten der politischen Polizei, mit Mussolini als Schirmherr – so ist Österreich nicht zu retten. Sollte eines Tages südlich des Brenners Mussolini seinen Truppen den Befehl erteilen: »Bayonette einstekken!« dann ist es um Österreich geschehen.

In Zürich suche ich Dr. Henne, den Führer der »Frontisten« in seinem Braunen Haus auf. Es ist dies ein kleines Haus, eine nicht gutgehende Filiale und ein nichtssagendes Interview.

In Basel heißt der Agent Leonhard. Ich konnte ihn nicht sprechen, da er verreist war. Und ein Büro hatte er nicht. Diese

Filiale war noch unbedeutender, als die von Dr. Henne geleitete. Ein anderer Agent namens Theodor Fischer befindet sich zu jener Zeit nicht mehr auf dem Territorium der Schweizer Eidgenossenschaft. Dieser Theodor Fischer beging die Unvorsichtigkeit, einfach das Programm Hitlers abzuschreiben, die fünfundzwanzig Punkte, Punkt für Punkt. Und nachher beging er noch eine größere Unvorsichtigkeit, in Waldshut oder in Freiburg, in einem Städtchen jenseits des Rheins, von einer Rednertribüne den baldigen Anschluß des Gau Schweiz an das dritte Reich anzukündigen. Damit hat der Theodor Fischer der Schweizer NSAP die Grabrede gehalten.

Dr. Henne und Leonhard haben aus diesem Beispiel gelernt. In ihren Reden und in ihren Zeitungen treten sie als brave Schwyzer auf, für eine echte schwyzerische SA und SS, für eine schwyzerische Gestapo im Geiste Wilhelm Tells, für Judenverfolgungen im besten Sinne Zwinglischer Toleranz.

Auch dies zog nicht.

So setzte man als Rammbock den hitlerischen Untertan ein. Den Untertan, der in der Schweiz seinem Beruf nachging. Den Untertan, den man auf die Schweizer Universitäten – zum Studieren, wofür denn anders? – schickte. Den Untertan, der in den Schweizer Bergen seinen Urlaub verbrachte. Eine weitverzweigte Organisation, mit allen Sparten und Chargen, mit Hitlerjugend und Bund Deutscher Mädchen, mit Sturmunterführern und Obersturmbannführern wurde nach deutschem Muster geschaffen und an ihre Spitze ein Gauleiter namens Gustloff gestellt.

Auch dieser Versuch war ein Fehlschlag. Überall und von allen Seiten, in Zürich und in Basel, auf dem flachen Land und auf der Alm hörte ich den gleichen Ausspruch: Wir sind Schweizer – und nicht Deutsche. Heute mehr als je.

»Welche Frage?« wunderten sich die Züricher und die Baseler, die Leute vom flachen Land und von der Alm. »Welche Frage! Natürlich steht mir ein welscher Schweizer näher als ein Reichsdeutscher.«

– Sprechen Sie denn französisch, pflegte ich darauf die Leute zu fragen.

– Nein antworteten viele.

– Mit einem Deutschen können Sie sich unterhalten, nicht aber mit einem Welschschweizer. Wieso finden Sie es dann natürlich, daß Ihnen ein Welschschweitzer näher steht, als ein Reichsdeutscher.

Mit oder ohne Zögern, je nach Temperament und Auffassungsvermögen, die Antwort lautete in der Regel:

– Ich kann nur sagen, daß es für mich eine Selbstverständlichkeit ist.

Und mit jeder neuen Nachricht, die über den Rhein geweht kam, versteifte sich dieses Gefühl des Andersseins, des Schwyzerseins.

Es geschah zu jener Zeit, daß der Zuger Kantonrat das Hochdeutsch von seiner Rednertribüne verbannte. Von nun an wurde an seinen Tagungen nur noch Schwyzerisch, nur noch zugerisch gesprochen.

Im Zuge der Zeit werden auch die anderen Kantone dem Zuger Beispiel folgen.

Was Rudolf von Habsburg hier vor sechshundert Jahren ausgelöst hat, die Entfremdung der deutsch-schwyzerischen Kantone von der deutschen Nation, das hat Hitler zu Ende geführt.

Mit dem Rütlischwur und der Schlacht von Morgarten wurde zwischen der Schweiz und dem Deutschen Reich ein Graben gelegt, der Bruch aller Schwüre des neuen Reiches Kanzler und die Schlachten der Gestapo vertieften den Graben zu einer Schlucht.

Zu jener Zeit macht ein Prozeß von sich reden. Ein Oberleutnant hat unter einem Decknamen in einer Züricher Zeitung Enthüllungen über den Generalstabchef der Schweizer Armee veröffentlicht. Unser Generalstabchef, schrieb er, war bei der Kieler Regatta Gast des General von Blomberg gewesen. Dort sprach er mit Hitler. Und ein zweites Mal sprach er ihn, gleichfalls zufällig, auf seiner Rückreise in München. Das Militärgericht hat den Artikelschreiber aus der Armee ausgestoßen.

Der Generalstabchef wird einige Jahre später von seinem Posten entfernt werden. Es wird sich herausstellen, daß seine deutsche Frau im Berliner Geheimdienst steht.

Sicher, solche Fälle gibt es. Aber stärker als sie beeindruckte mich der innere Zusammenhalt der Schweiz.

Woher kommt dieses Schweizer Nationalbewußtsein, das die Kraftprobe des ersten Weltkriegs und die weit größere Kraftprobe des Hitlerschen Propagandakrieges bestanden hat?

Ich gehe in die Züricher Bibliotheken. Ich suche nach Werken über die nationale Frage in der Schweiz. Vergeblich. Die Kataloge der Wiener Staatsbibliothek, die Kataloge des

Prager Clementinums strotzen von dieser Art Literatur. Das Nationalitätenproblem im alten Österreich, *Studien*, Streitschriften, wissenschaftliche Abhandlungen, Pamphlete, Protokolle der Reichsratsitzungen. Hier in Zürich finde ich nichts.

Ich suche einen Universitätsprofessor auf. Ein bequemes Landhaus in der Nähe von Zürich. Eine Arbeitsstube, die auf den See blickt, die Wände bis hoch oben mit Büchern bedeckt. Alles spricht hier von sicherem Wohlstand, der Universitätsprofessor ist Erbe eines reichen Bierbrauergeschlechts.

Ich stelle ihm meine Frage. Der Universitätsprofessor zögert mit seiner Antwort. Wie soll er mir das sagen? Die Geschichte der Schweiz sei reich an Kämpfen gewesen, an Kämpfen zwischen den regierenden »Orten« und den »Untertanlanden«, zwischen katholischen und protestantischen Kantonen – aber nationale Kämpfe hätte es nie gegeben.

Die Schweiz sei eben anders. Ob ich mich an die Stelle in Grimmelshausens Simplicius Simplicissimus erinnere, wo von der Schweiz die Rede sei. Nein, ich erinnere mich nicht. Einen Augenblick, sagt der Professor. Da haben wir es, der Professor hat einen dicken in Leder gebundenen Band aus seiner Bücherei hervorgeholt, darin geblättert und eine Seite aufgeschlagen. Da haben wir es: »Das Land – gemeint ist die Schweiz kam mir so fremd vor gegen andere teutsche Länder, als wenn ich in Brasilien oder in China gewesen wäre. Da sah ich die Leut in Frieden handeln und wandeln ... da war keine Furcht vor dem Feind. Keine Sorgen vor der Plünderung und keine Angst, sein Gut, Leib und Leben zu verlieren ...«

Da haben wir einen Grund.

In einer Züricher Konditorei treffe ich mich mit einem sozialdemokratischen Nationalrat. Der Nationalrat hat ein längliches kurz geschorenes Haupt, halb *Knabe*, halb Mönch.

Auch ihm stelle ich meine Frage. Der Nationalrat spricht weniger von der Vergangenheit und mehr von der Gegenwart.

Die Arbeiter, sagt er, die Mittelständler und die Bauern, die halten an ihren provinzialen und demokratischen Traditionen fest. An ihren hohen Löhnen und Gehältern, an ihren guten Butter- und Käsepreisen. Die Kapitalisten? Neunzehnhundertachtzehn hatten die Ereignisse in Deutschland sie sehr erschreckt. Sie fürchteten um ihre Investitionen im

Reich. Sie hatten Angst, daß die Revolution über den Rhein zu uns käme. Zu jener Zeit war ein Student namens Rudolf Hess ein oft und gern gesehener Gast in der Villa eines einflußreichen Züricher Bankiers. Er, der Hess, kehrte nie mit leeren Taschen zu seinem Chef nach München heim. In jenen Tagen finanzierten Schweizer Geldkreise die Bewegung Adolf Hitlers.

Heute? Heute machen sie wohl ihre Geschäfte mit dem Dritten Reich. Aber drinnen, in dem Unternehmen selbst, möchten sie nicht stecken. Das Risiko ist zu groß. Auf Konterrevolutionen pflegen Revolutionen zu kommen, auf Kriege Zusammenbrüche. Das Schweizer politische Milieu scheint ihnen weit stabiler und dauerhafter. So kommt es, daß Hitler im deutschsprechenden Teil der Schweiz keinen Partner finden kann, weder unter den Kapitalisten, noch unter den Arbeitern und Bauern, noch im Mittelstand. Die Schweiz ist von innen nicht zu nehmen.

Und von außen, frage ich?

Von außen? Sie meinen durch einen Gewaltstreich. Dafür gibt es Für und Wider. Für: Das sind die deutschen Generalstabspläne. Umgehung der Maginotlinie vom Süden, durch einen Einfall in das Burgunder Loch, eine Operation, die ihnen schon Karl der Kühne vorgemacht hat. Eine ernste Gefahr für uns. Das Wider: Im Kriege ist die Schweiz eine offene Tür zur Welt. Durch sie kann man Spione ins Ausland schicken. Durch sie kann man mit dem neutralen Ausland Handel treiben, sogar mit dem feindlichen. Sie erinnern sich, daß während des ersten Weltkriegs gewisse französische Lieferungen nach Deutschland gingen und andere von Deutschland nach Frankreich.

Auf eine internationale Institution, die ihren Sitz am Genfer See hat, ist Hitler nicht gut zu sprechen: auf den Völkerbund. Er hält jedoch viel von einer anderen internationalen Institution, die ihre Büros im ehemaligen Hotel »Universe« zu Basel eingerichtet hat, von der Bank für internationalen Zahlungsausgleich. Im Direktorium dieser Bank sitzen Leute, die denken, daß man mit Anleihen und Geschenken Hitler zähmen und abrichten könne. Hitler braucht Geld. Auch das darf man nicht unerwähnt lassen, wenn man von der Zukunft der Schweiz spricht.

Nach Paris, das ich vor einem halben Jahr so jäh und so gegen meinen Willen verlassen mußte, fahre ich nun mit einem rechtsgültigem Visum und mit einem Empfehlungsschreiben, von dem ich hoffe, es werde mir die Tore Elsaß' und Lothringens öffnen. Das Visum war vom französischen Konsul in Zürich ausgestellt, das Empfehlungsschreiben von jenem sozialistischen Schweizer Nationalrat.

Gerichtet war es an die Gewerkschaft der öffentlichen Angestellten, eine sehr einflußreiche Organisation. In ihrem Sitz einige Schritte vom Quai d'Orsay entfernt, und dem Aussehen nach mehr Quai d'Orsay-Palais als Gewerkschaftshaus, empfängt mich der Generalsekretär. Er wird sehr kühl, als ich ihm über meine Absichten und Pläne spreche.

– Was suchen Sie im Elsaß, was suchen Sie in Lothringen? Hat Hitler nicht unlängst öffentlich, feierlich und bindend erklärt, daß mit der Rückkehr des Saargebiets zum Reich alle territorialen Fragen zwischen Deutschland und Frankreich geregelt sind, daß er auf Elsaß und Lothringen verzichte. Ich halte Ihre Enquete für ein Herumstochern in einer frisch vernarbten Wunde. Ihre journalistischen Pläne scheinen mir eher schädlich als nützlich für Frankreich zu sein. Und gefährlich für den Frieden Europas. Sie entschuldigen meine harte Sprache, aber ich finde es angebracht, manchmal die Wahrheit zu sagen. Sie wollen uns in einen Krieg gegen Hitler hetzen. Das sind, wie soll ich sagen, Emigrantenressentiments. Wir haben früher den Bellizismus von rechts bekämpft, heute wollen wir uns nicht von dem linken Bellizismus unterkriegen lassen.

So ungefähr spricht der pazifistische Mann zu mir, der Patron des benachbarten Quai d'Orsay-Betriebs hätte nicht anders sprechen können.

Sehr unwillig und im vornhinein pessimistisch ruft er das Innenministerium an, Abteilung für Elsaß und Lothringen. »In meinem Büro sitzt ein Herr« spricht er in die Muschel, »der aus Frankreich ausgewiesen ist und der ...« Schon die ersten Worte seiner Empfehlung klingen mehr wie ein Steckbrief. Da er nach kurzer Zeit abhängt, bin ich des Bescheids gewiß. »Nichts zu machen«, sagt der Sekretär der einflußreichen Gewerkschaft, »Ihr Aufenthalt ist in Elsaß und Lothringen unerwünscht.«

Meine Lage ist nicht erfreulich. Das Innenministerium läßt mir sagen, daß mein Aufenthalt im Lande unerwünscht sei. Darüber hinaus bin ich aus Frankreich ausgewiesen. Kann ich es da wagen, nach dem Elsaß zu fahren, in dieses scharf bewachte Grenzland der Maginotlinie, wie soll ich mich dort tagelang bewegen, Politiker interviewen, Leute auf der Straße ansprechen?

Am Tage darauf sitze ich im Straßburger Morgenschnellzug – was konnte ich auch anderes tun: Ohne Elsaß gesehen zu haben, könnte ich mein Buch nicht schreiben.

Der Zug setzt sich in Bewegung. Ich nehme »Le Matin« in die Hand, ein Morgenblatt, von dem jedermann in Paris weiß, daß es mit Reichsmark bezahlt wird, und siehe, was blickt mich gleich auf der ersten Seite mit fetter Schlagzeile an –: eine Meldung aus Straßburg, besagend, daß daselbst ein ganz gefährlicher Spion und Agent einer fremden Macht verhaftet worden sei.

Mir wird noch unwohler zu Mute. Straßburg scheint wahrlich ein heißes Pflaster zu sein.

In Straßburg angekommen, beschließe ich, alles auf eine Karte zu setzen. Verhaftet werde ich ohnedies werden, das scheint mir unvermeidlich. Da gehe ich doch gleich zum Spezialkommisär der Sureté Nationale.

Der Spezialkommissär ist ein kleiner Mann mit schütterem Haar und einem Gesicht, das aufmerksam zuzuhören versteht. Er unterbricht mich auch nicht in meinen Ausführungen, die mit den Worten beginnen, daß ich aus Frankreich ausgewiesen sei, und mit der Aufforderung enden, er möge mich während meines ganzen Aufenthaltes beobachten lassen, ich hätte nichts dagegen.

Der Spezialkommissär gehört einer speziellen Kommissarspezies an, der ich bisher noch nie begegnet bin: er ist nicht beschränkt, die Karte, auf die ich gesetzt habe, gewinnt.

Mein erster Gang führt mich in das Hauptquartier der Autonomisten, so heißt hier zu Lande die Agentur Hitlers. Ich werde von dem Chef, dem Doktor Karl Ross in der Redaktion der »ELZ«, der »Elsässisch-Lothringischen Zeitung« empfangen. Im Raume befinden sich noch zwei andere Herren: ein kräftiger jugendlicher Mann, dessen frisches Gesicht und starker Nacken sich sportlich von dem hellen Flanellanzug abheben, ein Mann namens Mourer, der andere, den ich nicht beachte, ist mir in Erinnerung als groß, schwerfällig und brummig. Er wird mir als Dr. Brumder vorgestellt.

Was mir der Doktor Karl Ross erklärt, ist nicht sehr aufschlußreich. Daß sie keine Irredentisten seien und nur die Sitten und Gebräuche, die Eigenart und das Eigentum des elsässischen Volkes erhalten wollen, übliche Loyalitätserklärungen, die man vor fremden Journalisten herunterleiert. Aufschlußreicher scheint mir die Tatsache, daß ich diese zwei Männer – den aus dem völkischen Lager kommenden Dr. Karl Ross und den von den Kommunisten ausgeschlossenen Mourer zusammen in einem Raum finde. Wenn der kommunistische Renegat Doriot einen Schrittmacher gehabt hat, in seinem Lauf von Cachin zu Hitler, so sitzt dieser Schrittmacher neben mir: Mourer.

Wer der Dritte im Bunde ist, der Dr. Brumder, erfahre ich nachher. Sein Onkel, Dr. Robert Ernst, Führer des »Bund Elsaß-Lothringer im Reich« und Herausgeber der »Heimatstimmen«, hat ihn hierhergesetzt.

Dr. Robert Ernsts Vorgesetzter ist gleichfalls ein Doktor, Doktor Steinacher, das Oberhaupt »Verein der Auslandsdeutschen«. Der VDA ist eine Dachorganisation von Bünden, die alle ihren Generalstab im Reich und ihre Mitglieder teils im Reich, teils außerhalb des Reichs haben, an die zwei Dutzend von Bünden mit zehntausenden von Ortsgruppen. Der VDA darf nicht mit der Auslandsorganisation der NSDAP verwechselt werden, deren Chef Bohle heißt. Die hat nur eingeschriebene Parteimitglieder in ihren Hunderten von Einheiten, die über die ganze Welt verbreitet sind. Dr. Steinacher, der Chef des VDA bekommt seine Befehle vom »Verbindungsstab des Führers«, von Hess, Göbbels. Ribbentrop, Rosenberg und Abetz sind die Leiter des Stabs. Dr. Brumder trifft sich von Zeit zu Zeit mit seinem Onkel, dem Dr. Robert Ernst jenseits des Rheins im Badenschen. Hier schließt sich der Kreis zwischen Berlin und Straßburg, zwischen der Regierung des Dritten Reichs und den elsaß-lothringischen Autonomisten.

Diese Leute durften frei ihren Geschäften nachgehen, während der Spion und Agent einer fremden Macht, dessen Verhaftung »Le Matin« so sensationell aber doch ohne Namensnennung aufgemacht hat, zehn Monate in Untersuchungshaft verbringen mußte. Dr. Karl Ross wird erst viele Jahre später verhaftet werden – aber dann wird es zu spät sein: der Krieg wird vor der Tür stehen. Der anonyme Mann aber, der in Straßburg die zehn Monate absitzen mußte, befaßte sich mit dem Hinüberschaffen antifaschistischer Literatur in das Land jenseits des Rheins.

Von Straßburg fahre ich aufs Land. In die Kantone dieses Mittelreichs, in dem seit einem Jahrtausend deutsches und französisches Blut sich mischt, sowohl in den Adern der Lebenden wie auch im toten Erdboden.

Ich suche den Hartmannsweilerkopf auf, einen Berg, auf dem nichts mehr gedeiht, als Grabkreuze 1914–1918.

Ich steige in einen Keller hinab, den Keller einer Kapelle auf den zahmen Weinberghügeln von Schlettstadt, in einen Keller, der hoch bis zum Gewölbe mit Knochen angefüllt ist. Es sind irdische Reste von zwanzigtausend Bauern, die hier am Anfang der Neuzeit von Rittern niedergemetzelt wurden, deutsche Bauern von deutschen Rittern.

Auf den sanften Hügeln stehen noch die Burgen, romantische Ruinen, aus denen das elsässische Volk die Burgherren vertrieben hat, hundertfünfzig Jahre sind es her.

Ein Briefwechsel fällt mir ein, den Berliner und Straßburger Studenten kurz vor der Bismarckischen Invasion Frankreichs geführt haben. Ruft *Euch* der deutsche Rhein, schreiben die Berliner, Euer Münster, rufen Euch die deutschen Lieder, nicht täglich zu, daß Ihr Deutsche seid? Und doch singt Ihr »France, ô ma Patrie« statt unser »Deutschland über alles«.

Nein, antworten die Straßburger Studenten, sie wollten von »Deutschland über alles« nichts wissen. In ihrer Stadt sei die Marseillaise entstanden, unter deren Klängen ihre Väter die Invasion zurückgedrängt haben. Und wenn Ihr noch immer nicht wißt, warum Elsaß-Lothringen französisch ist, so laßt euch sagen, es sei so seit jenen Tagen des Jahres 1789, da Elsaß-Lothringen das Joch des Feudalismus abgeschüttelt hat.

Was in der Schweiz in jahrhundertelanger Entwicklung geschah, das Zusammenschweißen verschiedener Völker zu einer politischen Nation, hier geschah es mit einem Schlag, durch die Revolution. Die deutschen Rassisten sprechen von Blut, das die Völker zusammenhält. Wenn es Blut ist, was die Elsässer und Lothringer mit dem Franzosen französischer Zunge verbindet, so ist das kein organischer Saft, vielmehr ein gesellschaftlicher, das Blut, das sie gemeinsam vergossen haben, hundertfünfzig Jahre sind es her.

Ich habe mit den Nachkommen von 1525 und 1789, den Erben des Bundschuhs und der Jakobiner, Bratwürste und Sauerkraut gegessen, von ihrem Wein getrunken und ihre Sorgen mitangehört. Aber von keinem habe ich den Wunsch aussprechen gehört, in das Reich desjenigen einverleibt zu werden, der sich selbst als den Liquidator der französischen Revolution bezeichnet.

Aber ist der Wunsch ein politischer Faktor?

Im Elsaß sprechen die Leute deutsch, eine schwäbische Mundart. In Lothringen wird weit mehr französisch gesprochen. Trotzdem werden Verrat und Verderb aus Lothringen kommen. Nicht durch die Lothringer schlechthin, sondern durch die Herren, die Lothringer Sachwerte ihr eigen nennen, Eisenerze und Hochöfen. Durch die De Wendel, und ihre Beisitzer im Comité des Forges.

Lang ist die Liste der Geschäfte, die dieser »Hüttenausschuß« gegen die eigene Nation getätigt hat und weit reicht sie zurück. Während des ersten Weltkriegs wurde die französische Regierung zu wiederholten Malen in der Kammer in Sachen von Briey und Longwy interpelliert. Warum, fragten einige Abgeordnete, warum wird das Erzbecken von Briey und Longwy nicht bombardiert, obwohl es in der Schußweite unserer Kanonen liegt? Liefert dieses Becken nicht das Erz, aus dem die Deutschen ihre Kanonen und Granaten gießen? Die Interpellationen blieben ohne Antwort.

Lang ist die Liste der Geschäfte, die das Comité des Forges zum Schaden der eigenen Nation tätigte, die beiden letzten und unheilvollsten heißen – München und Vichy.

Luxemburg ist ein kleines Ländchen, das man in einer Schnellzugstunde durchqueren kann. Aber Luxemburgs Erde ist rot von Eisenerz, von seinen Horizonten zeichnen sich viele Schlote, Fördertürme und Hochöfen ab.

Der Platz vor dem Bahnhof schläft noch, da ich in Luxemburg, der Hauptstadt von Luxemburg ankomme. Nur ein Zeitungsjunge zerreißt die Stille mit seinem »Paris-Soir«-Ruf.

Ich bleibe unschlüssig vor dem Bahnhofsgebäude stehen. Es ist Sonntag und dazu noch zu zeitig am Morgen, um meinen Gewährsmann aufzusuchen. Ein Herr mit einer Uhrkette um den Bauch und mit speckig roten Wangen kommt auf mich zu. Er lüftet seinen Hut und empfiehlt sich als Fremdenführer. Er würde mir das großherzogliche Palais zeigen. Den Stadtschlüssel Napoleons. Die Villa Kaiser Wilhelms. Den Melusinenturm aus dem vierzehnten Jahrhundert.

Gemacht, sage ich. So bekomme ich den Melusinenturm zu sehen, den man 1867 stehen ließ, als in London beschlossen wurde, die mächtigen Werke und Mauern der Festung Luxemburg zu schleifen und sie durch eine Kollektivgarantie der Großmächte zu ersetzen.

Ich sehe die Villa, in der zu Beginn des ersten Weltkriegs, der zweite Wilhelm residierte, nachdem er Luxemburg eroberte, das nur von einem Fetzen Papier verteidigt worden war.

Ich sehe das großherzogliche Schloß mit seinen schmucken Soldaten, die gleich Spielzeugfiguren, die Wachparade vollziehen. Ich pfeife mir die Melodie vom Grafen von Luxemburg, der all sein Geld verputzt hat, hunderttausend Taler in einer Nacht verjuxt, juxt, juxt, und frage meinen Begleiter, wieviel Soldaten denn Luxemburg unter Waffen habe. 225 Mann und 4 Offiziere, lautet seine Auskunft.

Es ist inzwischen Zeit geworden, meinen Gewährsmann aufzusuchen. Ich bezahle meinen Führer und will von ihm zum Abschied noch wissen, wieso hier der »Paris-Soir« gelesen werde. Ach, man spräche hier sowohl französisch wie deutsch. Und seit drüben im Reich die Zeitungen alle das gleiche schreiben täten, lese man hier von den ausländischen lieber die Pariser als die reichsdeutschen Blätter.

Mein Gewährsmann, ein Lehrer und Stadtverordneter, ist eben im Begriff auszugehen, da ich bei ihm klingle. Aber das, was ich von ihm hören will, könne er mir auch unterwegs erzählen und mir dabei die Stadt zeigen. Was meine Frage über den Namen, die Stärke und die Methoden der einheimischen Nazipartei beträfe, da könne er sich sehr kurz halten: es gäbe im Lande keine einheimische Nazipartei. Nicht einmal ein Grüppchen. Was es gäbe, wären die 20000 Reichsdeutschen: Ingenieure, Angestellte und Facharbeiter der Schwerindustrie. Die betrieben Spionage und all das, was man in Berlin von den Auslandsdeutschen auch sonst verlange. Das Luxemburger Volk wolle von den Nazis nichts wissen. Weder von den Nazis noch von dem Deutschen Reich. »Vergessen Sie ja nicht, in Ihrem Buch niederzuschreiben, was ich Ihnen jetzt sage: Wir Luxemburger sind keine Deutschen. Wir sind Luxemburger. Zu oft hat man uns im Laufe der letzten tausend Jahre von Hand zu Hand gereicht. Mal hat man uns verpfändet, mal verkauft, mal als Anzahlung, mal als Mitgift gegeben, mal einfach eingesteckt. Mal waren wir burgundisch, mal spanisch, mal österreichisch, mal französisch, – und das haben wir gründlich satt.«

Nach diesem temperamentvollen Abstecher in die Geschichte, fragt mich mein Gewährsmann, was ich denn schon von der Stadt gesehen habe. Den napoleonischen Stadtschlüssel, die Kaiser Wilhelm-Villa, den Melusinenturm und das großherzogliche Schloß. Ach, sagte er, das alles ist nur Operette und Märchen aus uralter Zeit. Ich will Ihnen realistisches Drama und neueste Sachlichkeit zeigen.

So führt mich mein Gewährsmann vor zwei Gebäude, die keine großherzoglichen Insignien tragen, vor denen keine schmucken Zinnsoldaten Wache halten und in denen keine massiven Stadtschlüssel aufbewahrt sind – vor die Direktionsgebäude der ARBED und der HADIR.

Arbed ist kein Dialektausdruck für Arbeit und Hadir ist mitnichten der Name eines persischen Prinzen. Arbed und Hadir sind Kürzungen, die eine für die Acieries Reunies de Burbach-Eich-Dudelange, die andere für die Hauts Fourneaux de Differdange, Saint-Ingebert et Rumelange. Die Besitzer der großen Aktienpakete dieser Eisen- und Stahlkonzerne sitzen in Paris. Die bedeutendsten heißen François de Wendel und Theodore Laurent und sind Präsident und Vize-Präsident des Comité des Forges.

Von der Politik dieses Comités hängt das Schicksal des kleinen Ländchens ab.

Armes Ländchen!

Folgendes ereignete sich in und um Aabenraa, dem größten Städtchen des dänischen Schleswigs.

Groß ist es nicht, das Aabenraa. Die Häuser, die da im spärlichen Licht einer Straßenlampe hinter dem Schleier eines monotonen Sprühregens verschwinden, sind ebenerdig und nehmen sich dörflich aus.

Ich stehe vor dem Wirtshaus und schau jeden Augenblick auf meine Uhr. Um halb acht wollte er mich abholen, der Chefredakteur der Nordschleswiger Zeitung. Nun ist es fünf nach halb acht. Ich habe ihn heute in seiner Redaktionsstube interviewt. Hinter ihm hing das Bild Adolf Hitlers und zwischen mir und ihm auf dem Schreibtisch, stand ein Flaggenmast mit einer Hakenkreuzfahne. »Wollen Sie heute zu unserer Versammlung nach X. kommen« – er nannte einen Ort, ich glaube es war Rauberg. »Ich nehme Sie in meinem Wagen mit.« »Gerne«, habe ich geantwortet und mich von ihm verabschiedet.

Gerne? Unsinn. Im Oktober ist es um halbacht stockdunkel. Die deutsche Grenze ist von Aabenraa einige dreißig Kilometer entfernt. So weit ist es ungefähr auch bis Rauberg. Der Chefredakteur ist ein Führer der Nazipartei und sein Auto ihr Eigentum.

Gerne? Alles nur nicht gerne. Aber die Fahrt reizte mich.

Sieben Minuten nach halb acht. Zwei Seelen agieren in mir. Die eine freut sich: Er kommt nicht und du wirst in der gemütlichen Gaststube mit dem Durchblättern illustrierter Zeitungen den Abend verbringen. Die andere ist unzufrieden: Bist du hierhergekommen, um in gemütlichen Gaststuben mit dem Durchblättern illustrierter Zeitungen deine Abende zu verbringen?

Wie lange warte ich noch? Nicht länger als fünf Minuten plädiert die Stimme der Vernunft. Zehn Minuten, die Stimme des Wagnisses.

Tin, tin, tin schlägt von sehr weit her – oder ist es nur die Regenmauer, die den Schall abdämpft – blechern eine Uhr. Nun aber schnell in die warme Wirtsstube, kommandiert die eine Seele meinen Beinen. »Hiergeblieben«, die andere.

Drei Minuten später fährt ein Auto vor. Ihm entsteigt ein Mann in einem hellen Regenmantel, aufgeschlagenem Kragen und tief in das Gesicht gedrückten Schlapphut. Er kommt auf mich zu: es ist der Chefredakteur. Hinter ihm schälen sich aus dem Wagen noch einige Gestalten, eins, zwei, drei. »Erlauben Sie, daß ich vorstelle, Herr X., Herr Y., Herr Z.«

Das also ist der X. – sein Name steht gleichfalls im verlorenen Manuskript –, der Wirtschaftsberater der Nazis. Ein breites fleischiges Gesicht mit einem vom linken Ohr quer bis zum rechten Lippenwinkel reichenden Schmiß, der es in diesem gelbtranigen Licht einer Dorflampe noch mehr verunstaltet. Die anderen zwei sind junge Burschen in schwarzen Reithosen, weißen Hemden und schwarzen Krawatten, in der nur dürftig kamouflierten Uniform der hier zu Lande verbotenen SS.

Im Wagen weist man mir den Platz zwischen dem Chefredakteur und dem Wirtschaftsberater zu. Zuklappen der Türen. Und wir fahren.

Was werden meine Freunde von mir sagen, wenn sie erfahren werden, wie ich mich selbst in die Falle begeben habe. »Ein Idiot« werden sie sagen »so hineinzufallen!« Und zu Recht werden sie es sagen. So grollt in mir die Seele der praktischen Vernunft.

Unsinn, repliziert die andere, die Berufsseele. Niemand kennt dich hier unter deinem Schriftstellernamen, dein bürgerlicher Name aber besagt ihnen nichts.

»Sie müssen mich entschuldigen, Herr Doktor«, höre ich meinen beschmißten Nachbar mit rauher, von Zigarren und Grog gebeizter Stimme zu mir sagen. »Man hat mir berichtet, daß Sie heute vergeblich in meinem Büro auf mich gewartet haben.«

Ja, ich habe an diesem Nachmittag zwei geschlagene Stunden auf ihn gewartet. Denn er ist ein wichtiger Mann, dieser Wirtschaftsberater. Er bestimmt, wie die Gelder verwendet werden sollen, die aus einer Kieler Bank in die Bank Vogelgesang fließen. Er bestimmt wer von Vogelgesang gerettet werden soll und wer nicht. Wessen Gut bei der Versteigerung von Vogelgesang aufgekauft und als Darlehen dem Mann zurückgegeben werden soll, und wessen nicht. Darüber entscheidet mein rechter Nachbar in einer Zeit, da die Versteigerungstrommel von Ort zu Ort geht.

»Ich bedauere es lebhaft«, höre ich ihn fortfahren, »ich mußte unerwartet in dringender Sache nach Kiel fahren.«

»Unerwartet in dringender Sache nach Kiel«. Die Worte blieben im Raum schweben, wie der Klang eines dünnen Kristallglases.

»Unerwartet in dringender Sache nach Kiel«. Ganz klar, er ist nach Kiel gefahren, um sich dort bei der Gestapo zu erkundigen, wer ich bin. Und die hat es ihm gesagt. Und nun werde ich dahin transportiert, wie ein Rindvieh zum Schlächter. Steige aus, noch ist Zeit, noch bist du im Gehege der Stadt. Erfinde etwas, daß du Zigaretten kaufen willst, daß du deinen Fotoapparat im Hotel vergessen hast, was weiß ich, irgend etwas, und wenn sie dich am Aussteigen hindern wollen, dann brülle, schlage um dich, zertrümmere die Glasscheiben.

Nichts von alledem tue ich. Ich bin zu allem zu feige. Krampfhaft sucht die Seele des Wagnisses nach Vernunftgründen für meine Feigheit. Am Vorabend der dänischen Parlamentswahlen, behauptet sie, werden sie es nicht wagen.

Nicht wagen?

Die letzten Häuser liegen hinter uns, die letzten Lichter sind vorbeigehuscht. Wir fahren durch die Nacht. Keiner sagt ein Wort, nur der Motor allein schnattert in einem fort und ohne zu ermüden: »Unerwartet in dringender Sache nach Kiel«, und Wasser spritzt aufgescheucht von unseren Rädern klatschend auf.

Die Dunkelheit lastet auf mir wie ein über den Kopf gestülpter Sack. Ich möchte die Gesichter meiner Begleiter sehen.

Sehen die Erregung der Menschenjäger, die ihrer Beute gewiß sind. Sehen das Lächeln des Erfolges, das Lächeln der Schadenfreude, das Lächeln des Hohnes, das Grinsen des Mords, sehen, sehen!

Ich möchte sehen, und ich zögere zu sehen. Denn Ungewißheit birgt in sich noch Chancen, Gewißheit ist tödlich.

Gewißheit mag tödlich sein, aber Ungewißheit ist unerträglich. Ich stecke mir eine Zigarette in den Mund und reiche die Schachtel umher »Zigarette gefällig«. Ich zünde ein Streichholz an, ein zweites, der Wagen rüttelt, meine Hand zittert, beide verlöschen vorzeitig. Mit dem dritten leuchte ich die Gesichter ab, die Flamme bringt weder Erregung, noch Schadenfreude, noch Hohn, noch Sadismus ans Licht, nein, nichts dergleichen.

Vielleicht ist es die Stimme, die schwerer zu meistern ist, als das Gesicht. Ich muß ihre Stimme hören.

Ich will ein Gespräch beginnen, da kommt mir der SS-Mann zuvor. »Es brennt«, sagt er, »dort.« Wirklich es brennt. Ein Feuerschein, klein wie eine Kerzenflamme, flackert im Dunkel unserer linken Glasscheibe. Im Süden, denke ich. Aber weiß ich überhaupt, wo Süd und wo Nord ist, ob wir der Grenze zu oder dem Dorfe Rauberg zu fahren, ins Gefängnis oder auf die Versammlung? Ich weiß es nicht. Ich habe jede Orientierung verloren. Ob Süd oder Nord, das kann ich nur aus den Stimmen meiner Begleiter heraushören. Ich lausche und lausche. Es fallen die Namen von Dörfern und die Namen von Gehöften, von wo der Feuerschein kommen mag, aber mich interessieren nicht die Namen, denn ich weiß nicht, wie und wo sie in diesem Raume liegen, nichts besagt mir der Inhalt, alles der Klang, die Farbe, die Modulation der Stimme.

Und was sie mir besagen, ist nicht beunruhigend. Der Name eines Hofbesitzers wird genannt, der ein komischer Sonderling sein muß, denn er löst Gelächter aus. Lachend ist es schwer zu lügen. Das Lachen, das unseren Wagen ausfüllt, ist nicht ein kreischendes Lachen, hinter dem sich Erregung verbirgt, es ist auch nicht das konventionelle Lachen, das eine Leere überbrückt, es ist auch nicht ein vieldeutiges Lachen, das überlaut einen nicht ausgesprochenen Sinn verrät – es ist ein maßvolles Lachen, das dem Inhalt entspricht, ein Lachen, in das ich nun befreit selbst einfalle, kreischend und überlaut.

Beim Aussteigen begrüßen uns einige sonntäglich gekleidete Bauern. Sie stehen nicht in Reih und Glied, auch sind ihre zum Hitlergruß ausgestreckten Hände nicht steif. Es ist eine Mischung von bäuerlicher Behäbigkeit und Nazistil.

Ein Wirtshaussaal. Nicht groß, eher klein. Eine Rednertribüne, zwei Hakenkreuzfahnen im Hintergrund. Rund um die Tische sitzt ein dörfliches Publikum in Erwartung der Vorstellung.

Die Vorstellung läßt, da der Referent mit seinem Stab eingetroffen ist, nicht lange auf sich warten. Sie beginnt, wie drüben im Reich, mit dem Gesang des Horst-Wessel-Liedes.

Nach der Hymne des zum Nationalhelden erhobenen Zuhälters spricht der Chefredakteur. Seine Rede muß sehr blaß gewesen sein, ich erinnere mich an kein Wort mehr.

Auch des Wirtschaftsberaters Rede ist nicht aufregend. Aber geschickt. Ziffern, Statistiken: Preise, Versteigerungen. Hier jüdische Bankiers, hier marxistische Mißwirtschaft der Kopenhagener Regierung. Aber drüben im dritten Reich: Erbhofgesetz, Bauernhof unversteigerbar.

Den dritten Redner kenne ich nicht, er ist nicht mit uns hierher gekommen. Ein junger Mann, der sich in seinem neuen Anzug unbequem fühlt. Der legt los, ohne Syntax und ohne Hemmungen. Man hätte, sagt er, ruhig die Völkerbundskommission und die internationale Polizeitruppe aus der Saar hierher schicken sollen. Nordschleswig hätte diesmal wie die Saar abgestimmt. (Beim Plebiszit von 1920 hat sich die Bevölkerung für die Rückkehr zu Dänemark ausgesprochen. Und bei den Parlamentswahlen, die einige Tage später im Oktober dieses Jahres fünfunddreißig stattfinden werden, wird die übergroße Mehrheit der Nordschleswiger ihre Stimme für die loyalen antihitlerischen Parteien abgeben.) Aber auch unsere Zeit wird kommen, fährt er fort. Und wir werden bereit sein. Wenn der Führer uns rufen wird, werden wir bereit sein. Was hast du für unsere Sache getan, wird dann der Führer fragen, du und du – der Redner weist mit seiner ausgestreckten Hand ins Publikum, das andächtig, wie bei einem gruseligen Schmierenstück zuhört.

Das Lied, das nun erschallt, dünn und nur von wenigen Stimmen getragen, bringt mich noch mehr aus dem Gleichgewicht, als das von Horst Wessel. Ich habe es oft mitgesungen, dieses alte Freiheitslied, mit einem Text, der die Brüder aufrief zur Sonne und Freiheit, Brüder zum Lichte empor. Der neue Text, den ich jetzt zu hören bekomme, ruft nicht zur Sonne, zur Freiheit auf, sondern zum Marschschritt, zum Blut und zur Nacht der Rache.

Kein Polizist ist da, der dem Spuk Einhalt geboten hätte. Die dänische Demokratie verbietet nur das Tragen von Naziuniformen, alles andere gestattet sie. Bin ich nicht gestern in einem staatlichen deutschsprachigen Gymnasium gewesen, wo der Geschichtsprofessor Unterricht nach einem in Kiel erschienenen Rassenbuch erteilte, und dies in Anwesenheit des staatlichen Schulinspektors, der mich begleitete, eines liberalen alten Herrn.

Nach den Reden und Gesängen gibt es gemütliches Beisammensein bei Kaffee und Kuchen. Die Leute schlürfen, essen, plaudern, lachen. Nein, das sind keine Nazis, denke ich. Das sind Bauern, die Anleihen aufgenommen haben, zu Zeiten, als die Krone tief stand und die Ausfuhr nach England blühte. Nun müssen sie die Zinsen mit teuren Kronen bezahlen. Und ihren Speck und ihre Butter zu niedrigen Preisen verkaufen. Das sind Bauern in Not, die einen Ausweg suchen.

In einem Landhaus, nahe von Aabenraa spreche ich den Doktor Fritz Claussen, Claussen ist Däne. Er gehört also nicht zu unserem Thema – er ist kein Auslandsdeutscher. Aber Claussen ist Führer der dänischen Nationalsozialisten. Sein Haus liegt nur einige Kilometer von Aabenraa entfernt. Da ich schon hier bin, suche ich ihn auf.

Zu jener Zeit ist Quisling noch ein bürgerlicher norwegischer Name und kein Gattungsbegriff. Hätte mir jemand gesagt, daß ich den künftigen dänischen Quisling interviewe, ich hätte diesen Ausdruck nicht verstanden. Aber es wäre wahr gewesen.

Dr. Fritz Claussen empfängt mich in der guten Stube, die sich an Bequemlichkeit und Wohlstand von der Stube eines mäßig begüterten Landarztes nur darin unterscheidet, daß an den Wänden Bilder von Hitler, Mussolini, Degrelle und Mosley hängen, mit Unterschrift und Widmung.

Auch hier gibt es Kaffee und hausgebackenen Kuchen und einen scharfen Schnaps. Vom äußeren des Doktors ist mir nur in Erinnerung geblieben, daß er ein Mann in den dreißiger Jahren war, etwas behäbig für sein Alter und daß sein Gesicht semitische Züge trug. Er diskutierte eher in der leidenschaftslosen Art eines unpolitischen Bürgers als in der eines militanten Nazis. Er hatte noch nicht die richtigen Führermanieren. Seine Gefolgschaft war so gering, daß sie nicht einmal ihn in das Parlament entsenden konnte.

Dr. Fritz Claussen hat vor kurzem einem Kongreß der Arbeitsgemeinschaft der Nationalisten in London beigewohnt.

Diese Arbeitsgemeinschaft gehört zu den internationalen Gründungen Alfred Rosenbergs.

Die Arbeitsgemeinschaft der Nationalisten ist eine Art Internationale, formuliere ich.

– Ja ungefähr.

– Aber Sie sind doch gegen Internationalismus.

– Gegen den roten und schwarzen, weil sie die Nation verneinen.

– Finden Sie nicht, daß eine Internationale des nationalsozialistisch gefärbten Nationalismus ein Widerspruch ist, daß der erste Teil des Begriffs den zweiten auflöst und umgekehrt?

– Ich verstehe sie nicht recht.

– In Ihrer Internationale sind doch alle Nationen Europas vertreten, nicht wahr. Nun gibt es unter ihnen einige, die nach Expansion streben. Verbreiten können sie sich nur auf Kosten der anderen Nationen, die gleichfalls Mitglieder Ihrer Internationale sind, das ist nicht zu umgehen. Ist es nicht so?

– Nein, keineswegs. Unser Programm sind Nationalstaaten, die alle ihre Volksgenossen einschließen.

– Herr Doktor Claussen, eine Frage. Sind Sie für die Rückgliederung Nordschleswigs an das Reich oder für den gegenwärtigen Zustand?

– Nordschleswig ist dänisch und wird dänisch bleiben. Der Führer hat nie einen Anspruch auf Nordschleswig erhoben.

– Gestern wurde in einer Versammlung der deutschen Nationalsozialisten von einer baldigen Rückkehr zum Reich gesprochen.

– Larifari, das hat Ihnen wahrscheinlich einer der Hansenleute (Hansen ist hier der Chef der dänischen Demokraten) zugebracht.

– Aber nein. Ich habe es mit meinen eigenen Ohren gehört. In Rauberg.

– Sicher sind es irgendwelche halbreife Bauernbengel gewesen.

– Keineswegs. Auf der Versammlung sprachen Führer der Partei. Der Herr X. und der Herr Y.

– So, der X und der Y. Und was haben sie gesagt?

Ich erzähle ihm, was sie gesagt haben.

– Das wird alles anders werden, bis wir in Kopenhagen an die Macht kommen. Dann wird sowas gar nicht möglich sein. Nur wahre Nationalisten können sich untereinander verständigen.

– Ich verstehe Sie nicht, Herr Doktor. Sie sind Däne.

Dänischer Nationalist, Bürger eines unabhängigen Staates. Fürchten Sie nicht, daß Sie mit Ihrer Politik, Ihr Land unter deutsche Herrschaft bringen werden?

Doktor Claussen braust nicht auf. Das könne ich nicht begreifen, spricht er mit unveränderter Stimme. Meine Denkart wäre eben diesen Dingen fremd. So ebbt das Gespräch ab. Es hatte einen Punkt erreicht, wo ich die Terminologie hätte ändern müssen, von Geld und krankhafter Sucht nach Macht reden, statt von Nationalismus. Aber das ging nicht aus Gründen des guten Tons. Und schließlich, welchen Sinn hätte es auch gehabt.

Während ich am Abend jenes Tages im Gasthof zu Aabenraa die Speisekarte studierte, meldet der Rundfunk den Einbruch italienischer Truppen in Abessinien.

Fünfeinhalb Jahre später werden bei Aabenraa deutsche Regimenter die dänische Grenze überschreiten. Dänemark wird aufhören ein unabhängiger und freier Nationalstaat zu sein. Die Presse wird von einem dänischen Quisling schreiben, namens Dr. Fritz Claussen.

Auf einem Landauer fahre ich über die Landstraße, die nach Bromberg führt. Die Wiesen sind mit silberweißem Morgentau besprengt, silbrig ist der Nebel, der auf ihnen liegt und silbrig die Sonne, die noch tief auf einem glimmernd weißen Himmel steht. Nordische Landschaft. Polnischer Korridor.

Der Landauer wackelt gemächlich, das Pferd trottet, wie es ihm gefällt und der Kutscher neben mir hat sich in Schweigen gehüllt, nachdem er mich gefragt hat, wie es mir bei ihnen gefiele und ich mit einem »Gut« geantwortet habe.

Mein Gut war wie viele andere. Gut, eine Höflichkeitsphrase. Das, was ich in den drei Wochen in Oberschlesien und im Korridor, in Kattowitz, Posen und Bromberg und gestern noch in dem Pfarrhaus des Dorfes gesehen habe, auf das sich das »bei uns« des Kutschers bezieht, gab wahrlich keinen Anlaß, um einem gut zu gefallen.

Das Flachland, das in der politischen Geographie den Namen Korridor trägt, streckt sich an jenem Herbstmorgen in friedlicher Stille so weit meine Augen reichen. Das Polen, das ich bereise, ist nun seit zwei Jahren dem dritten Reich durch einen Freundschaftspakt verbunden. Der Pakt ist eine Vernunftsehe, vernünftig für den einen Partner, für Hitler, und unvernünftig für den anderen, für Polen. Das merkt man, wenn man durch die deutschsprechenden Gebiete Polens fährt, durch Oberschlesien und den Korridor.

Wenn ich heute an die zwei Tage denke, die ich in diesem Pfarrhaus verbracht habe, so ist es mir, als ob wir die ganze Zeit über geschwiegen hätten. Beim Abschied, als mich der Pfarrer, ein Mann in den Fünfzigern, zum Wagen geleitete, sagte er, wie wenn er unsere Gedanken gesammelt und sie in ein Bündel gebunden hätte: »Und nicht wahr, ein Stück Weges können wir zusammen gehen.«

Eigentlich ist es seine Wirtschafterin gewesen, von der ich die Details erfahren habe. Gestern Mittag, als der Pfarrer sein Nickerchen machen ging, klagte sie mir ihr Leid: Fleisch habe es heute auf dem Tisch nur gegeben, weil ein Gast im Hause war. Denn Hochwürden, ergraut in dieser Pfarre, bekomme keinen Zuschuß aus Berlin mehr. Zuschuß aus Berlin? Jawohl: das Gehalt hier reiche nicht zum Leben aus. Deswegen half Berlin. Das ging so all die Jahre, seit der Abtrennung vom Reich. Bis sie dann vor nicht langem die Auszahlung einstellten. Ja, die Welt wäre böse geworden.

Hochwürden war nämlich einer der drei Geistlichen, die sich geweigert haben, in die heilige Schrift die neuen aus Berlin kommenden Offenbarungen einzuschließen. Nur drei? Ich wunderte mich im ersten Augenblick. Aber bald begriff ich es. Diese anderthalb Millionen Deutschen leben hier in einem fremden Staat, der dazu noch autoritär regiert wird. Sie sind als Bürger unfrei, als Angehörige einer nationalen Minderheit.

Der Freundschaftspakt hat Hitler die Kirche, er hat ihm auch die Presse untertan gemacht. Vor drei Tagen war es, da ich in Bromberg in der Redaktionsstube eines alten angesehenen deutschen Blattes saß. Das Blatt ist einst bürgerlich national gewesen, heute schreibt es für die Nazis. Es ist nach Redaktionsschluß, und der Chefredakteur hat Zeit für mich. Wir sprechen über vieles, auch über die Aufgaben des Journalismus, über Wahrheit und Lüge. Im Allgemeinen sind wir uns einig. Nicht im Besonderen. Der Chefredakteur behauptet, daß sein Blatt die Wahrheit schreibe. Nach einer Weile zieht er sich in eine schon ethisch befestigte zweite Stellung zurück: Manchmal, meint er, wäre die Lüge berechtigt, dann nämlich, wenn sie dem Volksganzen diene. Nach einer Weile gibt er auch diese Stellung auf. Vor mir sitzt nun ein müder, ein bedrückter Mensch, der über seine Familie spricht, über Frau und Kinder, und wieviel leichter es sein Jugendfreund hätte, der ledig ist. Trostlos tröpfeln seine Worte in die Dämmerung.

Für den auslandsdeutschen Journalisten gab es in dieser Zeit nur einen Gott, und der amtierte im Concordia-Verlagshaus zu Berlin. Dieser Gott öffnete und sperrte Kredite, ließ Inseratenregen niedergehen und ordnete Inseratendürre an, verteilte Posten und entzog sie. Weswegen auch der Chefredakteur mich beim Abschied bat, von unserem Gespräch nichts in der Öffentlichkeit zu verlauten, damit es ihm nicht ergehe, wie manchem andern, der die Anordnungen Concordias nicht befolgt hatte.

Wie es der Presse geschah, geschah es auch den Parteien. Die Katholische Partei wurde gesprengt. Die Deutsch-Nationalen und die Deutsche Volkspartei mußten ihre Parteibüros schließen. Und was die Gewerkschaften, die Sozialdemokraten und Kommunisten betraf, dafür sorgte schon das Warschauer Oberst-Regime, auf daß sie Hitler keine Schwierigkeiten machen. Die Kommunistische Partei war seit Jahren in Polen verboten. In den Schein-Senat beorderten die Obersten als Vertreter der deutschen Volksgruppe zwei Herren, denen Berlin sein Placet erteilt hatte.

So gab es hierzulande nur Naziparteien. Jawohl: Parteien und nicht Partei. Die Jugend-Deutsche Partei und die Deutsche Vereinigung. Jede von diesen beiden Parteien behauptete, das sie allein den Stein der Weisen besäße. Wie ich die Dinge sah, befand sich der Stein in den Händen der Jungdeutschen – das war die wirkliche Nazipartei. Im Bund hatten sich die Reste der alten bürgerlichen Parteien zusammengeschlossen, vor allem die Deutsch-Nationalen, die hier in der ostländischen Ebene zu Hause waren. Wenn sie die alte Firma liquidieren mußten, so wollten sie wenigstens die neue leiten.

Wenn ich an diese beiden Parteien denke, ist mir's als erlebe ich einen barbarisch-blutigen Sommernachtstraum. Ich habe die Protagonisten der beiden Parteien in einem Dorfe des Korridors das Rüpelspiel agieren gesehen.

Die jungen Leute der Jugend-Deutschen Partei hatten in ihrer Zeitung und auf ihren Versammlungen gar manches von den Taten gelesen und gehört, die ihre Genossen drüben im Reich vollbrachten und täglich von neuem vollbringen, während ihr Dörfchen in einem verschlafenen beschämenden Frieden dahindöste. Etwas müsse geschehen, daß sie würdig mache derselben Partei anzugehören, die sich im Reich mit so vielen glorreichen Taten den Weg in den Ruhm und in die Macht gebahnt hatte.

Dieser Drang, mit einer Tat auf das Theater der Geschichte zu treten, fand in einem geheimen Wunsch ihres Führers, des Gastwirtes, ein geeignetes Ziel. Wonach es ihn gelüstete, war das Ehrenamt eines Friedhofvorstehers und dessen Symbol, der Friedhofschlüssel.

So erklärten die Jugenddeutschen eines Tages, daß der Friedhofvorsteher als Mitglied der gegnerischen Vereinigung seines Amtes nicht würdig sei und zurücktreten müsse.

Der Kirchenrat wieder, in dem die Leute von der Vereinigung führten, wollte von einer solchen Machtverringerung nichts wissen.

Als die Jungdeutschen sahen, daß sie den Friedhofschlüssel nicht durch Drohungen bekommen konnten, faßten sie den weitgehenden politischen Beschluß, in dem Augenblick zur Tat zu schreiten, wenn der erste von ihnen auf dem feindlichen Friedhof begraben werden sollte. Voller Ungeduld warteten sie auf dieses Ereignis, auf ihren ersten Toten.

Eines Tages war es so weit. Ein Bauer war gestorben, dessen ältester Sohn eine Art Sturmführer im Orte war. Dieser erklärte, er wolle seinen Vater nicht an einer Stätte begraben lassen, deren Schlüssel sich in so undeutschen Händen befände.

Die Leute vom Kirchenrat lächelten überlegen, denn hinter ihnen stand das Gesetz, sowohl das ungeschriebene Gesetz, wie das Gesetz der Natur. Das eine die Übertreter mit Strafen bedrohend, das andere mit übler Leichenpestilenz.

Der Bauer war an einem Nachmittag gestorben. Der darauffolgende Tag verging, ohne daß der jungdeutsche Sohn Anstalten traf, seinem Vater das letzte Geleit zum Friedhof zu geben.

Von den Gesichtern des Kirchenrats verschwand das Lächeln. Die Ereignisse hatten Masse angenommen, die zu bewältigen sich die verfehdeten Parteien nicht mehr gewachsen fühlten. Weder die eine Partei, deren Stab im Gemeinderat in Permanenz tagte, noch die andere, die das Wirtshaus zu ihrem Hauptquartier auserlesen hatte.

Seit Menschengedenken wurde in diesem Dörfchen nicht so viel telefoniert, wie an jenem Tage. Der Stab der einen und der Stab der anderen Partei hing von früh morgens bis spät in die Nacht am Telefondraht. Am anderen Ende sprachen die Zentralen. »Haltet durch«, empfahl die eine und »Haltet durch«! die andere.

So verging der zweite Tag und der dritte brach an mit einer Leiche, deren Geruch schon auf die Straße sickerte, die also nicht mehr lange durchhalten konnte.

Am Morgen dieses Tages traf in dem Dorf der Abgesandte des Konsistorialrats ein, um die Sache zu schlichten. Er begab sich schnurstracks in die Kirche, hier sollte die Einigungskonferenz abgehalten werden. Zur Konferenz erschienen jedoch nur die Leute vom Kirchenrat. Die Jugend-Deutschen entsandten nur einen Kurier mit einem Ultimatum, das lautete: Folgt uns zuerst den Schlüssel aus, und nachher wollen wir verhandeln.

Der Abgesandte des Konsistorialrats war mit seinem Herzen auf Seiten der Vereinigung. Jedoch stärker als seine Zuneigung war seine Angst. Wahrscheinlich hätte er den jugend-deutschen Forderungen nachgegeben, wäre nicht verfrüht von draußen ein Stein angeflogen gekommen, der eine Fensterscheibe zerschlug und polternd auf eine Kirchenbank fiel.

Das war Kirchenschändung. Nun war an einen Friedensschluß nicht mehr zu denken. Die Bundisten stürmten ins Freie und eine Schlacht begann, wie sie selbst die ältesten örtlichen Chronisten niemals zu verzeichnen hatten.

Auch an diese Geschichte dachte ich, als wir auf dem Landauer meines geistlichen Gastgebers über das holprige Pflaster in das Kreisstädtchen einrollten. Hier nahm ich den Autobus für Bromberg. In Bromberg bestieg ich den Zug nach Gdingen. Dort wartete auf mich der Dampfer »Mariaholm«, der mich nach Memel bringen sollte.

Jedoch die »Mariaholm« wartete nicht auf mich. Sie sei gestern ausgefahren, spricht zu mir der Angestellte der Svenska Amerika Line.

– Ausgefahren! Aber ich bin eigens deswegen nach Gdingen gekommen. Wozu führen Sie überhaupt einen Fahrplan!

– Beruhigen Sie sich mein Herr. Die Mariaholm liegt drüben im Hafen von Danzig. Von dort dampft sie um zwei Uhr nachmittags ab. Mit dem Autobus sind Sie in einer Stunde in Danzig, mit der Bahn brauchen Sie noch weniger. Sie können die Mariaholm bequem erreichen und sich dabei noch Danzig ansehen.

Danzig ansehen?

Der Mann bemerkte, daß ich zögere: – Ein Visum brauchen Sie nicht. Die Schiffskarte können Sie hier lassen. Es ist das einfachste Ding der Welt.

Das einfachste Ding der Welt?

Danzig ist wohl in meinem Reiseplan vorgesehen gewesen, aber im Laufe meiner Reise hat sich mein Koffer mit einem Material gefüllt, mit welchem ich in Danzig nicht verhaftet werden möchte. Soll ich Danzigs wegen alles aufs Spiel setzen. So nahe am Endspurt wird der Mensch feige.

Mourir pour Danzig? Non pas cela.

Ich murmle, daß ich mir die Sache noch überlegen werde, verlasse das Büro und bleibe draußen stehen, unentschlossen, was zu tun.

Wie kann ich anders als über Danzig oder Ostpreußen nach Memel kommen? Nur über Warschau. Mit den Augen auf der Landkarte, die im Schaufenster der Reederei ausliegt, messe ich die Strecke. Sie führt von Gdingen nach Warschau. Von hier nach Lettland – seit der Besetzung Wilnas durch die Polen vor mehr als anderthalb Jahrzehnten sind die diplomatischen Beziehungen und die Schienenstränge zwischen Polen und Litauen abgebrochen. Von Lettland nach Kowno und von Kowno nach Memel. Ein ganz verrückter Umweg, der viel Geld kostet – und wie meine Reise, so gehen auch meine Mittel zu Ende.

Ich entschließe mich für den Umweg.

Gegen Mittag werfe ich meinen Entschluß um.

Zurück in das Reisebüro. Der Angestellte wirft einen Blick auf die Wanduhr. Nun sei es zu spät, sagt er, es sei denn, daß ich ein Taxi nehme, und auch dann sei es ungewiß. Das einzige, was er für mich tun könne: Den Kapitän der Mariaholm anzurufen und ihn bitten, zwanzig Minuten mit der Abfahrt zu warten.

Ich nehme ein Taxi. Der Chauffeur verfährt sich im Hafenviertel, niemand weiß, wo die Mariaholm liegt, Hetzjagd durch die Anlegestellen und schließlich ein weißes Schiff mit drei goldenen Sternen auf dem Schornstein: die Mariaholm.

Zwei Matrosen sind dabei, den Landungssteg einzuziehen.

Ich springe aufs Deck und falle einem Schiffsoffizier in die Arme.

– Sie sind also der Passagier aus Gdingen? Der Willkommensgruß klingt eher wie ein Fluch – Glück haben Sie, Herr. Wenn sich der Lotse nicht verspätet hätte, wären wir schon vor einer halben Stunde abgedampft.

Happy end! Von irgendwo, aus einem am Deck montierten Lautsprecher tönen die Klänge des Yukuleele Baby. In den Maschen der Krane rötet sich früh ein Novemberhimmel. Auf dem festen und sicheren Boden der Mariaholm gleiten wir aus dem Hafen. Neben mir steht ein Paar. Sonst ist niemand an Deck zu sehen. Lagerhäuser, Fährboote, löschende, ladende Schiffe, Arbeiter schauen von ihren Säcken auf, einige winken.

Da höre ich neben mir die Frau leise rufen: »Otto, um Gotteswillen, was tust Du!« Ich wende mich um und erhasche noch mit einem Blick die erhobene Faust des mit Otto vorwurfsvoll apostrophierten Mannes.

»Aber Martha, siehst Du denn nicht, daß sie uns drüben mit der Faust grüßen?« sagt der Mann.

»Otto!« die Frau wirft mir einen argwöhnischen Seitenblick zu. »Otto!«

»Meinetwegen brauchen Sie sich nicht zu beunruhigen«, sage ich. Nun wendet sich auch der Mann um. Es ist ein sonnenverbranntes, ein offenes Gesicht, das mich forschend anblickt.

Ich sage, wer ich bin, sage mehr, als ich bei einer ersten Begegnung mit fremden Menschen sagen sollte. Aber in mir steckt noch die Freude über das Happy end, und dann möchte ich auch das Vertrauen dieser Beiden gewinnen.

So, an der Reeling stehend, lernen wir einander kennen, die einzigen Passagiere der Mariaholm. Wir essen zusammen zu Abend in dem kleinen Speisesaal zweiter Klasse, nachher gehen wir in den Salon der ersten, niemand verwehrt es uns.

Otto ist Chauffeur beim schwedischen Konsul in Danzig. Er fährt mit seiner Frau Martha auf zwei Wochen nach Stockholm. Beide freuen sich auf Schweden.

Ottos Konsul zahlt ihm und seiner Frau die Reise. Der Konsul ist auch sonst in Ordnung. Man soll nur hören, wie er von Greiser und von Forster spricht, von all diesen hohen Nazitieren. Er hat den Verkehr mit ihnen auf das allernötigste eingeschränkt; Antrittsvisite, nicht mehr.

Wir kommen auf die letzten Wahlen vom Volkstag zu sprechen. Die Nazis haben sechzig von hundert Sitzen bekommen. Aber wie? Mit Totschlag und Betrug.

– Und der Völkerbundkommissär? Erzähl ihm doch die Geschichte, sagt Frau Martha.

– Die Geschichte. Ja, wenn man Chauffeur ist und überdies Chauffeur bei einem Generalkonsul, dann erfährt man manches. Und dann ist es auch kein Geheimnis. Ganz Danzig weiß davon. Nun, als die Nazis drüben im Reich an die Macht kamen, da ließen die hiesigen Nazis einen Gerichtsbeschluß fassen, demnach das ganze Eigentum der Freien Gewerkschaften ...

– Nein, Otto, nicht diese Geschichte, unterbricht ihn Frau Martha, die mit der Greiser-Rede.

– Ach, die. Ich erzähl' schon. Da haben mal die Volkszeitung und die Landeszeitung, das sozialdemokratische und das katholische Blatt eine Rede Greisers gebracht, damals ist er noch Vizepräsident von Danzig gewesen und der Rauschning Präsident. Der Greiser hat die Rede vor den Polizeibeamten gehalten und ihnen gesagt, daß es in seiner Truppe keinen Platz für Leute gäbe, die sich nicht zum Nationalsozialismus bekennen würden. Die beiden Zeitungen wurden daraufhin auf einige Zeit verboten. Damit nicht genug, wurden die verantwortlichen Redakteure verhaftet.

– Hör' auf, Otto, das ist wieder falsch. Vorerst haben sich die Zeitungen beim Völkerbundkommissar beschwert.

– Also die beiden Redakteure haben an den Völkerbundkommissar eine Petition geschrieben und sich über das Vorgehen der Polizei beklagt. Worauf sie eingesperrt wurden, oder wie man das sagt, in Schutzhaft genommen.

– Und der Völkerbundkommissar, frage ich?

– Warten Sie, die Geschichte ist noch nicht so weit. Einer dieser Redakteure, der von der Landeszeitung, ist dann aus Danzig verschwunden. Die Polizei hat ihn nach Deutschland abgeschoben, da er nicht Danziger Bürger sei. Und drüben hat ihn die Gestapo in Empfang genommen.

– Und der Völkerbundkommissar?

– Das kommt noch. Von drüben hat der Mann, ein gewisser Doktor ... na, wie hieß er denn nur, sein Name liegt mir auf der Zunge – dieser Doktor hat an den Völkerbundkommissar einen Brief geschrieben. Daß seine Klageschrift keine Klageschrift gewesen sei, und daß er sie übrigens zurückziehe. Zeug, daß man schreibt, wenn es einem die Gestapo diktiert.

– Und der Völkerbundkommissar?

– Der war noch nicht der schlimmste. Nachher bekamen wir weit gefügigere. Der Völkerbundkommissar ist mit der Sache zum Präsidenten Rauschning gegangen, und der Rauschning hat ihm gesagt, daß die Sicherheit des Staates solche Maßnahmen verlange, so ähnlich, wie das Staatsmänner zu sagen pflegen.

– Und nachher?

– Nachher hat der Völkerbundkommissar seinen Bericht an den Völkerbund geschrieben.

– Und der Völkerbund?

– Das weiß ich nicht. Jedenfalls ist nichts geschehen. Wahrscheinlich hat man in Genf das Zeug zu den Akten gelegt.*

Den Teipel möge der Teipel holen!

So kam Danzig ad acta.

In jener Nacht schrieb ich in mein Tagebuch ungefähr folgende Worte: Die Auslandsdeutschen kennen das Dritte Reich nur als Propagandaplakat. Die Reichsdeutschen kennen Plakat und Wirklichkeit, sie sind im Stande zu vergleichen, nur dürfen sie sich nicht über das Ergebnis des Vergleiches frei äußern. Die Danziger kennen gleichfalls beides, es ist ihnen aber gegeben, zu sagen, was sie davon halten. Nicht ganz frei, aber immerhin. Daher kommt der Unterschied im Prozentsatz der Ja- und Nein-Stimmen bei den Wahlen im Reich und in Danzig.

In Memel verbrachte ich ruhigere Tage.

Ich fuhr im Wagen des litauischen Vizegouverneurs über Land. Auf den Landstraßen schreckten wir Staub und Gänse auf. Die Gänse fauchten zornig dieses neumodische Vehikel an, sie waren uns recht böse.

Wir hielten vor vielen Gehöften. Gehörte der Bauer der Litauischen Partei an, führte mich der Vizegouverneur ein, war es ein Mann der Deutschen Front, blieb der Vizegouverneur im Auto sitzen. So hatten wir es vereinbart.

Ob sie sich nun zum Litauertum oder Deutschtum bekannten, die Bauern, die ich aufsuchte (ihre Namen endeten fast alle auf »is«) waren litauischen Ursprungs.

Ob sie nun für die Erhaltung des gegenwärtigen Zustandes

* Ich habe mir nachher die Akten angesehen. Ich fand den Bericht des Danziger Völkerbundkommissars, gezeichnet mit H. Rosting. Ich fand auch den Namen des Doktors von der Landeszeitung – Dr. Heinrich Teipel. Ich fand gleichfalls den Rapport des Vertreters Großbritanniens im Völkerbundsekretariat, der die Sache zu entscheiden hatte. »Der Völkerbundrat« schreibt er da, »muß nicht automatisch jede Frage aufgreifen, die im Zusammenhang mit der Anwendung der Verfassung (gemeint ist die Verfassung der freien Hafenstadt Danzig, die vom Völkerbund garantiert wird) ersteht und die Befugnisse eines Gerichtshofes auf sich nehmen. »Da inzwischen«, fährt der Vertreter Groß-Britanniens in seinem Gutachten fort, »die in Frage kommenden Zeitungen wieder zu erscheinen begonnen haben, bin ich der Meinung, daß der Rat die Prüfung dieser Angelegenheit nicht mehr fortsetze.«

oder für den Anschluß an das Dritte Reich waren, alle klagten sie heftig. In ihren Klagen kamen keine Worte wie Deutschtum, Litauertum, Memelstatut, Völkerbund, Nationalsozialismus und Volkstum vor, was in ihren Klagen vorkam, waren Worte wie Kredit, Markt, Zoll, Dünger, Versteigerung und Gänse.

Jawohl, Gänse.

– Ein Unglück, ich sage es Ihnen, ein Unglück, seufzt ein Bauer, der mich in seine gute Stube geführt hat.

– Was denn für ein Unglück, lieber Mann?

– Fragen Sie nur meine Frau, was es heute zu Mittag gibt. Marie, was gibt es heute zu Mittag? He Marie, antworte doch, der Herr will es wissen.

Aus der Küche kommt eine verärgerte Stimme: Kannst es dem Herrn ja selbst sagen. Weißt es ja so gut wie ich.

Nun, sei doch freundlich, was wird der Herr von uns denken. Sag's doch.

– Na, damit er es weiß: eine Gans.

– Hören Sie's: eine Gans.

– Eine Gans, ist das ein Unglück?

– Ach, Sie haben leicht reden. Und wenn es nur am Sonntag, wie heute wäre. Aber nein. He Marie, wie oft haben wir in der letzten Woche Gänsefleisch gehabt?

Aus der Küche kommen rauhe, zornige und mir unverständliche Laute. Litauische Laute.

Schon gut, sagt der Bauer, schon gut, der Marie ist heute etwas über die Leber gekrochen. Also dreimal war es gewesen. Dreimal, begreifen Sie das, Herr! Der Bauer läßt dem Ausrufungszeichen einen schweren Seufzer folgen.

Ich aber begreife immer weniger. – Sie wollten mir doch von ihren Nöten erzählen.

– Tue ich auch, tue ich auch.

– Aber Sie sprechen von Gänsebraten, den Sie häufig essen.

– Das ist es ja Herr.

Hat der Bauer den Vizegouverneur im Wagen gesehen und macht sich nun über mich lustig?

– Reden wir 'mal vernünftig. Gänsebraten ist etwas Gutes, eine Delikatesse sozusagen. Esse ich Gänsebraten, so geht es mir nicht schlecht, so geht es mir gut, nicht wahr?

– Sie sind eben ein Herr, und ich nur ein Bauer.

– Schmeckt denn einem Bauer Gänsebraten weniger gut als einem Herrn?

– Ich weiß nicht, Herr, warum Sie mich nicht verstehen wollen. Am End' machen Sie sich noch über mich lustig.

– Ihnen geht es also schlecht, weil Sie dreimal die Woche Gänsefleisch essen müssen?

– Endlich haben Sie es begriffen, Herr. Aber wenn es nur das Fleisch wäre. Kommen Sie, ich will Ihnen was zeigen.

Der Bauer führt mich auf den Hof und schließt einen Schuppen auf.

– Da sehen Sie, Herr, den Haufen Unglück.

Wie ich sehe, sind es Federn. Weiße Gänsefedern, die bis hoch oben zur Decke den Raum ausfüllen.

– Greifen Sie nur hinein, Herr! Es sind die besten Daunen der Welt. Fragen Sie nur in Memel den Grünbaum oder den Goldstein – jetzt nennen sie sich Grünbaumis und Goldsteinis. Zweimal im Jahr sind die früher zu mir gekommen. Jetzt lassen sie sich nicht mehr sehen, diese Spitzbuben. Gott soll sie strafen.

– Ja und wenn es nur die Federn wären. Wissen Sie, Herr, womit ich gestern dieses Schloß in der Türe da geschmiert habe? Mit Gänsefett, Herr, sowahr mir Gott helfe. Ist das keine Todsünde?

– Und warum, frage ich Sie, dieses ganze Elend? Sie wissen es nicht. Aber ich weiß es. Weil diese verdammten litauischen Herren den Doktor Neumann und noch zweihundert andere von hier eingesperrt haben. Was kümmern die sich, ob der Bauer seine Gänse verkauft und wie teuer er sie verkauft. Die wollen ihren Jux haben, ihre großen Prozesse, Landesverrat, Putsch, was weiß ich, wie die das nennen.

Ob aber unsereiner an Stelle von einem Lit achtzig nur mehr einen Lit zehn für das Kilo Gänseschmalz bekommt, darauf scheißen sie – Sie entschuldigen schon den Ausdruck – darauf scheißen unsere Großschnauzigen. Aber wenn sie die Steuern einziehen kommen, dann verlangen sie von unsereinem alles, auf den Pfennig. Und die Banken wollen ihre Zinsen haben, keinen Pfennig täten sie einem nachlassen. Und in der Eisenhandlung ist auch nichts billiger geworden, eher teurer.

Bald wird es im Haus kein Geld mehr für Wagenschmiere und Maschinenöl geben. Da werd ich halt die Achsen- und Dreschmaschinen mit Gänsefett einschmieren, Gott soll mir die Sünde verzeihen. Und an Stelle von Brot werden wir Gänseschmalz schlucken, bis wir die Gelbsucht bekommen. Jawohl, mein Herr. Und mit den Gänsegrieben werden wir die

Schweine füttern, und die Gänse werden sich halt selbst ihr Futter suchen müssen, und sie werden vielleicht gar nicht mehr zurückkommen wollen, zu dem Bauern, der ihnen kein Futter mehr geben kann und werden wieder wild werden, und im August nach dem Süden fliegen, wie das wilde Gänse zu tun pflegen. Jawohl, mein Herr, soweit hat es die Regierung mit uns gebracht. Und das Ende wird sein, daß wir mit den Daunen das Gehöft anzünden werden, hoho, wird das ein Feuer geben, Gottes Zorn soll über die Häupter der Herren Minister in Kaunas kommen, Gottes Zorn!

Da ich wieder im Auto sitze und meinem Begleiter die Geschichte des Bauern erzähle, dessen Rede, je irrer sie klang, um so weiser wurde, wirbelt unser Wagen wieder Staub und Gänse auf der Landstraße auf. Über den Wiesen liegt bläulicher Nebel, wir kehren nach Memel heim.

– Ja, der Doktor Neumann und Konsorten, sagt der Vizegouverneur nach einer Weile. Sie kennen wohl den Prozeß, die ganze Weltpresse hat über ihn berichtet. Dieser Doktor Neumann bereitete einen Putsch vor. Seine Instruktionen holte er sich vom Gauleiter Koch in Königsberg und vom Hess selbst in Berlin. Dafür gibt es Beweise, das ist kein Gerede. Hinzu kam dieser Mord. Umgebracht haben die Leute Doktor Neumanns einen der ihren, einen gewissen Jesuttis, von dem sie befürchteten, daß er ausplaudern könnte. In Nacht und Nebel haben sie ihn verschleppt und ganz grausig totgeschlagen. Die Urteile des Kaunaser Kriegsgerichts fielen hart aus. Als Hitler sie erfuhr, wurde er sehr böse. Als erste Strafe verhängte er über uns den Zollkrieg. Seit dieser Zeit können die Memeler Bauern nichts mehr nach Deutschland ausführen, des hohen Zolles wegen. Und andere Märkte, die sind rar. Auch sind die Transportkosten zu hoch. Und die Folgen: sie haben ja eben von dem Bauer die Geschichte gehört.

Die Geschichte, wie Gänse Politik machen.
Dumme Gänse, hohe Politik.

Memel-Kaunas-Dwinsk-Warschau-Prag. Im Frühling bin ich aus Prag weggefahren und jetzt ist es Winter, Dezember.

Ich packe aus. Tagebücher, Flugblätter, Zeitungen, Plakate. Auch einige Landkarten sind darunter. Landkarten, herausgegeben vom Verein der Auslandsdeutschen. Landkarten ohne Herausgeber.

Auf einer ist ein Großdeutschland zu sehen, ein Deutschland mit allen deutschsprechenden Gebieten rund um das gegenwärtige Reich. Das Sudetengebiet ist innerhalb der neuen Grenzen, Österreich, Elsaß-Lothringen, alle Ländereien, die ich jetzt bereist habe.

Auf einer anderen Karte sind die Grenzen des Großdeutschen Reiches weiter nach Süden und Norden, nach Westen und Osten abgesteckt. Sie reichen von Verdun und Nantes bis Rostov und Reval, von Antwerpen und Kopenhagen bis Triest und Belgrad. Sie umfassen Westfrankreich, Belgien, Holland, Dänemark, die Baltischen Staaten, Polen, die Ukraine, die Tschechoslowakei, Ungarn, Rumänien, Kroatien, Slowenien, Istrien. Diese Landkarte trägt den Namen eines neuen Staatswesens: »Deutscher Kulturraum.«

Auf einer dritten Karte sind Zahlen eingezeichnet. Die niedrigste Nummer 1937 – trägt Österreich. Die höchste – 1940 – die Ukraine. Die Jahreszahlen geben Termine an. Die Termine der Einverleibung in das Dritte Reich.

Diese Karten erschienen damals den Leuten, deren Beruf es ist, die Zukunft vorauszusehen und zu bestimmen, den Staatsmännern, als eine größenwahnsinnige Spielerei. Nur wenige waren es, die sie ernst nahmen. Einige Jahre später werden die Karten der Welt eher als bescheiden erscheinen. Es wird sich zeigen, daß Hitlers Eroberungspläne keine Grenzen haben.

Der Tod in Aragon

Da schwimme ich nun. Ich bin ein Teil des langen Stromes, der sich in die Ebene ergießt, ohne Bett und ohne Ziel. Wir haben nur einen Gedanken, nur eine Richtung: weit weg vom Feind, weit weg von der Straße, die sich zwischen den Bergen und den Felsen dieser aragonischen Hochebene hindurchwindet.

Auf der Straße, die wir eben gekreuzt hatten, war Marcel. Er stand da wie aus Eisen gegossen auf seinen wuchtigen Beinen, ein mächtiger Brustkasten, doppelt so breit wie die übliche Figur auf der Zielscheibe, ein Büffelschädel, für den kein Stahlhelm zu finden war, und Haare, schütter und dunkelblond, von einer leichten Brise bewegt.

Sie waren auch das einzige, das sich an ihm bewegte. Unbeweglich wie auf einem Postament, von den klobigen Stiefeln bis zur breiten Stirn, stand er da, der Marcel, unser Kommandant. Unbewegt war auch sein Gesicht. Es drückte weder Ermüdung aus, noch Schmerz, noch Enttäuschung, noch Niedergeschlagenheit, noch Wut, noch Trauer – wo an diesem Tag und zu dieser Stunde so viel Grund für Ermüdung, Schmerz, Enttäuschung, Niedergeschlagenheit, Wut und Trauer gegeben war.

Vorhin noch, keine halbe Stunde ist es her, lag seine Brigade, die 14. Internationale Brigade, genannt die »Marseillaise«, auf einem Felskamm, der schier uneinnehmbar schien. Im Dunkel der Nacht hatte sie nach einem gewaltigen Marsch diese Berge erreicht und hinter sich die Brücke, die über den Fluß ging, in die Luft gesprengt. Vor kurzem noch – waren es zwei Stunden, waren es drei? – hatten wir mit unseren Feldstechern die Landschaft abgesucht. Da war die Straße, die vom Städtchen Maella kommend dem Ufer zu sich wand, da waren die Autos und die Tanks, die wie Spielzeuge auf ihr krochen, Spielzeuge nicht nur ihrer Dimensionen wegen, Spielzeuge auch weil sie uns nichts anhaben konnten. Denn zwischen ihnen und uns war der Fluß und die Brücke, die war nicht mehr. Bis morgen wird es vielleicht eine neue Brücke geben, aber heute ist heute und einen ruhigen Tag hatten wir lange nicht mehr gehabt.

Da war also die Straße, die vergebens zum Ufer niederstieg, da waren die Tanks, die nicht weiter konnten, da war der Fluß, unser Wohltäter. Ich weiß nicht mehr, warum ich meinen Feldstecher senkte und ihn über die Hügel diesseits des Flusses streichen ließ. Da ... Mein Atem setzte plötzlich aus, mein Herz schlug schneller. Auf dem runden Kopf des Hügels, kaum zweitausend Meter von uns entfernt, wehte eine Fahne. Eine dreistreifige Fahne, deren Mittelstreifen heller war. Eine rot-gelb-rote Fahne – denn wenn ich auch die Farben nicht erkennen konnte, was konnte es anders als eine rot-gelb-rote, eine Franco-Fahne sein.

Die Gefahr war aber weit näher als die Fahne. Meinem Ausruf folgte ein anderer, ein noch unheilvollerer. »Hier«, rief jemand aus dem Gefolge Marcels. Hier rechts von uns, wo unsere Flanke im Nichts endet, im Niemandsland marschierte eine Kolonne.

Und dann überstürzte sich alles, ich begreife es jetzt noch nicht, wie es geschah. Granaten wühlten den Felsrücken auf, in tausend Splittern zerbarst das Gestein, links, wo irgendwo unsere Nachbarbrigade stehen sollte, sahen wir die Leute laufen, Küchen kamen angefahren, mit ihrer nervenlosen Ruhe, und mit der gleichen Ruhe, die ich nie ganz verstehen konnte, schickte jede Kompanie, jeder Zug seine Essenholer nach unten, in diese drohende, berstende, von brenzligem Pulverrauch erfüllte, Steine und Eisen speiende Felsschlucht.

Und da, auf einmal, begannen auch die Unsrigen zu laufen. »He, warum lauft Ihr?« – »Sie sind durchgebrochen, Toubib.« Der Toubib, im französischen Militärargot »Arzt«, war ich. »Zurück, hört Ihr, zurück!« – »Verdrücke dich, Toubib, im nächsten Augenblick werden sie hier sein.« – »Hört Ihr mich, zurück!« – »Laß Deinen Schießprügel schön in der Tasche, Toubib, wir haben den Befehl.« – »Ihr lügt.« – »Dummkopf, frage selbst den Chef.« – »Ihr habt also wirklich den Befehl?« – »Wenn Du noch lange fragst, werden Dir die Faschisten die Antwort geben, Toubib.«

Links und rechts von unserer Mulde rannten sie. Rannte mein Bataillon. Meine Brigade. In der Mulde selbst stöhnte es und schrie es vor Schmerz, jammerte es und winselte, blutete es und schwitzte es kalten Todesschweiß. Verbände wurden hier angelegt, sterile Gaze, Watte, Schiene und Binde, der Reihe nach, wie es in den spiegelglatten weißen Operationssälen der Kliniken geschieht, auf diesem Felsabhang, der von Rauch, Staub und Pulver, splitterndem Stein und splitterndem Eisen erfüllt war und über den sich die Menge, gleich einer Lawine, herunterwälzte. In diesem Wirbel war unser Hilfsposten der einzige ruhige Punkt. Alles, was an Händen da war, schaffte unter dem Druck der immer neu heranwankenden, herankriechenden, auf den Tragbahren herangeschleppten Opfer. Schaffte fiebrig und gelassen, vom äußeren Geschehen abgelenkt oder es ignorierend. Der rundliche Liu hob seinen Kopf nicht, für ihn gab es weder Granaten noch Faschisten. Tschang schaute ab und zu auf, prüfend aus seinem hageren Mongolengesicht, mal auf die Flüchtenden, 'mal auf mich. Antonios Blick war unstet, er gefiel mir nicht. Mariano hielt sich jämmerlich, wie in all den letzten Tagen, seine Bewegungen waren bleiern, sein Gesicht düster. Roger, unser Sanitätsleutnant, pfiff. Er pfiff ein lustiges Lied von den Mädchen zwischen sechzehn und achtzehn Jahr'. Jesús, dem Bauernburschen aus der La Mancha, perlten dicke Tropfen auf dem Gesicht, Verbände hatte er bisher nur in Kursen gemacht, nur an Gesunden.

Was war wirklich los? Ich kletterte nach oben, dort wo irgendwo der Kommandostab des Bataillons sein mußte, aber da sah ich sie schon auf mich zukommen, den François, der seit gestern unser Chef war und René, unseren neuen Politkommissar. »Hau mit Deinem Posten ab«, rief mir François von weitem zu, »so schnell Du kannst.«

Rasch war alles in Säcke und Truhen verpackt und auf Tragbahren verladen und den Abhang hinab, ein Teil der Lawine selbst, fielen wir in das Tal und auf die Straße, wo Marcel stand, unser Brigadekommandant.

Marcel Garnier war sein voller Name. Es war ein Name, den das Pflugmesser der Zeit aus dem Innern der Erde an das Tageslicht geschleudert hatte, aus dem anonymen Stand des Baugewerbes. So ist es seit jeher in Revolutionen und Freiheitskriegen zugegangen, da mancher Soldat den bewußten Marschallstab aus dem Tornister holte. Hundertundfünfzig Jahre vorher ward aus einer ähnlichen Lage ein Lazar Hoche geboren, ein Kléber, ein Rossignol, Sansculottengeneräle der französischen Revolution. Vor unseren Augen hatte das Jahr Siebzehn der Welt die Namen Budjonny, Woroschilow und Timoschenko gegeben, die Namen simpler Arbeiter und Bauern, die bislang nur den Einwohnern ihres Dorfes und den Arbeitern ihrer Fabrik bekannt waren.

Vor hundertfünfzig Jahren, als die Perücken des Metiers nach Koblenz zu den bourbonischen Prinzen überliefen, die Kellermann und Dumouriez, vor zwanzig Jahren, als die goldbebordeten Waffenröcke der Judenitch und Koltschak für die Romanows gegen Petersburg und Zaryzin marschierten, vor siebzehn Monaten, als Franco, Mola und Queipo de Llano im Auftrage fremder und ungekrönter Despoten sich gegen das eigene Volk erhoben, verloren die eisernen Gesetze des Metiers ihre Geltung. Das Volk in Waffen gab sich seine eigenen Generäle. Die Lister, die Modesto, die Campesino – und auch Marcel Garnier, einen französischen Arbeiter, der mit vielen anderen über die Pyrenäen gekommen war.

Da stand er, wie der Kapitän eines sinkenden Schiffes, auf dieser Straße, die die Mittagssonne bebrütete, kaum ein Mensch mehr. Vergeblich suchte ich auf seinem Gesicht ein Lächeln für mich zu erhaschen.

»Was nun, Marcel?«, rief ich ihm im Vorbeigehen zu.

Einen Augenblick haftete sein Blick auf mir, auf einem Detail der Flucht, auf dem Arzt des Bataillons »Henri Barbusse« und nicht auf seinem Freund und Kriegskumpan Toubib.

»Die nächste Höhe besetzen.«

So schreite ich nun aus, ein Glied dieser endlosen Kette. Vor mir Soldaten, hinter mir Soldaten. Vor mir Kameraden, hinter mir Kameraden. Das sind die gleichen Soldaten, die gestern vor Maella die im Stich gelassenen Antitankgeschütze die Straße hinaufgezogen haben, die in eine Rauchmauer mündete. Nicht nur aus Rauch bestand die Mauer, auch aus Blitz und Donner, aus fliegenden Stein- und Eisenbrocken bestand sie, es war eine Mauer, in der die Hölle los war. Durch sie, durch das Sperrfeuer der feindlichen Artillerie, mußten die Soldaten hindurch, wollten sie die Geschütze retten. So ein Geschütz kostet, wer weiß, zwanzigtausend Franken, vielleicht fünfzigtausend, vielleicht auch hunderttausend. Aber wieviel kostet ein Menschenleben, mein eigenes, mein einziges Leben? Dies dachte einer unter ihnen, dies dachten vielleicht auch andere und zogen und schoben ihre Geschütze immer mehr der tödlichen Mauer zu – und durch sie hindurch. Das war gestern gewesen. Und diese gleichen Soldaten liefen vor einer halben Stunde aus der schier uneinnehmbaren Stellung kopflos davon.

Tag auf Tag – ihre unrasierten Gesichter, besagen, daß es schon viele Tage sind – wichen sie vor dem Feind zurück. Aber noch nie waren sie gelaufen. Lautlos hatten sie jede Nacht ihre Stellung verlassen, waren einige Kilometer zurückgegangen und hatten neue Stellungen besetzt. Und kaum war es hell geworden, waren die von drüben ihnen schon nachgefolgt und hatten mit ihrem üblichen Programm den Tag begonnen. Vorerst erschien über ihren Köpfen ein einzelnes Flugzeug, das nur langweilig summte, wie eine Fliege im Mittsommer, summte und lange Spiralen zog. Es tat keinem etwas an, dem Anschein nach, aber in Wirklichkeit war es eine Kanaille, ein Kundschafter des Todes. Bald darauf knallte es von weitem viele Male, dünn und blechern, ein kurzes Sausen, und ebensoviele Male krachte es wieder aus nächster Nähe und mit viel Rauch und Getöse. Wieder summte es am Himmel, aber diesmal war es kein einzelnes Geräusch, der ganze Himmel summte. Aus der Ferne zogen bombenträchtige Flugzeuge heran, drei zu drei in selbstsicherer Ruhe, um sie trieben sich lustig Meuten flinker Jäger herum, bereit, sich auf jeden zu stürzen, der den Dickbäuchigen den Weg zu versperren versuchte. Aber es war niemand da, der derartiges unterfangen konnte, ihrer war der Himmel. Nachdem die Dickbäuchigen ihre Därme geleert hatten, erschienen von neuem die kleinen lustigen Dinger. Nun nahmen sie sich aber weder klein noch lustig aus. Sie flogen zu fünf oder sechs und gingen kopfüber auf uns nieder. Aus allen Maschinengewehren und Motoren ratternd kam die Maschine auf den Einzelnen zugestürzt, ihn allein visierte sie, auf ihn allein hatte sie es abgesehen. Riß sie sich knapp über seinem Kopf wieder in die Höhe, dann stürzte die nächste herab, und nach ihr wieder die nächste, lange Minuten, lange Viertelstunden lang. So fuhren sie den Himmel auf und ab, gleich den Gondeln eines Riesenrads und spielten mit den Menschen, die da unten am liebsten in den Erdboden gekrochen wären. Jedoch diese Menschen – die gleichen, die vor einer halben Stunde aus der schier uneinnehmbaren Stellung so kopflos davonrannten – damals hatten sie sich nicht in den Erdboden verkrochen, hatten den Blicken und den Läufen der himmlischen Ungeheuer standgehalten und auf sie aus ihren Gewehren geschossen. Waren auch die Karusselflieger für eine Weile weg, die Kanonen von drüben verstummten nicht. »Blum, blum, blum, blum«, zählten die Soldaten die Einschläge, indem sie das Geräusch der Explosionen mit dem

Namen des Erfinders der Non-Intervention verdichteten. Die drüben beherrschten nicht nur den Himmel, sie beherrschten auch die Erde, und wenn sie mit vierzig Schlünden den ganzen Tag auf uns einhämmerten, so antworteten ärmlich von unserer Seite drei, vier alle halbe Stunde einmal.

So ging das Tag auf Tag: Artillerie – Aviation, Aviation – Artillerie. Und als Abschluß schließlich Tanks, die Trümmer und Leichen eroberten. Tag auf Tag wich die »Marseillaise« zurück, immer im Rhythmus, wenn auch dann und wann einer oder der andere aus ihrem Chor den Kopf verlor, die Gewalt über den Kopf. Tag und Nacht wurden ihrer weniger, und Tag auf Tag hatten sie nur einen Gedanken: möge es doch Abend werden, möge dieser Tag überstanden sein.

Heute hatten die Soldaten den Abend nicht mehr erwarten können. Ihr Wille barst, wie eine zu stark belastete Spiralfeder. Panisch und zu früh vollzog sich das, was nur die Ausführung einer gut ausgedachten militärischen Operation sein sollte: der Rückzug.

Später, in ruhigen Nächten am Ebro, werde ich von Paniken träumen, im Schlaf brüllen und meine Leute aufschrecken. Nacht für Nacht, viele Nächte lang. Träumen werde ich von Gesichtern, aus denen jeder rationelle Gedanke gewichen war – einerlei, ob es ein falscher oder richtiger Gedanke gewesen sein möge. Ich werde von Augen träumen, die irre flatterten. So mögen Augen von Tieren sein, die aus einem brennenden Wald zu entrennen versuchen. Schrecklich ist ein solcher Anblick bei Menschen, mit denen man gestern noch über die Agrarreform in Spanien oder über die Romane Balzac's diskutiert hat.

Da nähert sich die erste Höhe, ein mit stoppeligem und von der Sonne verdorrtem Gras bewachsener Hügel. Werde ich oben den Revolver ziehen oder einfach die Hand heben und Halt gebieten? Werde ich es tun, werde ich es nicht tun? Ich müßte es tun, es ist Marcels Befehl. Kann ich diesen Strom aufhalten, der gejagt wird vom Gefälle der Panik? Keiner wird auf mich achten, alle werden sie weiterziehen, manche stumm und ohne den Blick zu heben und manche mit einer höhnischen Bemerkung, »der da hat uns noch gefehlt, um uns Befehle zu geben«. Wie ein Don Quijote werde ich dastehen, sinnlos, traurig und lächerlich mit meinem erhobenen Revolver. Sollte ich am Leben bleiben, nie werde ich über diesen Augenblick hinwegkommen können. Wären nur meine Leute da, die vom Bataillon »Henri Barbusse«. Aber – ich schaue mich um, außer

Tschang und Liu kein bekanntes Gesicht. Roger, Antonio, Mariano, Jesús, wer weiß, wo sie sind? Maestre, Collange, Primitivo, Charles, Amouroux, Pablo Lechero, verwundet, tot. Guy, der einäugige Chef der zweiten Kompanie liegt mit zertrümmertem Schädel unter aragonischer Erde. Seine Briefe trage ich mit mir, in meiner Rocktasche, seine Briefe und das Bild des Mädchens mit den großen kohlschwarzen Augen. Niemand verstand Guy zu Lebzeiten, niemand verstand seine Räusche und sein Schweigen, seine verrückten Räusche und sein beharrliches Schweigen. Die Briefe kamen aus Paris, aus dem vierzehnten Arrondissement, sie waren alle mit »Juliette, qui t'aime« gezeichnet. Nur einer, dem Datum nach der letzte, war nicht von ihr, sondern von einem Mann geschrieben. Werter Kamerad, begann der Brief. Es waren da vorerst Worte der Bewunderung für den Metallarbeiter Guy Riviere, der seine Drehbank und sein Mädchen verließ, um unten für die Freiheit zu kämpfen. Dann aber berichtet der Brief von einem Abend, von einem Samstagabend, da der Briefschreiber vor den Bildern eines Kinos am Boulevard Sebastopol stand und neben ihm ein unbekanntes Mädchen. Ob sie nicht Lust hätte, mit ihm ins Kino zu gehen. Das Mädchen hatte Lust. Drinnen, als es dunkel wurde, legte er seinen Arm um ihre Schulter und zog sie zu sich heran. Da begann das Mädchen zu schluchzen, bitter zu schluchzen begann es. Ein sonderbares Verhalten, dachte er, für ein Mädchen, das sich ins Kino ausführen läßt. Als der Film zu Ende war und sie den Boulevard entlang gingen, erfuhr er alles. Nun schreibe er dem Liebsten dieses Mädchens und bitte ihn, Juliette doch endlich auf ihre vielen Briefe zu antworten und nichts Schlechtes von ihr zu denken, denn seine Beziehung zu ihr sei reine Freundschaft und nichts mehr.

Tot der Guy, der auf seinen Urlaub nach Frankreich verzichtet hatte, tot Marc, der spartanische Kommissar des Bataillons, der auch in der ruhigsten Stellung nach Mitternacht seine Runde gemacht hatte, tot Pepé, der Madrider Chemiestudent, der mit den ersten spanischen Rekruten schüchtern und linkisch bei uns in Morata de Tajuña erschien, tot José, der kleine Malagenser Tischlergeselle, der die vierte Kompanie führte, tot, tot, tot.

Tot fühlten sich gestern auch die Hände Manjas an. Eiskalte Hände, mit Haut überzogene Skelette. Gebrechliche winzige Hände, deren Nagelfalze mit einer braunen Kruste bedeckt waren, mit dem geronnenen Blut vieler Wunden.

Mumienhaft war gleichfalls die Haut, die sich über ihre hervortretenden Backenknochen spannte. Dünner als sonst und blasser der Mund, ein Mund, nach dem ich mich früher so sehnte. Nicht jetzt, nicht gestern, nicht in all diesen Tagen des Todes und des Sterbens. Lebend waren nur ihre Augen, warm und grün.

Wir wußten voneinander in den letzten Wochen nur durch die Zettelchen, die zwischen dem Hilfsposten des Bataillons und der Sanitäts-Zentrale der Brigade hin und her flatterten. Mehr hin als her. Denn jeder Verwundete trug im Knopfloch oder auf dem Rock befestigt ein Kartönchen, auf dem Name, Einheit, Zeit, und Art der Verwundung und darunter mein Namenszug stand. Solange er noch da stand, wußte sie, daß ich lebe. Und aus der Zahl der Etiketten, aus der Art der Wunden wußte sie, wie es bei mir aussah. Ich wieder erhielt Anweisungen und Befehle von meinem Chefarzt Janik und darunter eilig hingekritzelt ein Lebenszeichen seiner Frau, der Hilfsärztin Manja.

Gestern hielt ich diese Hände in den meinen, vor dem Eingang in die Stadt Maella, und eine besondere Zärtlichkeit übermannte mich. Nicht die Zärtlichkeit, die ich für Manja empfand, wenn wir auf den Wiesen von María de la Alameda nebeneinander lagen und die Berge ihren Frieden ausströmten, als wären es nicht Frontberge der Sierra Guadarrama. Eine Zärtlichkeit, die irgendwo schon jenseits des Lebens lag.

Dünnes Gewehrfeuer prasselt hinter unserem Rücken. Zu weit entfernt, nicht für uns bestimmt. Nur dann und wann säuselt es in den Lüften, eine verirrte Kugel, die am Ende ihrer Kräfte müde durch die Luft torkelt.

Da ist auch schon der Kamm. Von unten flößte er mehr Vertrauen ein, ein Kamm, hinter dem man sich verstecken könnte. An Ort und Stelle entpuppt er sich als eine flachgewölbte Rundung, zu flach gewölbt, um denen, die Schutz gegen die tödlichen Projektile suchen, Schutz zu gewähren.

Aber die Fragwürdigkeit des Schutzes ist nicht der Grund, warum ich hier nicht meine Hand und meine Stimme erhebe, um die Zurückströmenden anzuhalten und den Hügel zu besetzen. Der Grund liegt tiefer. Er liegt in meiner Unsicherheit. Er liegt in der Unterschätzung meiner Kameraden.

Der Hügel ist viel zu niedrig, beschwichtige ich mich. Der nächste eignet sich besser. Am nächsten wirst du Halt machen, hörst du, am nächsten. Und schon schreite ich, einer unter

Tausenden, den Abhang hinab, in diesem endlosen Zug der Niederlage.

Hat Tschang meine Gedanken erraten? Tschang, der auf mich eingestellt ist wie ein Empfänger, Tschang, der einem Weisen aus dem Osten gleich vieles sieht und nur wenig ausspricht.

Ich drehe mich um. Schwer bepackt, mit dicken Taschen links und rechts umschultert, geht er hinter mir. Kein Gedanke ist diesem bartlosen bronzenen Gesicht anzumerken und kein Alter. Nicht anzumerken sind ihm die Jahre, die er unter chinesischen Generälen gedient hat, das ist lange her, neunzehnhundertzehn, Sturz der Mandschu-Dynastie, chinesische Wirren, Revolution, Sun Yat Sen. Nicht anzumerken sind ihm die Jahre, die er bei Renault in Paris-Billancourt verbracht hat, ein Stück Arbeitskraft aus China importiert.

Ich hebe meinen Blick. Auf dem Felskamm, den wir aufgegeben haben, stehen kleine Menschensilhouetten. Die Sieger finden es nicht mehr nötig, sich zu decken.

Von vorne aber, in der Richtung, in der wir marschieren, kommt dumpfes Gebrüll. Da laden die Savoyas 81 oder die Junkers ihre Bomben ab. Gleich einem kontinuierlichen Donner hört sich das an. Die Bomben gelten Lister. Der Division, die links von uns hält, zurückweicht, zurückflutet, wer weiß es?

Soll Manja Recht behalten? Werden sie uns so bis ins Meer treiben, Barcelona nehmen, Katalonien überrennen?

Manja ist eine sonderbare Mischung von Pessimismus und Arbeitsleidenschaft, von Weltschmerz und Disziplin, von Tapferkeit und von Abscheu gegen den Krieg.

Sie handelt, als ob alles gut ausgehen würde. Sie arbeitet wie besessen, auch wenn die grauen Fluten des Pessimismus aus ihr hervorbrechen und ihr Ich in einen heillosen Trümmerhaufen verwandeln. Ihr ganzes Gefühl bäumt sich gegen das Morden auf, ihr ganzer Verstand bejaht es.

Manja kam schon äußerlich gebrochen auf diese Welt, mit einem im Hüftgelenk ausgerenkten Bein. In der Arbeitsstube ihres Vaters, eines Bankangestellten in Kischinew, atmete sie als Kind die Resignation und den Pessimismus, von dem die russische Intelligenz nach neunzehnhundertfünf befallen war. Die Weltanschauung, die sich nachher die Studentin Manja an einer mitteleuropäischen Universität aneignete, war optimistisch. Sie lehrte die Tat, die die Menschen glücklich und die

Erde wohnlich machen wird. Das »als ob« war das Ergebnis der beiden Grundkräfte ihrer Entwicklung.

Natürlich, die Menschen um sie her sind weit weniger kompliziert als Manja. Sie sind nicht an der Wurzel ihres Seins angekränkelt, wie Manja. Das sind nicht Töchter von kleinen, enttäuschten Kischinewer Bankbeamten, das sind Söhne von Kumpels aus der Borinage, von Hafenarbeitern aus Malaga, von Bauern aus der La Mancha, von Pariser Proleten. Sie glauben an den Sieg, und das ist gut so. Eine Armee ist nur dann geschlagen, wenn sie sich geschlagen gibt, besagt das Reglement für die französische Infanterie. Und dieser Glaube und das Wissen, daß sie sich hier in einem Duell für die übrigen zwei Milliarden Menschen schlagen, das sind ihre stärksten Waffen. Denn an Flugzeugen, an Kanonen und Maschinengewehren ist ihnen der Feind weit überlegen.

Diese moralische Waffe kann viele Tanks und viele Flugzeuge ersetzen. Aber es gibt eine Grenze, wo auch der größte Mut und die größte Selbstverleugnung unterliegen müssen.

Naht dieser Augenblick?

Wir schreiten die zweite Höhe hinauf. Mit jedem Schritt kommen wir dem Kamm näher, mit jedem Schritt komme ich meiner Entscheidung näher. Noch zehn Schritte, noch fünf, jetzt. Ich weiß nicht mehr, was ich oben gesagt habe, nachdem ich Halt kommandierte. Ich weiß nur noch, daß niemand weiterzog, keiner stumm und ohne den Blick zu heben, keiner mit einer höhnischen Bemerkung. Ich weiß nur, daß ich nicht wie ein Don Quijote dastand, sinnlos, traurig und lächerlich, sondern daß alle stehen blieben und sich anschickten, die Höhe zu besetzen.

»Das ist schon richtig, Kamerad«, spricht ein Spitzbärtiger zu mir. »Ganz richtig. Aber ich finde jene Höhe dort günstiger, als diese da. Erstens ist sie höher. Dann reicht sie fast bis zur Straße. Wir haben dort einen besseren Flankenschutz und auch für den Rückzug wäre es besser.«

Ein anderer mit einer Binde über der Stirn und mit dem Abzeichen eines Sergeanten ist gleichfalls der Meinung des Spitzbärtigen.

Ich blicke von einem Hügel zum anderen und vergleiche. Es scheint mir, daß die Beiden Recht haben. Aber meinen sie es ehrlich? Ist das nicht eine Finte, eine Ausrede, um weiter zurückzuweichen? Ich schaue mir ihre Gesichter an. Es sind ruhige Gesichter und ruhig sind auch ihre Worte, sie hätten auf einer Belegschaftsversammlung gesprochen worden sein können, auf der man über die Notwendigkeit ausreichender Klosetts diskutiert.

Ja, die Beiden meinen es ehrlich. Aber darf ich nachgeben? Muß ich nicht bei meinem Befehl beharren, auch wenn er falsch ist?

Was würde Marcel in dieser Lage tun? Er würde beharren. Denn in diesem Augenblick geht es um keine taktische Frage. Es geht darum, Vertrauen zu schaffen, Vertrauen in sich selbst, Vertrauen in die Führung.

Wie auch immer: lange darf ich nicht zaudern.

Ich bin kein Marcel. Ich gebe den Befehl, zur anderen, zu der taktisch günstigeren Höhe zu ziehen.

Von neuem setzt sich die Kolonne in Bewegung. Aber es ist nicht mehr die frühere Kolonne, die ohne Ziel und nur vom Fluchtgedanken getrieben in die Ebene flutete. Von Glied zu Glied läuft nach hinten die Parole: »Wir nehmen Stellung«.

»Toubib, Toubib«, ruft jemand. Ich blicke nach links, von wo der Ruf kommt. »Toubib, ich führe den linken Flügel.« Das ist Roger!

Dieser Roger! Es kamen zu Beginn des Krieges unter den Tausenden von politischen Idealisten auch einige Abenteurer hierher. Gewesene Fremdenlegionäre, Franzosen, Ungarn, Deutsche, Polen, die vom Kriegshandwerk einiges verstanden. Und da nur wenige vom Krieg etwas verstanden, bekamen sie Kommandoposten und ließen sich goldene Offiziersstreifen annähen. Als ich während der Jaramaschlacht in mein Bataillon kam, fand ich einen Chef vor, der Fremdenlegionär gewesen war, und gleichfalls Legionäre waren der Kommandant der ersten und der zweiten Kompanie. Nachher verschwanden sie, einer nach dem anderen: den Kramer, unseren Bataillonskommandanten, zerriß beim Exerzieren eine Handgranate, Koko, von der ersten Kompanie, sahen wir nach seiner Verwundung nie wieder. Bechar, der die zweite Kompanie kommandierte, tauchte in Madrid unter, eines Tages sahen wir in einem Madrider illustrierten Blatt ein Hochzeitsbild, Leutnant Bechar an der Seite seiner jungen Frau, und einige Monate nachher verurteilte ihn ein Kriegsgericht zum Tode – Spionage.

Roger war eines der letzten Exemplare dieser Art unter uns. Er hatte alle Laster und die wenigen Tugenden eines Fremdenlegionärs. Er hatte bald herausgefunden, welcher Art Mensch ich, sein neuer Vorgesetzter, war und paßte sich mir über Nacht an. Er würzte seine Reden mit politischen Sentenzen und konnte nicht genug in Antifaschismus tun. Er leitete seine Geschichten mit den Worten ein, wenn sie auch nicht wahr wären, so wären sie gut erfunden. Aber er hatte Courage und verstand sein Fach. Nun hatte er, ich weiß nicht wie, den Sinn meines Manövers erfaßt und sich an die Spitze der linken Kolonne gestellt.

So schreiten wir nun, zwei Kolonnen stark, unserem neuen Ziel zu. Es ist, als ob sich der Tag noch zum Guten wenden würde. Der Felskamm ist zwar verloren, aber uns haben wir wiedergefunden. Man wird uns vielleicht in dieser Nacht ablösen, damit wir uns mal richtig ausschlafen und in Ruhe eine warme Mahlzeit verzehren. Ach, das sind Träume. Wer soll uns auch ablösen? Wo gibt es noch Reserven?

Aus solchen und ähnlichen Gedanken schreckt mich ein schreckliches Wort. »Los Moros!« hat einer hinter mir aufgeschrien, los Moros.

Da, vor uns, just von dem Hügel, wohin wir ziehen, kommen sie herangeritten, die Marokkaner, auf ihren flinken Pferden, die wilden Mauren, die nie Pardon geben.

Unschlüssig bleibt der Haufen stehen, der noch einen Augenblick vorher mit neuem Mut so entschlossen vorwärts marschierte. Hinter uns – der Feind. Vor uns – der Feind. Links von uns – der Feind. Nach rechts flüchten? Keinen Sinn mehr, die Moros holen uns ein. Umzingelt. Verloren.

In diesem Augenblick geschieht etwas, was fast an ein Wunder grenzt. Tschang, der sich bislang störrisch und dickköpfig weigerte, den Korporalgrad anzunehmen – er sei nicht nach Spanien gekommen, um zu befehlen – Tschang, der gegen seine Nennung im Tagesbefehl der Brigade Einspruch einlegte – er sei ein ungebildeter Arbeiter und andere wären weit tapferer gewesen – Tschang, der ansonsten nicht zum Sprechen zu bewegen war, hält auf einmal, laut und in gebrochenem Französisch eine Rede: »Kameraden – ich nach Spanien gekommen, um Leben geben für Freiheit. Ich Chinese, du Franzose, du Spanier. Ich sprechen keine große Worte. Sterben ein großes Wort. Ich lieber sterben wollen auf chinesisch Erde. Ich aber auch gerne sterben hier. Denn Japan gleich sein mit Hitler, und Hitler gleich sein mit Franco. Wir sterben müssen, gut, wir sterben wie Soldaten von Liberté. Wie Genossen von Shanghai und Kanton, wie Genossen von Bastille und Père Lachaise. En avant!«

So reißt sich Tschang die Worte aus dem Munde und gleich einem Amen erklingen einige Worte »En avant« und »Allons y« aus dem Haufen.

En avant setzen wir uns in Bewegung, den Moros entgegen. Ich schreite aus und blicke rund um mich. Zum letzten Mal sehe ich den wolkenlosen von der aragonesischen Sonne verblaßten Himmel, zum letzten Male spüre ich der Sonne gute Strahlen auf meinem Gesicht brennen, zum letzten Mal sind mir die Täler und Hügel sanft, zum letzten Mal sind mir die Felsenriffe streng und ernst, zum letzten Mal ist mir die Erde gelb, braun und grün.

Ich habe in Gedanken immer nur vor einer Art des Sterbens Angst gehabt: vor dem Tod des zum Tode Verurteilten. Vor diesem Warten auf den frühen Morgen, da Schritte im Korridor erklingen und das Schloß mit einem rostigen Knarren aufgeht. Vor der flackernden Lampe. Vor dem rieselnden Regen, einem Regen dünn wie Nadelspitzen. Vor dem Morgengrau, das ein graues Grau, das graueste aller Grau ist. Vor der Kälte, die jedes Atom meines Körpers erzittern läßt, bevor dieser Körper erstarren wird und nie mehr zittert. Nein, so möchte ich nicht sterben.

Hier ist nichts dergleichen. Hier ist ein warmes Sterben unter hochstehender Sonne, unter blauem Himmel, auf bunter Erde.

Hier ist auch kein wehrloses Objekt, auf das der Henker den Tod appliziert. Hier ist ein Revolver in meiner Hand, hier sind viele Gewehre in den Händen der Kameraden.

Hier ist nichts von Todesangst, eher ein ironisches Aperçu. Nie in meinem Leben habe ich mich als Held gefühlt, es sei denn, als ich noch mit meinen Schulkameraden spielte, in den Soldatentagträumen meiner Jugend. Schickt es sich für einen Helden mit dem Mantel unter dem Arm zu sterben? Du bist ein guter Mantel aus festem belgischen Wollstoff, du hast mir während des ganzen Feldzuges nicht nur als Mantel, du hast mir auch als Matratze und als Decke brav gedient. Aber jetzt kann ich dich nicht mehr brauchen. Ein Held stirbt nicht mit dem Mantel unter dem Arm, und sei es auch der beste aller Mäntel. Adieu!

Ich blicke mich um, keiner ist zurückgeblieben, alle, alle marschieren mit. Auch unsere beiden Jüngsten, den Mariano und den Jesús, sehe ich wieder.

Und niemand wird es wissen. Niemand wird es in dieser unserer Zeit des Radios, der Bildübertragung wissen, wie ich in diesem Augenblick in den Tod schreite. Mutter legt vielleicht eben Tomaten ein, in einem Städtchen an der unteren Donau, nach allen Regeln der Einmachekunst. Jeka schimpft und raucht und raucht und schimpft, in einer kleinen Redaktionsstube zu Prag, heute wird das Blatt umbrochen, ein Tag des Schimpfens und Rauchens, Egonek löst das Kreuzworträtsel, jetzt wahrscheinlich schon ein spanisches, Fluß in Kambodscha mit drei Buchstaben, assyrischer Gott der Fruchtbarkeit, Anfangsbuchstabe A. Irgendwo in einer fernen, fernen Steppe, die ich nie gesehen habe, schwebt ein Gesicht ohne Hintergrund.

Ein syrmisches Dorf fällt mir ein. Im Auto bin ich da vor vielen Jahren durchgefahren, pudrige weiße Staubwolken haben wir aufgewirbelt, Hunde sind uns kläffend nachgelaufen, Bauern standen vor ihren Haustoren und guckten uns nach. Es war mir wie einem Forscher, der durch ein Negerdorf fährt. Da leben Hunderte von Millionen noch ein vegetatives Leben, ein Leben, das ihre Ahnen vor tausend Jahren geführt haben, dachte ich, als ich durch jenes syrmische Dorf fuhr, und doch sind sie Zeitgenossen von Menschen, die Atome zertrümmern und durch feste Körper hindurchleuchten, die Stimmen und Bilder in Bruchteilen von Sekunden rund um die Erde senden. Werden sie nicht um das beraubt, was ihnen gehört, betrogen um ihren Besitz an der Welt? Ich fühlte mich von Schuld bedrückt, obwohl ich nicht zu den Weltbesitzern gehörte, allein weil ich von diesem Unrecht wußte und nicht genügend tat, um es gutzumachen, damals, als ich durch jenes syrmische Dorf fuhr.

Ein Brummen am Himmel, das immer stärker wird. Da kommen sie angeflogen, in ihrer majestätischen Ruhe, drei, sechs, neun Savoyas 81, auf uns, eine Schlange, zu, die sich durch das aragonische Gebirge windet und ein gutes Ziel abgibt. Aber niemand macht Halt, keiner von uns stellt sich leblos, um als totes Detail der Landschaft den Späheraugen zu entkommen. Wo der Tod von allen Seiten heranmarschiert, heranreitet, heranfliegt, ist Umsicht Irrsinn und Ausnützung des Geländes Spielerei.

Ich las einmal, daß vor dem Tod das eigene Leben filmartig vor einem abrollt. In mir ist kein Film und kein Abrollen, keine letzte Revue und keine Zusammenfassung. Oft habe ich ein Fazit gemacht, an Geburts- und Neujahrstagen, ein Fazit, das mich in der Regel unbefriedigt ließ, unter das ich mit roter Tinte ein Ungenügend setzte. Jetzt, wo mein Leben endgültig abschließt, mache ich kein Fazit. Gut oder schlecht, reich oder arm, nützlich oder belanglos, geliebt oder verachtet, meine Gedanken sind jenseits dieser Attribute. Noch einmal mir die Welt einprägen. Die Sonne. Den Himmel. Die Erde. Das gute Mondgesicht von Liu. Das gute hagere Gesicht Tschangs. Tschang und Liu, nie mehr werdet ihr euer China wiedersehen, nach dem ihr seit zwanzig Jahren Heimweh hattet. Ein Heimweh vorerst nach Menschen, deren Sprache Ihr verstandet, nach Frauen, die Ihr in die Arme nehmen konntet, später ein Heimweh nach dem ganzen Volk. Für dieses Volk hast du, Tschang, Tag für Tag die »Humanité« gelesen, für dieses Volk hast du gelernt. Vergebens. Vergebens?

Mariano, verzeihe mir. Ich hielt dich für zu bedacht um dein Leben, für einen Feigling, in jenem Augenblick. Damals wußte ich es nicht, erst später werde ich erfahren, daß deine dauernde Unlust, deine Lethargie und deine Niedergeschlagenheit nicht Feigheit, vielmehr ein Erguß zwischen dem Rippenfell waren, eine Pleuritis exudativa. Diese Rippenfellentzündung brachte dich einst um das Radfahrchampionat, das Championat eines Bergarbeiterstädtchens im Norden von Frankreich. Und nun nahm sie dir meine Achtung. Aber du bissest die Zähne zusammen und sagtest kein Wort. Denn du befürchtetest, ich würde dich ins Krankenhaus schicken, und das wolltest du nicht, denn das war deine erste Schlacht. Mariano, lieber Junge, du wirst deine Kumiaks nicht mehr wiedersehen, die vom Osten nach der Ruhr wanderten und von dort nach dem Pas de Calais. Und auch Jeanne wirst du nicht wiedersehen, die auf dich wartet.

Und du Jesús! Vor wenigen Wochen habe ich dich im Auto in dein verlorenes Dörfchen der La Mancha gebracht, das war was. Seht den Jesús, den Jüngling Jesús in Uniform, seht ihn im Auto sitzen, seht ihn Ihr Mädchen, seht ihn Ihr Männer. Auch mein Jesús, zehn Jahre jünger als jener gekreuzigte Prophet, dessen Namen er trägt, wird in ein paar Minuten nicht mehr sein.

Rechts von uns schießen aus dem Boden weiß und grau gesprenkelte Büsche. Bomben. Sie gelten dem Zug, von dem wir uns abgelöst haben. Und vor uns die Moros. Sie kommen nicht im Galopp herangeritten, sie reiten eher gemächlich, als ob sie keine Eile hätten, als ob sie unserer schon gewiß wären.

Wir aber werfen uns nicht zu Boden, bringen unsere Gewehre nicht in Anschlag, lassen sie dicht an uns heranzommen, wir schreiten dem Tod auf dem kürzesten Wege entgegen, Selbstmördern und nicht Soldaten gleich.

Ich bin federleicht und kristallklar. Und glatt wie der Spiegel eines Sees, über den kein Windzug streicht, auch nicht der geringste Hauch. Kein Windzug der Todesangst, kein Gedankenhauch von Strategie und Taktik. Mir ist nicht heiß und mir ist nicht kalt. Ich hänge nicht am Leben und ich wünsche es nicht wegzuwerfen. Ich fürchte mich nicht vor dem Tod und ich freue mich auch nicht auf ihn. Ich schreite durch eine Atmosphäre, wo Selbsterhaltungstrieb keine Währung mehr ist. Ich bin wie eine Maschine, die leerläuft, ohne Zweck, ohne Ziel, ohne Nutzen, mouvement pour le mouvement. So bewege ich mich, mit mir, zum ersten Mal seit ich erwachsen bin, versöhnt.

Zwanzig Jahre sind es her, da ich entdeckte, daß unsere Welt nicht die beste aller Welten ist, zwanzig Jahre hindurch habe ich mit jeder Erfahrung des Kopfes und des Herzens diese Erkenntnis vertieft. Mit dem Kopf lernte ich die Beziehungen zwischen Lohn, Preis und Profit kennen. Mit dem Herzen suchte ich die Quartiere der Lohnempfänger auf, in Belgrad die Lehmhütten des Pascha-Berges, in Berlin die grauen Straßen des Weddings, in Capetown die Wellblechhütten der Negerslums. Mit dem Kopf studierte ich die Programme des Führers, der der Ansicht war, daß sein Land, so wie es ist, eine noch viel zu wohnliche Stätte für die Menschen sei. Mit dem Herzen sah ich, wie er sein Programm in die Tat umsetzte: sah Stacheldraht wachsen, Köpfe fallen und Leib und Geist seiner Untertanen in Foltergeräte spannen. Mit dem Kopf las ich, daß der Ehrgeiz des Führers damit noch nicht befriedigt sei: nicht nur sein Land, die ganze Welt müsse in eine Hölle verwandelt werden.

Über Spaniens Himmel sah ich seine Junkers und Heinkels kreisen und auf Spaniens Erde lange Reihen von Kindersärgen säen. Mit Kopf und Herz war ich hierhergeeilt, nach Spanien, und Kopf und Herz sind es, die mich so leichten Fußes in den Tod gehen lassen.

All das ist mir in diesem Augenblick nicht bewußt. Ich schreite dahin und denke nicht daran, ein Prinzip unter Beweis zu stellen. Ich lächle der Sonne zu, ich lächle der Erde zu, ich lächle dem Himmel zu, ich lächle Tschang zu, ich lächle Liu zu, ich lächle Mariano zu, ich lächle Jesús zu, ich kann nicht anders.

Und die Moros werden immer größer, die Erde bebt unter den Hufen ihrer Rosse. Die Moros haben keine Turbane auf ihren Häuptern, vielleicht tragen sie das nur bei Paraden. Egal, denke ich, und schätze nicht die Entfernung ab, was ich hätte tun müssen, denn bei vierhundert Meter, sowiel wußte ich aus dem Schießreglement, hätten wir zu schießen beginnen müssen, nicht früher, denn dann wäre die Treffsicherheit gering, und nicht später, denn dann könnte es zu spät sein. Doch mein Hirn ist unbeschwert von all diesen taktischen Fragen, in diesem Augenblick ist die Taktik nur ein Detail des Todes.

Immer näher und näher kommt der vielfache Mord herangeritten, vornean reitet der, der ihn befiehlt.

Ich wollte nie unrasiert fallen. Ein totes Gesicht ist kein schöner Anblick, ein mit Bartstoppeln bedecktes totes Gesicht ist abscheulich. Aber was macht das jetzt aus. Manja wird mich nicht mehr sehen.

Es ist doch sonderbar, wie dieser Bursche, ihr Führer, sich weit vorwagt. Ich kann ihn jetzt genau sehen. Seine Uniform, seine Tellermütze, sonderbar, sie gleichen den unsrigen. Aber haben sich damals bei Brunete, als wir die Junkers abgeschossen haben, nicht auch die vier deutschen Flieger geirrt, die mit Fallschirmen hinter unseren Linien landeten? »He, du«, haben sie unseren Wachtposten auf der Straße angesprochen, »he, du einen Wagen nach Salamanca!« – »Sehr gut, euer Gnaden«, hat unser Wachtposten geantwortet und sie in unser Stabsquartier geführt, hier ist bitte der Weg nach Salamanca. So kann man sich irren im Bürgerkrieg, wenn die Uniformen der beiden Parteien einander gleichen.

»Bidou«, höre ich Tschang, der mich eingeholt hat, mit Flüsterstimme sagen.

Was will Tschang mit Bidou, der ist weit weg, irgendwo beim Stab.

»Bidou, Bidou, Bidou!« wiederholt Tschang den Namen, mit jedem Mal seine Stimme erhebend und mit der Hand auf den Reiterführer weisend.

Wahrlich, das ist Bidou, nom de dieu, Kapitän Bidou, der Kommandant unserer Kavallerie!

Und schon hält er, mit der Flanke seines Pferdes, vor uns, die die Sprache verloren haben, sodaß die Worte »Bidou, du Idiot, konntest du dich nicht früher zu erkennen geben!« unausgesprochen in meiner Kehle stecken bleiben.

»He«, sagt er mit der Gelassenheit eines Menschen, der nicht ahnt, was hier seit zwei, drei, wer mag es wissen wieviel Minuten in unserem Inneren vorging, »he, wer kommandiert hier? Ach, der Toubib. Gut, Befehl vom Stab. Lautet folgendermaßen ...«

Abstecher in den Frieden

Ich habe aus der Erfahrung mit meinem Leuna-Manuskript gelernt. Ich tippe die »Begegnung mit dem Tod« in drei Exemplaren. Im Krankenhaus zu Tarragona, wo ich mit einer leichten Wunde liege.

Eine Kopie schicke ich nach Madrid. An die Kameradin Inés, die Frau des Generalstabskapitäns Castro.

Die zweite Kopie schicke ich nach Paris. An Therese.

Die dritte behalte ich.

Nach dem Putsch des Generals Casado flüchten Castro und Inés aus Madrid. In Valencia gelingt es ihnen, sich auf einen englischen Frachtdampfer zu retten. Unter dem Wenigen, das Inés in ihrer Handtasche trägt, ist auch mein Manuskript. Ein Torpedoboot der Franco-Flotte hält den englischen Dampfer auf hoher See an. Inés wirft alle kompromittierenden Papiere ins Wasser.

So endet, in den Fluten des Mittelländischen Meeres, die erste Kopie meines Manuskripts.

Die zweite bewahrt Therese in Paris. Seit jenem Juni neunzehnhundertvierzig, an dem Paris fiel, ist Therese und die Kopie verschollen.

Die dritte Kopie marschiert mit mir in einer schweinsledernen Aktentasche eine Gebirgsstraße hinauf. Auf dem Fahrweg und zu seinen beiden Seiten liegt Abfall jeder Art: leere Konservenbüchsen, tote Maulesel, radlose Kinderwagen, aufgeschlitzte Matratzen, geplatzte Getreidesäcke, zerbeulte Koffer, Lumpen jeder Herkunft, aus äußeren und inneren Ursachen verreckte Autos aller Marken und Größen.

Wir ziehen die Chaussee hinauf, wir: das heißt der Rest der Internationalen Brigaden. Vornean marschieren die Italiener, die Garbibaldiner. Ihnen folgen die Deutschen, die Thälmänner. Und den Abschluß bilden die slawischen Völker, die Leute Masaryks, Mizskiewizs' und Matija Gubec'. Ganz hinten, am Ende des Zuges, gehen wir drei von der Sanität: Janik, mein gewesener Chef, Mariano, mein gewesener Meldegänger und ich, ein gewesener Bataillonsarzt.

Unsere Chaussee strebt zur französischen Grenze. Wir haben La Junquera hinter uns gelassen, den letzten katalonischen Ort, mit seinen blinden Fensterläden und verschlossenen Häusern, seinen geleerten Magazinen und seinen mit Unrat bedeckten Gehsteigen. Jetzt haben wir nur noch fünf, sechs Kilometer bis zur Grenze, wo das Wort »gewesen« seine volle Berechtigung bekommen wird, wir endgültig gewesene Chefs, gewesene Meldegänger und gewesene Bataillonsärzte sein werden.

Merkwürdig ruhig ist heute die Chaussee nach all diesen Tagen geworden. Gestern und vorgestern bot sie noch ein anderes Bild. Vor uns, hinter uns und zu unseren beiden Seiten zogen versprengte Truppenteile und generationsreiche Familien, Zivilgardisten mit umgegürteten automatischen Pistolen und Matronen auf Stöcke sich stützend, bestiefelte Kavalleristen und bloßfüßige Kinder, rollten langsam, im Totentempo eines Begräbnisses, zweirädrige, von Menschen und Ochsen gezogene Karren, Ford und Buicks, Camione und Ministerlimousinen, Ambulanzen und Panzerwagen. Mensch an Mensch, Fahrzeug an Fahrzeug, so bewegten wir uns, auf einem langsamen Fließband, dem Norden zu. Wir, der Exodus.

Schon als wir vor drei Wochen durch Figueras zum Bahnhof marschierten, war uns auf der Straße dieser Exodus entgegengekrochen. Zwischen damals und heute lag der letzte Feldzug. Lagen die letzten Zuckungen eines Krieges. Die letzten Toten.

Vor drei Wochen war es gewesen, da wir, die auf Beschluß der Regierung seit Monaten aus dem Kampf zurückgezogenen und demobilisierten internationalen Freiwilligen uns zum zweiten Mal freiwillig erboten, in den Kampf einzugreifen. In einen Kampf, von dem wir wußten, daß er verloren war. Jeder für sich wußte es, und keiner sprach es aus. Eine hektische Begeisterung hatte sich unserer bemächtigt, als wir auf der Versammlung unsere Hände hoben und uns in die Listen eintrugen. Sie war wie das letzte Aufwallen eines Sterbenden.

Am späten Nachmittag jenes Tages stiegen wir in Figueras in die Waggons eines langen Zuges, im frühen Morgengrau rollten wir in Barcelona ein.

Madrid und Barcelona – der Vergleich drängte sich uns an jenem Januarmorgen auf.

Sechsunddreißig waren wir ausgezogen, Madrid zu retten und damit dem Weltgeschehen einen von uns erwünschten

Verlauf zu geben, den Faschismus auf seinem ersten europäischen Schlachtfeld zu schlagen.

Neununddreißig zogen wir aus, um Barcelona eine Weile zu halten, die Evakuation Kataloniens zu ermöglichen, den Feind zu schwächen, der sich nachher auf Zentralspanien stürzen wird.

Sechsunddreißig war es ein freudig erregter Zug gewesen, der bei hochgesteckter Sonne durch die Straßen von Madrid schritt, von den Gehsteigen, aus den Fenstern, von den Dächern und Balkonen klatschte, schrie, sang ihm Begeisterung entgegen.

Neununddreißig, an jenem Morgen saßen wir im Eisenbahnwaggon am Rangierbahnhof von Barcelona. Tot lag sie da und still, die Stadt, nur dann und wann erzitterte sie unter dem dumpfen Schlag einer Explosion. Häuser, Lokomotiven, Semaphore schwebten als dunkle Schatten im Zwielicht eines rußigen Nebels. Graue Gestalten kamen vorbei, blickten uns teilnahmslos an, diesen Militärzug, stumm verschwanden sie in dem frostigen Grau.

Ja, Barcelona war anders als Madrid, anders das Jahr Neununddreißig als das Jahr Sechsunddreißig.

Auch wir waren nicht die gleichen. Sechsunddreißig waren wir hierhergeeilt, entschlossen zu siegen und zu fallen. Jetzt konnten wir nicht mehr siegen, nur fallen konnten wir. In den letzten Monaten, als wir darauf warteten, Spanien zu verlassen, hatten wir uns schon außerhalb des Kraftfeldes des Todes gefühlt. Hunderte waren an unserer Seite gefallen, Tausende, und nun stand es endgültig fest, daß wir die waren, die am Leben bleiben sollten. Wir träumten von vollen Schüsseln, von zarten Mädchen, von weichen Betten, die es jenseits der Grenze in den Ländern des Friedens gibt.

Man lud uns am Rangierbahnhof nicht aus. Man fuhr uns hinauf, in das Vorgebirge der Pyrenäen, gab uns Gewehre und sagte uns, der Feind kommt aus dieser und dieser Richtung. Wir hatten keine Kanonen, keine Maschinengewehre und keine Tanks. Kanonen, Tanks und Maschinengewehre hatte unser Gegner. Es gab keine richtige Front mehr, wir schlugen uns mal da und mal dort. Einmal geschah es, daß unser Politkommissar im Wagen in ein vom Feind besetztes Dorf fuhr – er ward nicht mehr gesehen. Ein anderes Mal kam in unseren Stabsort eine italienische Ambulanz gefahren – die Italiener sahen sie nie wieder. Unsere Division aber kam zu einer Ambulanz, zu der einzigen, die sie besaß. Und ein anderes Mal, gerade als wir den Zusammenschluß mit unseren alten spanischen Brigadekameraden feierten, weit hinter der Front, mischte sich in die Worte der Begrüßungsrede das Tacken von Maschinengewehren: der Feind stand in unserem Dorf, das wir weit hinter der Front wähnten. Ein anderes Mal wiederum irrten wir eine ganze Nacht und einen ganzen Tag in strömendem Regen, bergauf und bergab, um der feindlichen Umklammerung zu entrinnen. Am Abend erreichten wir eine Straße – es war die Straße, von der wir ausgezogen waren, einige Kilometer höher. Wir hatten uns im Kreis bewegt und waren gar nicht umzingelt gewesen.

So ging das zwei, drei Wochen lang, und jetzt gehören wir zu den letzten, die zur Grenze ziehen, die die bewaffnete Nachhut des Exodus bilden.

Hinter einer Windung wird auf dem Bergrücken eine Festung sichtbar. Hoch oben liegt sie wie eine mittelalterliche Burg.

– Ist das schon Frankreich? fragt Mariano.

– Ja, Mariano, das wird schon Frankreich sein. Du wirst dein Kohlenpütt im Pas de Calais wiedersehen, wirst deine Jeanne wiedersehen. Freilich, anders, als du gedacht hast, Mariano.

Halt wird geboten. Wir lassen die Nachzügler passieren. Dünn ist der Schweif des Exodus geworden, aber noch immer sind zahlreich Menschen und Fahrzeuge, die den Berg hinaufkeuchen.

Die französische Grenzburg verschwindet hinter einer Felswand. Abgründe gähnen unter uns, Tannen klettern die Abhänge hinauf, von neuem taucht die Grenzburg auf, in vielen Windungen nähern wir uns der Grenze, dem Finale.

Und dann liegen auch die letzten hundert Meter hinter uns. Halt wird von neuem angeordnet, der letzte Halt auf spanischem Boden.

Das ist sie also, die Grenze.

Als ich sie zum ersten Mal sah, da ging sie durch ein verschlafenes Gebirgsdörfchen hindurch. Zwei französische Grenzpolizisten kontrollierten nachlässig unsere Papiere. Wir saßen in einem Autobus, an die vierzig Freiwillige aus aller Herren Länder. »Ça va«, sagte der eine Polizist und gab mit der Hand das Abfahrtszeichen. Wir fuhren an dem Schlagzaun vorbei. Alle sangen. Auch die, die sonst nie singen, auch die sangen. Auch die, deren Kehle sich eigenartig zusammenschnürte und deren Augen in Wasser schwammen, auch die sangen. Jenseits des Schlagzauns stand ein spanischer Milizionär. Der erste, den wir erblickten. Sein ärmelloser Mantel fiel in Falten von seinen Schultern. In der einen Hand hielt er sein Gewehr. Mit der anderen grüßte er uns.

Dort, wo einst der spanische Milizionär stand, erhebt sich heute ein Abfallhaufen. Und jeder, der an dem Haufen vorbeigeht, vergrößert ihn mit einem Stück. Mit einem Gewehr, mit einem Revolver, mit einer Maschinenpistole. Der Haufen ist der Grabhügel unserer Waffen.

Dort, wo einst die französischen Grenzpolizisten in friedlichen Käppis standen, stehen jetzt, schwarze Stahlhelme tief in der Stirn, Karabiner in den Händen, die Gendarmen der Garde-Mobile. Auf dem erhöhten Gehsteig, der damals blankleer war, bewegt sich großstädtisch gekleidetes Volk: Reporter und Ministerialbeamte, Offiziere und Damen vom Roten Kreuz.

Damals, als ich zum ersten Mal hier durchfuhr, hatte sich das Bild tief in mein Gedächtnis eingeritzt. Denn hier begann etwas Neues, etwas entschieden Neues.

Das Bild, das ich in mir trug, hat mit dem, was ich jetzt vor mir sehe, nichts gemein. So wenig gemein wie das »Einst« und »Jetzt« von Reklamebildern eines Verschönerungsmittels gemein haben. Nur daß hier das Jetzt durch Häßlichkeit gezeichnet, während das Einst von strahlender Schönheit ist.

In diesem Genrebild, das durch das Gewoge der Menschen und die Vielfältigkeit ihrer Verrichtungen an Breughel gemahnt, fehlt mir und meinem Nebenmann, dem Janik, ein Detail: die Doktorin Manja. Hier, hat sie uns gestern durch einen Ambulanzchauffeur sagen lassen, hier an der Grenze werde sie auf uns warten. Und jetzt ist sie nicht da.

Wir stehen vor dem hochgezogenen trikoloren Schlagbaum, in Kompanien geformt, wie wir es gewöhnt sind, mit Führern, die wir uns gegeben haben und sind ohne Ungeduld. Es ist zum letzten Mal, daß wir zusammen auf freier Erde stehen, wir haben keine Eile.

Es kommt von vorne die Reihen entlang der Kommissar Gallo. »Ach, da seid Ihr«, sagt er, als er uns erblickt.

Ja, da sind wir. Was gibt es?

Janik und ich sollen uns um die Maroden kümmern, eines unserer Intendanz-Lastautos nehmen und alle aufladen, die nicht gehen können.

Und nachher mit dem Wagen mitfahren?

Ja, mit dem Wagen mitfahren.

Das wollen wir nicht. Weder Janik noch ich. Wir sind bisher mit unseren Kameraden marschiert, wir wollen es auch jenseits der Grenze tun.

Es sei ein Befehl von Marty, sagt Gallo.

Wir befolgen gerne alle Befehle. Aber mit diesem möge man uns verschonen. Es gäbe auch andere Ärzte.

Gut, sagt Gallo, er werde es Marty bestellen.

Bald ist er zurück und mit ihm der unveränderte Befehl.

Wir fügen uns, denn wir sind noch Soldaten. Wir werden auch jenseits der Grenze, auch ohne Uniform und Rangabzeichen noch Soldaten sein.

Wir gehen unsere Kompanien entlang und fragen, wer nicht weiter gehen kann. Es sind ihrer dreißig, die sich melden: Träger vernarbter Lungenwunden, gebrochener und zusammengewachsener Beinknochen, genähter Sehnen und Muskeln, auch einige Simulanten.

Der Augenblick des Scheidens ist gekommen. Die Kompanien setzen sich in Bewegung. Links, rechts, links, rechts, im Rhythmus, der seit zweieinhalb Jahren in uns steckt. Neben dem Waffenfriedhof stehen unsere beiden höchsten Kommissare, Marty und Gallo. Ohne Kommandoruf drehen sich die Köpfe der Vorbeimarschierenden ihnen zu.

Der trikolore Schlagbaum. Das »RF« der Republique Française. Wir sind in Frankreich.

Menschen, in die gleiche Lage versetzt, denken nicht das Gleiche. Als wir einmal aus einer feindlichen Zange zu entkommen versuchten, gab es einige, die auf einem verlassenen Bauernhof den Hühnern nachjagten und ihnen die Hälse abdrehten. »An Hühner denkt Ihr jetzt«, schrie ich sie an. »Ja, an Hühner, Toubib«, sagten sie, »denn der Mensch muß auch essen.« Das war nicht unrichtig. Nur daß ich damals auf diesen Gedanken nicht gekommen wäre.

Auch jetzt, da für uns der Feldzug endgültig beendet ist, da wir lebend die Grenze überquert haben und die ersten Schritte auf französischem Boden machen, auch in diesem Augenblick werden nicht alle diese zweitausend oder zweieinhalbtausend Menschen den gleichen Gedanken haben. Den Gedanken: War alles umsonst gewesen?

Umsonst Casa de Campo, umsonst Ciudad Universita ria, umsonst Las Rosas, umsonst Pozoblanco, umsonst Lopera, umsonst Teruel, umsonst Jarama, umsonst Balsain, umsonst Guadalajara, umsonst Cuesta de la Reina, umsonst Belchite, umsonst Caspe, umsonst Tortosa, umsonst Mora de Ebro, umsonst all diese Vormärsche und Rückzüge, diese Siege und Niederlagen, umsonst all diese Ortsnamen, von denen jeder auf Hunderten von Grabtafeln wiederkehrt.

Noch unlängst in diesem letzten und aussichtslosen Kampf, als eine Tragbahre vor mich hingestellt wurde und auf ihr, blutig und mit Hirnmasse bespritzt der schmächtige Körper des Kapitän Herschowitz lag, des Genossen Herschowitz, der mir so viele tragische und groteske Geschichten aus Lublin erzählt hatte, noch unlängst fragte ich mich: war das umsonst gewesen?

Nun schreiten und rollen wir die Chaussee hinab, die wir bis zum Grenzbaum hinaufgezogen sind. Wir, die Chaussee, die Landschaft sind die gleichen wie zuvor. Nur daß die Kompanien, die sich vor mir bewegen, eingerahmt sind von fremden Uniformen, von den grünlichen Uniformen der französischen Infanterie – daß wir Gefangene sind.

Zum ersten Mal habe ich mir die Frage nach der Vergeblichkeit unserer Opfer in jenen Frühlingstagen gestellt, als wir Aragon verloren und die Faschisten einen Keil zwischen Katalonien und den spanischen Rumpf getrieben haben. Da schien es mir, daß der Krieg verloren ist – es sei denn, daß Paris und London noch bei Zeiten gewahr werden, daß ihre Non-Intervention ihr Selbstmord ist.

Nicht doch, sprach zu mir mein Verstand, der Verstand, der verständige. Ein verlorener Feldzug ist noch kein verlorener Krieg. Spanien ist nur der erste Feldzug des kommenden Krieges, in den bald ganz Europa, die ganze Welt gestürzt werden wird.

Aber dann geschah es, daß vor meinen Augen ein Bataillon unserer Brigade niedergemacht wurde. Die trüben Wasser des Ebro lagen zwischen uns, das Bataillon konnte nicht zu uns, und wir nicht zu ihm. Ein ganzes Bataillon war es, fünfhundert junge Menschen. Manche suchten sich durch Schwimmen zu retten. Die Kugeln der Maschinengewehre peitschten das Wasser um ihre Köpfe, nur wenige erreichten das rettende Ufer, die meisten versanken. Und was am anderen Ufer blieb, wurde, als die Nacht kam, gefangengenommen und am Tage darauf mit Maschinengewehrgarben niedergelegt. Da weigerte sich mein Verstand, verständig zu sein und zu antworten, daß es nicht umsonst gewesen wäre. Ja, es gab Augenblicke, wo es mein Verstand nicht leicht mit mir hatte.

Gestellt habe ich mir zum letzten Mal die Frage, als ich in

Tarragona im Krankenhaus lag, mit Wundfieber und im Fieber der Nachrichten, die von jenseits der Pyrenäen kamen und deren Kurve weit spitzer und höher war, als die meines Wundfiebers. Es waren das die Nachrichten, die zwischen Godesberg und München die europäische Fieberkurve bestimmten, die Kurve, die mit einem Tiefpunkt, mit einem Exitus endete.

Wenn ich in jenen Tagen durch meinen Saal schlich, an dem hohlwängigen Jungen vorbei, dessen Atem wie ein Pfeifen klang, vorbeischlich an dem anderen, der mit einer geborstenen Wirbelsäule im Gipsmiederbett lag, vorbei an dem baumlangen Amerikaner, der das Augenlicht verloren hatte und es noch nicht wußte, da stellte ich mir von neuem die Frage und beantwortete sie zugleich: Nun haben die Herren alles verkauft. Die Toten und die Blinden, die mit geborstener Wirbelsäule und die pfeifend Atmenden – und alles war umsonst gewesen.

Mein Verstand wagte nicht an jenem Tage das Wort an mich zu richten. Erst am nächsten Tage kroch er wieder hervor und berührte leicht meine Schulter. Mögen sie uns in München auch verkauft haben, sprach er zu mir, mag diesem München auch ein anderes folgen. Einmal werden den Völkern die Augen aufgehen. Und dann werden die Toten und die Blinden, die mit geborstener Wirbelsäule und die pfeifend Atmenden nicht umsonst tot, nicht umsonst blind, nicht umsonst verkrüppelt und pfeifenden Atems geworden sein.

Die steinerne Grenzburg ist unseren Augen entschwunden. Die Berge sind auseinandergewichen. Die Abhänge sind sanfter geworden. Auf den Wiesen liegen die fahlen Strahlen einer Abendsonne.

»He, Doktor!« kommt eine Stimme aus den letzten Reihen des Zuges. »He, Doktor, wir sind müde. Laß rasten!«

Janik blickt auf seine Armbanduhr. Fünf Minuten vor fünf. Gegen halb vier haben wir französischen Boden betreten. Unsere Leute marschierten fast anderthalb Stunden. »Stimmt«, sagt Janik, »eine Pause ist fällig. Geh', such den französischen Kommandanten auf!«

Ich springe aus dem Wagen »Wo ist Euer Kommandant?« frage ich den ersten Soldaten. Zögernd, ängstlich oder unwillig gibt er mir Antwort: »Vorne, an der Spitze.« Ich laufe nach vorne den Zug entlang. Fragen werden mir aus den Reihen zugerufen, Fragen und Worte bitteren Humors, aber auch das

Angebot einer Zigarette, einer richtigen französischen Gauloise-Zigarette. »Woher hast du die?« frage ich den Spender, den kleinen Tankisten Znidarcic. Er weist mit dem Kopf nach einem der Soldaten, die mit geringem Abstand neben dem Zug marschieren.

Der Kommandant ist ein Sergeant, klein, gedrungen, schnauzbärtig. Ich trage ihm meine Bitte vor. Eigentlich ist es keine Bitte, es ist die Meinung des Truppenarztes, daß die Truppe eine Pause haben müsse. Ach, sagt der Sergeant, wir sind bald am Ziele, es lohnt sich nicht. Und wie weit sei es noch bis dorthin, bestehe ich. Eine Viertelstunde ungefähr.

Ich lasse die Truppe an mir vorbeiziehen. Nein, denke ich, das ist vorbei. Du hast gehandelt, als wärest du noch Kapitän, als hättest du hier noch etwas zu sagen. Das ist nun endgültig vorbei.

Was ist mit der Rast, ruft man mir zu. In einer Viertelstunde ungefähr sollen wir am Ziele sein, wiederhole ich die Worte des Sergeanten.

Und nun sitze ich wieder im Wagen, neben Janik. Wir beide sind Kriegskumpane vom Anfang und – Rivalen. Zwischen uns ist Manja. Wir wissen das beide und wir leiden beide darunter. Ich litt, wenn er mit ihr nach Mitternacht ins Schlafzimmer verschwand, ohne daß er sie gerade in diesem Augenblick begehrte, mit der arroganten Selbstverständlichkeit, die Ehemännern eigen ist – in jener Villa zu Escorial, wo wir eine Zeit lang zusammen hausten. Er litt, wenn er Manja einen langen Brief von mir lesen sah oder wenn er fühlte, wir wir einander im Dunkel der Nacht im Auto, das er lenkte, die Hände hielten.

Ja, wir waren Rivalen, Janik und ich. Aber stärker als unsere Rivalität war das Gefühl der Zusammengehörigkeit. Es gab wohl eine Manja, es gab Freunde in Paris, in Prag, in Belgrad, in Zürich, in Moskau, Freundschaft und Liebe, aber dies da, was uns in den zwei Jahren zusammengeschweißt hatte, war etwas anderes. War etwas Einfaches, Unkompliziertes, war die Vierzehnte Internationale Brigade, das Service Sanitaire, war eine warme Kameradschaft, ein Geborgensein, war eine Familie, wie wir sie uns träumten, ohne die Schranken der Wohnungswände, die uns im zivilen Leben der Städte trennten, auch dann trennten, wenn wir von der gleichen Freiheitsidee beseelt waren, ohne den Egoismus zu eins oder zu zweit, ohne den Stachel des Ehrgeizes, ohne die Börse der Eitelkeiten, war eine große Bruderschaft, eine kämpferische Solidarität.

Ja, wir waren Rivalen. Aber das zählte wenig. Wir hatten oft in unserem Leben geliebt, aber nur einmal waren wir ohne Rückstände in einer Gemeinschaft aufgegangen, da unten in Spanien, aus dem uns der Gott der starken Bajonette eben vertrieben hatte.

An der Grenze haben wir beide Umschau gehalten, Janik und ich. Keiner hat ein Wort gesagt. Jeder hat gewußt, was der andere sucht.

Hier an der Grenze sollte ein neues Buch unseres Lebens beginnen.

Von diesem Buch haben wir oft und episch auf den Bänken des Café »Esperanza« zu Ripoll geträumt. Zwei Monate sind wir in diesem Pyrenäenstädtchen gelegen, demobilisierte Soldaten, und haben darauf gewartet, daß uns irgendein Land aufnehme. Kalt war es da oben gewesen, in der verschneiten Stadt Ripoll. Nur im Café »Esperanza« wurde ein heißes kaffeefarbiges Getränk serviert, gab es weiche Bänke und den warmen Atem von vielen Menschen, gab es das Surrogat jenes Heim-Surrogats, das wir in den Wiener und Prager Caféhäusern einst als Studenten gefunden hatten.

Hier, auf den plüschüberzogenen Bänken träumten wir, Manja und ich. Janik saß am Tisch nebenan und spielte Schach.

Es waren kindliche Träume, die wir uns erzählten. Kindlich, weil sie die Wirklichkeit nicht beachteten. Wir wußten recht gut, daß sie nie in Erfüllung gehen werden, aber es reizte uns und machte uns Freude, der Zukunft vorzugreifen. Wir hatten unsere eigene Technik des Erzählens. Zuerst stellte der eine einen Ort und eine Situation hin, dann entwickelte sie der andere, worauf wieder der erste fortsetzte, jeder die Fabel nach seiner Art und nach seinem Sehnen ausspinnend. Wir waren in Paris, in Stockholm, in New York, in Mexiko, je nach den Nachrichten, die über unsere Ausreise-Aussichten aus Barcelona zu uns drangen. Vier Wochen verlebten wir in einem kleinen Pariser Hotel, madame et monsieur. Nach vier Wochen kehrt Manja zu Janik zurück. Denn Janik ist beständiger als ich es bin. Janik braucht sie nötiger als ich sie brauche. Ich aber will von den vier Wochen nichts wissen. Ich spanne die Geschichte über den Ozean, nach New York. In New York bekommt Janik eine kleine Laborantenstellung in einem physiologischen Institut, Physiologie ist sein Fach. Manja plagt sich mit Stundengeben ab. Nach vielen Monaten begegnen wir einander auf dem Broadway, Manja und ich, ein unbedeutendes Mädchen und ein erfolgreicher Schriftsteller, dessen Spanienbuch auf der Bestsellerliste steht. Ich nicke ihr zu wie einer vertrauten Figur aus meinem Buch, nicke und gehe weiter. Weitergehen muß ich, es ist die Regel unseres Traumspieles, daß niemand an der Version des anderen rührt. Weitergehen muß ich, aber ich habe ihr nur in Gedanken zugenickt und erst nach einigen Schritten ist es mir bewußt geworden, daß sie es war, Manja, die ich vergeblich seit Monaten suche. Ich stürze zurück, verzweifelt gegen den Menschenstrom anschwimmend, auf einen Augenblick ist sie mir zum Greifen nahe, aber dann verliere ich sie. In dieser Art ging die Geschichte weiter, eine Geschichte in Fortsetzungen, jeden Nachmittag im Café »Esperanza« zu Ripoll.

Die Sonne ist hinter den Bergen verschwunden. Kälter und feindlicher ist es um uns geworden. Der Sergeant hat gelogen: die Viertelstunde ist um, eine halbe Stunde ist um und noch immer ist kein Ende des Marsches abzusehen.

Endlich wird im Laubwerk einer Allee das rote Dach eines Gehöfts sichtbar. Im Tunnel der Baumallee wird es noch dunkler und kälter. Vier, fünf Häuser und wir sind im Zentrum des Ortes angelangt. Auf dem Platz steht allerlei Fahrzeug umher, auch unsere Leute sind da, und, wie an der Grenze, schwarzuniformierte Gardemobileleute, die Soldaten in Stahlhelmen, die Offiziere in Käppis. Die Offiziere laufen aufgeregt hin und her. Kopflos sind ihre Bewegungen und kopflos klingen ihre Stimmen, als gelte es eine Elementar-Katastrophe einzudämmen.

»He da!« ruft uns einer zu, »he, Ihr da, nach rechts fahren!« – »Wir folgen unserer Einheit.« – »Hier gibt es keine Einheiten mehr, verstanden. Nach rechts, marsch!«

Wir fahren also, wie es uns geheißen wurde, nach rechts. Aber unsere Räder haben keine zehn Drehungen gemacht, da stellt sich uns ein anderer Offizier entgegen und hebt die Hand: »Halt! Alles aussteigen!« »Aber«, sage ich, »das sind alles Kranke, Invalide, die können nicht gehen.« »Aussteigen«, sage ich, »verstanden.« – »Ich bin im Einvernehmen mit dem Grenzkommandanten zum ...« – »Genug des Geschwätzes. Hier befehle ich. Raus. Nur der Chauffeur bleibt.«

Nach einer Weile – der Wagen leert sich nur langsam – fügt der Offizier etwas milder hinzu: »Stellen Sie sich mit Ihren Kranken an die Wegkreuzung und halten Sie einen leeren Camion an.«

Da stehen wir also auf der Straße. An die vierzig, in der hereinbrechenden ersten Nacht, auf fremdem, auf ungastlichem Boden. Vor jedem anfahrenden Fahrzeug heben wir die Hände, ratternd und uns mit ihren Lichtern blendend sausen sie vorbei, ohne anzuhalten. Schließlich hält doch einer, ein geschlossener Camion, eine Art Möbelwagen. Das Dunkel verschluckt die Vierzig. Ein Platz ist neben dem Chauffeur frei. Janik will schlafen, so kann ich den Platz einnehmen.

Da fahren wir auf einem Lastauto, das uns ins Ungewisse fährt. Der Chauffeur, ein Wiener von der Intendanz der Elften, weiß selbst nicht wohin. Wahrscheinlich in ein Lager, meint er.

Auf den Feldern, in den Gehölzen, zu beiden Seiten unseres Trajektes brennen kleine Feuer in die frostige Nacht, erstes Quartier von Flüchtlingen auf Frankreichs Boden.

Ich wußte im Café »Esperanza« zu Ripoll, daß meine und Manjas Geschichten nicht zur realistischen Literatur gehören. Unsere Zeit ist nicht für das ruhige Glück geschaffen. Sie war es nicht in Spanien, wo zwischen Manja und mir der Krieg stand. Sie wird es nicht im Asyl sein, in dieser kurzen Zeitspanne, die uns zwischen zwei Feldzügen übrigbleiben wird.

Sechs Monate Ruhe. Sechs Monate Manja. Sechs Monate Arbeit am Manuskript. Ist das von der Zeit zu viel verlangt?

Als ich jung war, hatte ich vor einem Angst. Vor der Ansässigkeit, vor der Geruhsamkeit, vor einem eigenen Heim. Und jetzt sehne ich mich nach Ansässigkeit, nach Geruhsamkeit, nach eigenem Heim. Haben mich die Jahre der Emigration und des Krieges mürbe geschlagen? Mich zu einer Kompromißbereitschaft mit den Mächtigen dieser Erde gebracht, die Ansässigkeit, Geruhsamkeit und eigenes Heim zu vergeben haben? Oder sind diese sechs Monate, die ich mir wünsche, die redlich verdienten Ferien für die sechs Jahre Unrast und Unsicherheit?

Wir fahren durch einen Ort. Auf den Gehsteigen stehen die Dörfler Spalier. Stumm schauen uns die Leute an, diese Kavalkade, die sich durch ihr Dorf wälzt und den Staub, im Scheinwerferlicht der Wagen, in weißen Wolken aufwirbelt. Hinter den Neugierigen leuchten Schaufenster, ärmliche Schaufenster von Dorfläden. Für uns sind es Luxusgeschäfte, mit Brot, Speck und Zigaretten.

Aus dem Spalier löst sich eine Frau. Mit zwei Schritten ist sie mitten drin in dem Strom. Sie legt ihren Arm um die Schulter einer wankenden in Schwarz gekleideten Gestalt und will sie zum festen Ufer des Gehsteiges geleiten. Aber gleich ist ein Gardemobilemann zur Stelle und befiehlt, die Wankende ihres Weges gehen zu lassen.

– Sehen Sie nicht, daß die Frau umfällt! schreit die Französin.

Des Gardemobilemanns Worte sind nicht zu hören.

– Lassen Sie mir sie für eine Nacht.

Der Gardemobilemann schüttelt verneinend den Kopf.

– Eine Nacht nur.

Ein zweiter Bestahlhelmter eilt herbei.

Wir rollen weiter, hinter uns bleiben zurück die Wankende, die Französin und die Hüter der öffentlichen Ordnung, das Spalier und das Dorf.

Nach Mitternacht können wir nicht mehr weiter. Die Chaussee ist von Fahrzeugen blockiert. Keine lebende Seele ist zu sehen, nur Schnarchlaute tönen aus dem Innern der Wagen. Sollen wir an unser Ziel gelangt sein? Janik, Mariano und ich wollen weitergehen, um nach dem Lager Umschau zu halten. Die anderen sollen warten.

Es ist ein sonderbarer Anblick, der sich uns bietet, da wir das Ende der Wagenkarawane erreichen: der Anblick hoher Maste, von denen hinab blaues Magnesiumlicht in spitzen Kegeln durch die neblige Nacht auf den Boden fällt.

Im Lichtkegel steht ein Häuflein von Menschen.

Es steht da unbeweglich, wie ein lebendes Bild auf einer Szene. Rundum, im endlosen Zuschauerraum ist Nacht, schwarze Nacht.

Wir nähern uns der Szene. Die Menschen verharren in ihrer Unbeweglichkeit. Jetzt sehen wir, daß sie Uniformen tragen.

Sie rühren sich auch dann nicht, da wir vor ihnen halt machen.

– Bon Soir, sage ich, ist das das Lager?

– Jawohl, antwortet einer, der kleinste von allen, ein kleiner Mann mit einem Offizierskäppi und einer Reitpeitsche. – Jawohl, junger Mann, bejaht er noch einmal.

– Gibt es hier Schlafgelegenheiten? Ich bin hierher mit vierzig Kranken gekommen.

– Schlafgelegenheiten? Haha! Und was wünschst du dir noch, Bürschchen? Jungfrauen, um sie zu vergewaltigen, Juwelierläden, um sie auszurauben. Was?

– Lassen Sie diese Intimitäten, sage ich. Ich bin nicht Ihr Bursche, ich bin Kapitän der spanischen Armee.

– Haha, das Moskowiterjünglein ist empfindlich. Kapitän, hört Ihr es, Kapitän ist es. Es hat sogar eine gutsitzende Uniform. Wo hast du, Bürschchen, dir die Uniform geklaut?

Wohin bin ich geraten? Ist das Frankreich? Steht vor mir ein französischer Offizier?

– Empfängt man so in Frankreich Menschen, sage ich langsam, Wort an Wort aneinanderreihend, die zweieinhalb Jahre gekämpft haben?

– Ach, schau, der Kerl wird frech. Er beschimpft Frankreich, Frankreich beschimpft er, habt Ihr es gehört. Ich werde dir schon zeigen, was das heißt, Bürschchen.

Alle haben es gehört, wie denn auch nicht, aber keiner von seiner Suite sagt ein Wort, keiner rührt sich, ähnlich wie es vor sechs Jahren geschah, als der Nazi-Schauspieler auf dem Laubenheimer Platz zu Berlin die Leute aufforderte, uns auf die nächsten Bäume zu knüpfen.

– Ich spreche nicht vom französischen Volk, ich spreche von dir, Herr Offizier.

– Das wirst du büßen! Mit einem Sprung steht er vor mir, so nahe, daß ich seinen Atem fühle und fuchtelt mit seiner Reitpeitsche dicht vor meiner Nase.

– Büßen wirst du das, Bürschchen, so wahr ich Kapitän bin.

Wird er zuschlagen, wird er nicht zuschlagen? Soll ich zurückschlagen, soll ich nicht zurückschlagen? Er schlägt nicht zu. Er tritt zurück und weist mit der Reitpeitsche auf mich: – Untersucht ihn! Gründlich!

Meine Taschen werden durchwühlt. Mein Körper abgetastet. Einzeln werden dem Kapitän meine Habseligkeiten vorgeführt. Ein Notizbuch. Beschlagnahmt, sagt er. Noch ein Notizbuch. Beschlagnahmt. Ein Feuerzeug. Beschlagnahmt.

– Und was hast du in der Aktentasche?

In der Aktentasche habe ich alles, was ich retten wollte.

– Mein Tagebuch, das Manuskript eines Buches.

– So, er kann schreiben. Seht ihn an, diesen Helden, zweieinhalb Jahre hat er gekämpft, behauptet er. In Wahrheit hat er geschmiert. Gib mal her, die Tasche mit deinem Schauerroman. Wie, du willst nicht? Daß ich dazu nicht berechtigt sei? Das wird sich schnell zeigen. Nehmt ihm die Tasche ab!

Die Tasche wird mir abgenommen.

– Und jetzt, gute Nacht, Bürschchen. Du wirst dir die erste Lektion gemerkt haben. Hier ist Schluß mit eurer selbstherrlichen roten Anarchie, endgültig Schluß. Sergeant Beaumont, begleiten Sie die Drei.

Stumm schreiten wir über den sandigen Boden, Janik, Mariano und ich. Wortlos. Reden hätten wir in diesem Augenblick nicht können. Nur heulen.

Wir dachten ohne Illusionen den Boden dieses nachmünchener Frankreichs zu betreten. Ach, wir waren voller Illusionen. Voller Illusionen waren wir.

– Und nun nach links, mon Capitaine, sagt unser Begleiter, der Sergeant Beaumont. – Und um Ihre Aktentasche brauchen Sie sich keine Sorgen zu machen, mon Capitaine. Morgen wird man sie Ihnen sicher zurückgeben.

Baumaterial liegt kunterbunt umher, Wellblech und Bretter. Die Holzwand einer Baracke taucht auf, ohne Dach, ohne Diele. Auf dem bloßen Sand liegen zusammengekauert Schlafende. Hinter der Baracke glimmt in einem offenen Becken Kohlenglut.

– Hier haben Sie etwas Wärme, sagt der Sergeant, morgen wird es mit den Schlafgelegenheiten schon besser sein. Und, glauben Sie es mir – der Mann ergreift meine Hand und drückt sie – glauben Sie es mir, mon Capitaine, auch bei uns in Frankreich gibt es allerhand Menschen. Sie verstehen mich, n'est-ce pas? Bonne nuit.

Zehn Tage nachher werde ich aus dem Konzentrationslager Saint Cyprien – so heißt der Ort mit den magischblauen Lichtkegeln – entlassen. Ein Abgesandter der französischen Schriftsteller ist aus Paris angelangt, mit einer vom Innenminister unterschriebenen Befreiungsorder.

In Begleitung des Pariser Kollegen und Retters gehe ich ins Büro, um meine Aktentasche zurückzufordern.

Der Kommandant ist ein neuer Mann mit den vier goldenen Streifen eines Majors. Er ist weit höflicher als sein Vorgänger, aber er weiß nicht von meiner Aktentasche. Wir mögen in seinem Büroschrank nachsehen, vielleicht finden wir sie dort.

Im Schrank liegen vier Aktentaschen. Aber keine ist die meine. Die ist weg. Ich habe sie nie mehr wiedergesehen.

Préfecture, fünfte Etage

An der Tür pocht es.

Laut, ungeduldig, gebieterisch.

Ich lange nach meiner Uhr.

Fünf nach sieben.

Von neuem ertönt das harte Geräusch auf Holz klopfender Fingerknochen. Lauter, ungeduldiger, gebieterischer als zuvor. »Ouvrez!« Die Stimme klingt gleich feindlich, wie das Pochen. »Ouvrez! La police.«

»Un moment«, sage ich und schlüpfe aus den Decken.

Fünf Tage bin ich in Paris. Seit einer Woche in Freiheit – aus dem Konzentrationslager von Saint Cyprien entlassen. Schon wieder fängt's an.

»Voulez vous ouvrir, nom de Dieu!«

»Me voilà, toute de suite.«

Ich schließe auf. Zwei Herren in Zivil drängen mich beiseite. Sie füllen im Nu mein kleines Hotelzimmer aus mit ihren ungenierten Körpern, ihren indiskreten Blicken und ihren groben Fragen. Während ich antworte, kleide ich mich an. »Machen Sie sich fertig und folgen Sie uns«, hat der eine gleich nach der Feststellung meiner Identität zu mir gesagt. Es ist der jüngere von den beiden, ein mit der billigen Eleganz der äußeren Boulevards gekleideter Mann und schwarzem, von Brillantine glänzendem glattgekämmtem Haar. Wäre er mir auf der Straße begegnet, ich hätte ihn für einen Zuhälter gehalten, für einen Voyou, einen, dessen Nichts-Tun nicht immer mit den geschriebenen Gesetzen in Übereinstimmung steht.

Der andere, der sich schweigsamer und weniger aggressiv verhält, hat eher das Aussehen eines Polizeiagenten, eines Inspektors, wie er seit Jahren und Jahrzehnten auf den Seiten der Pariser Witzblätter dargestellt wird: ein kurz gestutzter dunkler Schnurrbart, ein fleischiges Gesicht, von Aperitivs und durchwachten Nächten trüb angelaufene Augen, große breitgetretene Schuhe. Zur Karikatur fehlt nur die schwarze Melone.

Unten, in der Portierloge, tun meine Wirtsleute weniger erstaunt, als ich es erwartet hätte. Es ist dies ein kleines Hotel im fünfzehnten Arrondissement, das einen englischen Namen trägt. Für den Namen sind die Eigentümer wahrscheinlich nicht verantwortlich, sparsame und rechtschaffene Sprößlinge der bäuerlichen Auvergne. Sie lesen täglich ihren »Petit Parisien« und führen brav und genormt ihr Provinzlerdasein in der Millionenstadt weiter. Sie haben das Hotel vor nicht langer Zeit in Pacht genommen, mit seinem etwas muffigen abgenützten Mobiliar, mit seinen bescheidenen Mietern und seinem vornehmen englischen Namen.

Hinter der Ecke, in der Rue de Vaugirard, wartet auf uns eine glänzende schwarze Limousine. Ich nehme auf dem Hintersitz Platz, neben mir der Schwarzbärtige, vor uns, auf einem zusammenklappbaren Sitz, der Voyou. Wir fahren.

Wir kreuzen den Boulevard Pasteur, die schlummernden Zelte und Buden des Jahrmarkts, den übernächtigen Boulevard Montparnasse und rollen durch das siebente Arrondissement. Boulevard St. Germain. Das Café Deux Magots, unmagisch nüchtern. Die Seine. Pont du Carroussel.

– Entschuldigen Sie, wohin fahren wir eigentlich? frage ich.

– Das geht Sie nichts an, sagt der Voyou.

– Wohin denn anders, als in die Préfecture, antwortet gleichzeitig der Schnurrbärtige.

– Das ist aber nicht der Weg zur Préfecture.

– Nur Geduld, junger Mann, nur Geduld.

Die Tuilerien. Das Palais Royal.

Ich habe die Beiden nicht nach ihren Ausweispapieren gefragt.

Rue Richelieu, der große Boulevard, noch verschlafen, ungewohnt öde.

Sie haben mir nicht einmal ihre metallenen Plaketten gezeigt. Sie sehen zwar unverfälscht französisch aus, die beiden, aber was besagt das schon?

Den Montmartre hinauf. Place George Cinq, eine enge Gasse, hier halten wir. Mietshäuser, im Dienst ergraut, ein Hotel garni, nirgendwo eine trikolore Fahnenstange, ein Polizeiamt, wo man mich hätte absetzen können. Nichts als Privathäuser, hinter deren Fassaden sich alles mögliche verbergen kann, auch eine Gestapofiliale. Was soll ich tun, falls die beiden mich nun auffordern sollten, aus dem Wagen zu steigen?

Aber die Beiden fordern mich dazu nicht auf. Sie sind es vielmehr, die aussteigen.

Ich beginne zu begreifen.

Das Opfer, das an Voyous Seite aus einem der Haustore tritt, ist ein kräftiger junger Mann mit einer kurzen Pfeife zwischen den Lippen. Im Gehen schlüpft er in seinen Regenmantel. Auch so, gebückt, ist er um eine Kopfhöhe größer als der Voyou. Par ici«, sagt dieser, »par ici.«

Vor dem Wagen zögert der Neuankömmling. Sein Blick flattert vom Schnurrbärtigen zum Voyou, vom Voyou zu mir, von mir zurück zum Schnurrbärtigen und bleibt schließlich auf mir haften.

– Mon Commissaire, spricht er mich an, nachdem er die Pfeife aus dem Mund gezogen und sich verbeugt hat, mon Commissaire, es muß sich hier um einen Irrtum handeln. Meine Papiere sind in Ordnung.

– Sie irren sich, unterbreche ich ihn, ich bin selbst...

Der Neue läßt mich nicht aussprechen.

– Ich irre mich nicht. Meine Papiere sind in Ordnung. Meine Carte d'Identité ist bis August vierzig gültig, mon Commissaire.

Meine beiden Begleiter blinzeln sich zu –: eine Abwechslung in der Monotonie ihres Detektivberufes.

– Ich habe mich niemals gegen das Gesetz vergangen, Monsieur le Commisaire, fährt das neue Opfer fort, ich bin...

– Jetzt ist es genug. Diesmal ist es Voyou, der unterbricht. Machen Sie, daß Sie in den Wagen kommen.

– Mais oui, mais oui, sagt der Neue eingeschüchtert.

Wir fahren weiter. Die Route interessiert mich nicht mehr so brennend, wie vorher. Nun weiß ich, daß wir eine Art von Omnibus sind. Ein Omnibus für Leute, die heute an einem Februartag des Jahres Neununddreißig in die Préfecture eingeliefert werden sollen.

– Entschuldigen Sie, Herr Kommissar – der Neue hat die Lage noch immer nicht erfaßt und spricht zu mir – ich bin Maler, Jugoslawe aus Dalmatien...

– Zum Teufel, Mensch – nun rede ich kroatisch – verstehen Sie nicht, daß ich ein Gefangener bin wie Sie und kein Kommissar?

Die Rue des Martyrs kriecht unser Wagen hinab, die Straße der Märtyrer längst vergangener Zeiten, durch das bunte Nebeneinander von ambulanten Händlern, Hausfrauen und aus den Läden hervorquellenden Lebensmitteln.

– Ecoutez, monsieur le commissaire, – nun ist es der Schnurrbärtige, zu dem der Neue spricht: – Ich habe mich nie um Politik gekümmert. Ich lese kaum Zeitungen. Ich stelle im Grand Palais aus. Ich habe unlängst für die Mairie von Orleans ein Clemenceau-Portrait gemalt...

– Voilà! So einer nimmt unsern Malern das Brot – der Voyou hat sich umgedreht und blickt den Neuen böse an. – Was haben Sie in Paris zu suchen? Warum bleiben Sie nicht zu Hause, in Ihrem drôle de pays, in Ihrem Tschechoslavien.

– Aber – der Neue ist auf eine solche Attacke nicht gefaßt – aber ich lebe seit vierzehn Jahren hier... Paris war für uns seit jeher...

– Eben, seit jeher. Deswegen haben wir auch den Krieg verloren, ich meine nicht verloren, aber verlieren können. Allez vous en, dans votre Yougotchequie!

Unseren nächsten Fahrgast bekommen wir in Belleville. Ehe er in den Wagen steigt, tastet er sich die Taschen ab. Da ich seine Finger sehe, von Nikotin gebeizte braune Finger, weiß ich auch, wessen er sich vergewissert. Er grüßt uns freundlich mit einem »bon your«, wie jemand, der gewohnt ist des öfteren diese Fahrgelegenheit zu benützen, mustert uns aus warmen zum Scherz bereiten Augen und läßt sich auf dem freien zusammenklappbaren Sitz nieder.

Wir fahren stadtwärts. Place de Bastille. Von neuem die Seine. Eine Brücke. Das linke Ufer. Wir steigen die engen Gäßchen hinauf, über denen noch der Hauch des vergangenen Jahrhunderts liegt. Dort irgendwo, hinter dem Pantheon, wo Père Goriot gewohnt haben mag, halten wir vor einem weißen Neubau.

– Regarde celui-ci, sagt der Chauffeur zum Voyou, comme il est beau!

Wo habe ich diesen mit einer nachlässigen Eleganz gekleideten Herrn schon einmal gesehen. Den angegrauten raren Lockenkopf, der auf einem schmächtigen Körper eines Jungen sitzt? Die fischhellen Augen, die zwischen vielen Runzeln wie in einem Vulkankrater eingebettet liegen? Dieses nervöse Blinzeln?

Der Neuankömmling kramt umständlich in seinen Taschen herum und als alles Suchen vergebens ist, fragt er mich nach der Zeit.

– Acht Uhr zwanzig! Mißbilligend schüttelt er sein Haupt, als hätte ich drei Uhr morgens gesagt.

Da wir vom Boulevard Saint Germain zur Seine einbiegen, wendet er sich an den Schnurrbärtigen mit dem Ansuchen, im nächsten Bistro einen Cognac nehmen zu dürfen.

– Une Fine? Sie glauben am Ende wohl, daß wir uns auf einer Cook-Rundfahrt befinden, jeune homme?

Nein, das glaube er nicht, aber er sei Alkoholiker und wenn er nicht bald etwas zu sich nehme, werde es ihm abscheulich schlecht werden.

– Pour une raison, c'est une raison, sagt der Schnurrbärtige jovial und selbst der Voyou hat gegen dieses Argument nichts einzuwenden.

Die Préfecture ist noch nicht zum Amtieren erwacht, da wir in ihren geräumigen Hof einfahren. Der breite Kasten eines Aufzugs nimmt uns alle auf. Er speit uns in der höchsten, in der fünften Etage aus.

Ein Korridor. Viele offene Türen, die in Räume münden, die gedrängt voll von Menschen sind.

Die Kanzlei, in die man uns bringt, ist durch ein sachliches Pult in zwei ungleiche Hälften geteilt. Hinter dem Pult richten die Beamten ihre Schreibtische zurecht: Stempelkissen, Papier, Blau- und Rotstifte. Vor dem Pult warten wir.

Als erster werde ich aufgerufen. »Unterschreiben Sie!« sagt der Beamte ohne mich anzusehen und reicht mir ein ausgefülltes Formular. Ich erfahre aus dem Schriftstück, daß ich ein für Frankreichs Sicherheit und Ordnung gefährliches Subjekt und laut diesen und diesen Gesetzesparagraphen auf immer aus Frankreich ausgewiesen bin. Ausgestellt ist das Papier am 28. September 1935, vor dreieinhalb Jahren, zwei Tage, rechne ich nach, nach meiner Ausreise aus Frankreich, und gezeichnet ist es von meinem Spezialkommissär, der mich einst in Straßburg so hilfsbereit empfangen hat.

– Aber an dem Tage war ich überhaupt nicht in Frankreich!

Der Beamte zuckt die Achseln: – Damit habe ich nichts zu tun. Unterschreiben Sie, hier!

Ein vorsichtiger Mann, denke ich, ist dieser Spezialkommissär der Sureté Nationale in Straßburg. Zuerst läßt er mich unbehelligt zwei Wochen im Elsaß herumlaufen. Und dann, zwei Tage nachdem ich Frankreich in der Richtung Luxemburg verlassen habe, weist er mich aus. Sollte etwas schief gehen – er hat seine Pflicht getan.

Wie auch immer, fest steht, daß ich nun endgültig aus Frankreich ausgewiesen bin. Der Leser wird vielleicht an dieser

Stelle den Kopf schütteln und den Autor darauf aufmerksam machen, daß ihm das ja schon einmal am Anfang des Buches in Paris widerfahren sei. Zu Unrecht wird der Leser sein Haupt schütteln. Mildernd mag ihm zugestanden werden, daß er die Nuancen der französischen Polizeiverwaltung nicht kennt. Meine erste Ausweisung aus Frankreich war ein Entzug des Aufenthaltsrechts, ein Refoulement. Meine gegenwärtige ist eine Expulsion, eine richtige Ausweisung.

Als ein für die öffentliche Sicherheit Frankreichs gefährliches Individuum soll ich gleich auch dem Verbrecheralbum einverleibt werden. Zu diesem Behuf führt man mich mit dem dalmatinischen Maler über die Straße in das Palais de Justice. Ganz oben, wo das marmorne Treppenhaus von engen hölzernen Stufen abgelöst wird, in einer verschlossenen Abteilung, werden wir der Reihe nach fotografiert, daktyloskopiert und kranometriert. Ich lerne meine Schädelmasse kennen, erfahre, daß ich einer dolychocephalen Rasse angehöre.

Die Frist, die man mir gibt, Frankreich zu verlassen, sind fünf Tage.

Ich besitze keinen Paß. Ich besitze kein Visum für ein anderes Land. Ich besitze auch kein Geld, nicht genügend Geld, um eine größere Reise zu unternehmen.

Ich kenne einen Senator, einen sozialistischen Senator, der uns einmal in Spanien besucht hat. Ich spreche bei ihm vor und finde ihn bereit, sich für mich einzusetzen. Im Innenministerium. Beim Präfekten.

Für mich beginnt die Zeit der Aufschübe. Die Zeit des Wartens. Die Zeit der Fünften Etage. Auf der Rückseite meines Ausweisungsscheins reiht sich Stempel an Stempel, jeder um drei, fünf, sieben oder vierzehn Tage die Vollstreckung der Ausweisung verschiebend.

Zwei Jahre lang habe ich nun in Spanien in einer Art Frieden gelebt. Es gab da unten wohl Nächte, in denen man durch das Geräusch explodierender Bomben und zusammenstürzender Häuser aus dem Schlaf geschreckt wurde. Es gab Morgengrauen, die erfüllt waren von der Spannung der Stunde »H«. Nie wußte man, ob man die nächste Nacht noch im gleichen Unterstand, im gleichen Bett, unter dem gleichen Baum verbringen wird. Kurz, es gab da unten Krieg.

Aber wenn man nach Madrid auf Urlaub kam, so kümmerte man sich einen Dreck um die Fremdenpolizeivorschriften, die in der Hall, im Aufzug und im Zimmer des Hotels angebracht waren. Dieses Geschöpf, das nur dank der Unterschrift eines Polizeimeisters atmen, wohnen, an einem Ort bleiben oder von Ort zu Ort reisen durfte, dieses Geschöpf hatte ich an der Grenze bei La Junquera hinter mir gelassen.

Nach zwei Jahren Menschsein fällt es mir schwer, in den Käfig der polizeilich reglementierten Wesen zurückzukehren. Eines in Fristen von drei, fünf, sieben oder vierzehn Tagen lebenden, vor dem schwarz die große Unbekannte einer nicht mehr vertagten Ausweisung liegt.

Aber es ist nicht nur dieses auf Fristen gesetzte Leben allein. Es sind auch die frühen Besuche mit dem harten Geräusch auf Holz klopfender Fingerknochen und dem »Ouvrez! La police«. Die Besucher sind immer neue Gesichter, und jeder will wissen, was ich hier treibe und wovon ich lebe und woher ich komme und warum ich nicht nach diesem Jugotschechien oder Tschechoslavien heimfahre und wieviel Geld ich habe, als ob all das nicht ein für alle Mal auf der Préfecture aufgenommen und meinem Aktenbündel beigelegt worden wäre. Manchmal nehmen sie mich mit, der Wagen steht wie beim ersten Mal hinter der Ecke in der Rue de Vaugirard, einmal nach dem Place Beauveau, in die Sureté Nationale, ein anderes Mal wieder in die Anthropometrie, meine Kopfmasse und Fingerabdrücke scheinen verloren gegangen zu sein. Mit dem Gedanken an die morgendlichen Besucher gehe ich nachts zu Bett, und schlafe ich ein, so bleibt in einer Zelle meines Bewußtseins ein Horchposten wach, die ganze Nacht über. Knarren die Dielen unter den Schritten spät heimkehrender Gäste, so weckt mich der Horchposten und ich, mit allen meinen Fibern und Sinnen lausche auf das Kommende.

Die Préfecture, zu der ich mich in den festgelegten Intervallen von drei, fünf, sieben oder vierzehn Tagen begebe, liegt im ältesten Teil von Paris, auf der Ile de Cité. Sie bildet hier ein Riesenkarré, von dessen Äußerem mir trotz der vielen Besuche nur der Eindruck einer schmutziggrünen unfreundlichen Masse in Erinnerung geblieben ist. Sie entstammt einem architektonischen Niemandsland, wie das Grand Palais und die Alexanderbrücke, der Zeit des zweiten Empires.

Die Cook-Wagen, die mit Touristen beladen über den Pont-Neuf auf die Insel kommen, halten vor der Statue Heinrich des Vierten. Sie halten vor der Sainte Chapelle. Sie halten vor Nôtre Dame. Sie halten vor dem goldenen Gitter des Palais de Justice und vor den Erkertürmchen der Conciergerie. Hier logierte einst der Kaiser Julian, als er seine Lutetia aufsuchte. Hier residierten die Capetinger, bis sie das Gebäude dem Parlament überließen und in den Louvre übersiedelten. Hier warteten auf die Charette Ludwig XVI und Maria Antoinette, die Heiligen des Legitimismus, hier wartete Charlotte Corday, die Heilige der Reaktion, hier wartete Danton, der Heilige der Halbrevolutionäre, und hier wartete Robespierre, der Unbestechliche und Meistverleumdete, auf die Charette. Deshalb halten die Touristenwagen hier. Vor dem Nebengebäude halten sie nicht. Das Polizeigebäude ist ja nur Gegenwart und Zweckmäßigkeit.

Hier finde ich mich um acht Uhr morgens an den Tagen ein, die auf der Rückseite meines Ausweisungspapiers mit violettem Stempel angegeben sind. Bevor ich in das breite Tor trete, werfe ich noch einen Blick auf Teophraste Renaudaut, der da in Bronze auf einem bequemen Stuhl vor dem Préfecturegebäude sitzt. Welch teuflischer Witz, dem Vorkämpfer für die Pressefreiheit gerade vor der Zentrale von Bespitzelung und Zensur das Denkmal zu setzen!

Ich finde mich gegen acht Uhr ein obwohl die Beamten erst um neun Uhr zu amtieren beginnen. Aber unsere Papiere nimmt der Bürodiener schon nach acht entgegen und wer später kommt, wird auf den Nachmittag bestellt.

Wir haben unsere Papiere abgegeben, abgegriffene, in Falten gerissene und abermals und abermals geklebte Papiere mit vielen Stempeln und Unterschriften, Papiere von Habitués; neuere, wie das meine, noch wenig abgegriffene und bestempelte, die Papiere eines Novizen.

Das Warten beginnt. In Räumen, abgesondert für Männer und für Frauen. Auf Bänken oder auf eigenen Beinen, wenn alle Plätze besetzt sind.

Gegen halb zehn Uhr werden die ersten Namen ausgerufen. Manche erleben im Munde der französischen Beamten eine merkwürdige Metamorphose – Klüsch, Gensbür, Le Venger sind im Original einfach Kluge, Ginsburg und Löwinger – und man muß mächtig auf der Hut sein, um seine Tour nicht zu verpassen. Die Umsichtigen halten sich deswegen an den offenen Türen und versperren den Ausgang. Die Neugierigen drängen aus der Abgestandenheit der Warteräume in das Getriebe des Korridors und werden von den Wachleuten mit zornigen Lauten in ihre Hürde zurückgejagt.

Die Abgefertigten begucken im Gehen ihren neuen Stempel.

Kehren sie in den Warteraum zu Bekannten zurück, so werden sie von allen Seiten befragt, was man heute gibt. Zwar bekommt jeder sein eigenes Maß zugemessen, der eine fünf Tage, der andere einen Monat, jedoch herrschen in der Erteilung der Fristen allgemeine Kurse, wie an der Börse, und gleich ihnen sind sie beeinflußt von den Ereignissen am Schauplatz der Innen- und Außenpolitik.

Manche bekommen nichts. Keinen Stempel, keinen Aufschub, nicht einmal für lumpige achtundvierzig Stunden. Der Beamte reicht ihnen das Papier wortlos zurück. Oder er sagt: »Plus de sursis« – kein Aufschub mehr. »Was soll ich nun tun?« fragt der Unglückliche. »Was Sie tun sollen? Das wissen Sie genau: bis Mitternacht Frankreich verlassen.« »Aber ich besitze keinen Paß, kein Visum, wohin soll ich?« Der Beamte zuckt die Schultern. Für ihn ist der Mann (oder die Frau) eine Aktennummer. Wo käme er hin, wenn es anders wäre! Er greift schon nach dem Aktendeckel des Nächsten. Je nach Temperament, Nerven, Intelligenz zieht der so Verurteilte schleppenden oder eiligen Schrittes hinweg, oder er verlegt sich auf Bitten, Betteln, Flehen, als ob der Entscheid von diesem subalternen Schalterbeamten gefällt werden würde. Eine Frau fällt in Ohnmacht. Eine andere bekommt Weinkrämpfe. Eine andere kreischt, ihr Kind stimmt heulend ein, Polizisten eilen herbei, um die Betriebsstörung aus dem Raum zu entfernen. Assez de scènes! Assez de chi-chi!

So warten wir, still und laut, stoisch und bedrückt, erregt und abgekämpft, zeitungslesend und vor sich hinstarrend von morgens bis mittags. Wer bis zwölf Uhr nicht abgefertigt ist, muß um zwei Uhr wiederkommen. Klüsch, Gensbür und Le Venger, Karlovik, Sandory und Tschang-Kai-Schek (alle Chinesen werden der Einfachheit halber von den Beamten unter diesem Namen ausgerufen), von neuem von zwei bis sechs. Die Räume leeren sich. Die Luft ist gesättigt von all den hier gerauchten Tabaksorten, von all der hier ausgeschwitzten Angst und Ungeduld. Sechs Uhr nähert sich. Den Unglücklichen, deren Namen nicht ausgerufen worden sind, sagt man: C'est pour demain.

Wenn ich morgens in die Préfecture gehe, nehme ich mir etwas zum Lesen mit. Oft bleibt das Buch unaufgeschlagen. Im Gefängnis kann man lesen. Im Konzentrationslager kann man lesen. Auch im Krieg. Nicht hier auf der Fünften Etage. Eines der Bücher, das ich mir mitnahm, habe ich an einem Tage, von morgens bis abends, zu Ende gelesen. Es ist »Der Aufruhr der Engel« von Anatole France. Der Roman der aus dem Himmel nach Paris emigrierten Engel.

Seit dieser Lektüre suche ich auf der Fünften Etage nach den Ebenbildern der aufrührerischen Engel. Es treiben sich hier aber mehr resignierte arme Teufel als revoltierende Engel herum. Juden aus dem Osten. Vor dem Krieg wanderten sie nach Amerika aus. Denn zu Hause gab es mehr Lederarbeiter als Leder, mehr Händler als Waren. Aber seit Jahren war Amerika für viele unerreichbar geworden: Einreisequoten schlossen die Neue Welt ab, Valutenunterschiede machten die Fahrkarte unerschwinglich.

Neben Luftexistenzen aus dem Osten gibt es hier Holzfäller aus Bosnien, Erdarbeiter aus Italien, Kumpels aus Polen. Sie hatten nie in ihrem Leben daran gedacht, ihr Dorf, ihre Berge, ihre Wälder zu verlassen. Dann aber war ein Werber gekommen. Der Werber warb. Hohe Löhne. Wohnliche Wohnungen. Bezahlte Reise. Der Werber war kein Betrüger – hinter ihm stand das Comité des Huiles, das Comité des Forges, das französische Konsulat, Staat und Wirtschaft. Die armen Teufel ließen ihre Frauen nachkommen, ihre Kinder. Fünf Jahre verstrichen. Zehn. Fünfzehn. Die Erinnerung an das Dorf, an die Berge, an die Wälder verblaßte. Und nun will man sie auf einmal nicht mehr haben. Allez vous en!

Ohne Zweifel, es gibt auf der Fünften Etage auch revolutionäre Engel, wie im Paris von Anatole France. Nur: wer soll hier Arcade sein, der den Glauben an den alttestamentarischen Gott Jaldaboath verloren hat und den Aufstand organisierte? Wer Fürst Isthar, der einst in der himmlischen Hierarchie den hohen Posten eines Cherubims einnahm und der nun auf Erden kleine Bomben und mächtige Elektrophoren für die Revolution im Himmel erzeugt? Wer die schöne Zita, die da oben als Erzengel strahlte, in Paris aber vernachlässigt und arm in einer Dachkammer das Dasein einer Anarchistin führte?

Leichter als Ebenbilder zu finden, fällt es mir Typen auszuschließen. Ich begegne da keinem Sophar, der Paris dem Himmel vorzog, weil sich in der Seine-Stadt gewinnreichere Waffengeschäfte als oben im Wolken-Land tätigen lassen. Engel dieser Klasse werden aus Frankreich nicht ausgewiesen. Und sollte sich derartiges doch ereignen, so gibt es genügend brillante Rechtsanwälte, gewesene und kommende Minister, die die Angelegenheit in Ordnung bringen.

Am einfachsten noch fällt es mir, den kleinen Musiker Mirar zu identifizieren. Im Himmel gehörte er dem bescheidenen achten Chor der dritten Rangordnung an. Auf Erden ist er der leichten Chanteuse Bouchotte hörig und gibt Musikunterricht. »Ich bin kein aufrührerischer Geist, kein Freidenker und Revolutionär«, sagte er von sich, »und ich glaube nicht, daß es für einen Künstler gut ist, Politik zu machen.«

Mirar – ist das nicht unser erster Fahrgast, der mich für einen Kommissär hielt, der Maler aus Dalmatien, Mirko Tartaruga?

Als wir an jenem Morgen aus der Verbrecherkartothek über die Marmortreppe des Palais de Justice hinabstiegen, unsere Hände noch schmierig von der Druckerschwärze der Daktyloskopie, und vor dem goldenen Gitter in der Sonne stehen blieben, wußte er nicht, was mit sich anzufangen. Nach Hause? Ins Café? Zu Freunden? Zu seinen Mäzenen? Oder einfach stehen bleiben? Keinen Entschluß fassen? Die Dinge an sich herankommen lassen?

Aber was soll aus seinem Atelier werden? Aus Yvonne? Und wohin? Nein, mit Politik habe er sich wirklich nie befaßt. »Ich bin ein Künstler, verstehen Sie mich recht.« Aber nun lebe er schon fast anderthalb Jahrzehnte hier. Ein Leben ohne Paris? Ohne Yvonne?

Während wir so unschlüssig vor der goldenen Pforte der Justiz standen, und Mirko Tartaruga leise und abgekämpft Satz an Satz reihte, die alle zusammen ein Plädoyer gegen das Unrecht bildeten, das man ihm angetan, stockte er auf einmal und seine Stirne bedeckte sich mit dicken Schweißtropfen. Von seinen Lippen löste sich ein langgezogenes »Ach«.

– Was gibt es, frage ich.

– Nichts. Nun weiß ich, woher mein Unglück kommt. Vom Sonnenuntergang über den Bouquinistenbuden.

– Wie?

– Jawohl, vom Sonnenuntergang über den Bouquinistenbuden. Yvonne meinte, das war vor ungefähr einem Jahr, ich soll etwas für die Spanienhilfe tun. Tartarin – so ruft sie mich – Tartarin, sagte sie, man sammelt unter Künstlern. Picasso hat eigens dazu sein Guernica gemalt. Auch du mußt etwas geben. So gab ich ein Aquarell, eben den Sonnenuntergang über den Bouquinistenbuden. Das wird es sein.

Wer weiß, vielleicht mag es sich wirklich so zugetragen haben, daß Mirko Tartaruga unter die aufrührerischen Engel kam – ein neuer Mirar.

Aber wer ist Arcade? Wer Isthar? Wer Zita?

Der Belleviller Fahrgast unserer Polizeifuhre? Vielleicht. Mit den drei gemein hat er den Haß gegen die Selbstherrscher. Er war aber nicht wie Arcade durch die Erforschung der klassischen und orientalischen Altertümer, durch das Studium der Theologie, Philosophie, Physik, Geologie und Biologie zum Revolutionär geworden. Geworden war er es in der praktischen Lehre der Fiat-Werke zu Mailand, erst nachher kamen die Bücher. Er fabrizierte auch keine Bomben und Elektrophoren, wie der Fürst Isthar, was er fabrizierte waren Artikel, Aufrufe und Broschüren. Er führte kein Bohèmeleben, wenn auch sein Leben ungewiß und unstet war, doch dies in einer anderen Art.

Unseren vierten Fahrgast, der mir so bekannt vorkam und der partout eine Fine, d.h. einen Cognac trinken mußte, begegnete ich nicht mehr auf der Fünften Etage. Ich sehe ihn aber außerhalb, auf den Veranstaltungen der emigrierten deutschen Literatur, auch im Dôme-Café. Er ist ein deutscher Romancier und heißt Torwald Siegel. »Holt man Sie noch immer zu dieser Nachtzeit aus dem Bett?« fragt er mich, so oft wir uns begegnen. Er wurde an jenem Morgen nur wegen einer belanglosen Sache abgeholt. Die Fünfte Etage blieb ihm erspart, dem Glücklichen.

Wir übrigen aber, die wir einander durch die Regie der Préfecture in jener schwarzen Limousine kennen gelernt haben, kommen auch weiter hier auf der Fünften Etage zusammen. Mirko Tartaruga, der dalmatinische Maler vom Montmartre. Und Carlo Carducci, der italienische Revolutionär aus Belleville.

Mirko Tartaruga finde ich bei unserem ersten Wiedersehen im mittleren Warteraum. Er ist heute gefaßter – und bedrückter. Gefaßter, weil er nicht allein mit seinem Schicksal ist. Bedrückter, weil es ihrer so viele sind. »Schauen Sie, die Frau mit dem Kind am Arm. Haben Sie diesen Blick gesehen?« (Ab und zu kommen zu uns Frauen, um mit ihren Männern zu sprechen.) Mirko zieht seinen Zeichenblock aus der Tasche, sein Bleistift eilt über das gekörnte Papier: Augen, Augen.

Auch Carlo Carducci ist an diesem Tage da. Er sitzt über Zeitungen gebeugt. Er ist wenig von dem beeindruckt, was rund um ihn geschieht. Carlo Carducci ist hier kein Neuling. Er kennt den Betrieb. »Ich weiß nicht«, sagt er mir, »ob Sie mich hier noch wiedersehen werden. Ich möchte nicht noch einmal die Reise zur belgischen Grenze antreten.«

– Zur belgischen Grenze?

Jawohl, zur belgischen Grenze. In die Gegend zwischen Lille und Valenciennes, wo Schmuggler Tabak und Gendarme Menschen über die Grenze schmuggeln. Der Tabak ist in Belgien billiger als hier, die Menschen aber will niemand haben, nicht einmal geschenkt, weder hüben noch drüben. Das sind aus dem Land gewiesene, paßlose, visenlose Subjekte, wie wir es sind, Menschen der letzten, der fünften Etage. Sie unterscheiden sich von der Ware Tabak dadurch, daß das Grenzamt sie nicht beschlagnahmt, wenn es ihrer habhaft wird, daß es sie ganz im Gegenteil dorthin zurückbefördert, von wo sie gekommen sind. So ist es auch Carlo Carducci ergangen: viermal innerhalb von drei Tagen und zwei Nächten wurde er über die Grenze geschafft, zweimal von französischen Gendarmen und zweimal von ihren belgischen Kollegen.

Mirko wird aufgerufen: Mirko Tartarüsch. Er wirft mir von der Tür einen hoffnungslosen Blick zu, als sollten wir uns nie mehr wiedersehen. Als nächster werde ich abgefertigt, kurz vor Mittag. Sieben Tage Aufschub besagt der Stempel.

In dieser Woche trifft die Antwort meiner ehemaligen Hausfrau aus Prag ein.

Ich hatte nach meiner Ankunft in Paris an den Schweizer Verleger geschrieben, dem ich, wie lange ist das her, meine »Reise durch die künftigen Kriegsschauplätze« geschickt hatte. Es kam als Antwort ein gequälter Brief: Ja, zur Zeit wäre er geneigt gewesen, das Buch herauszubringen, aber inzwischen hätte sich einiges geändert. In zu vielen Ländern drohen Verbote. Das Risiko wäre zu groß. Er habe das Manuskript an meine alte Prager Adresse geschickt, in Ermangelung einer anderen.

Ich wendete mich also an meine Prager Hausfrau. Statt des Manuskripts kommt aus Prag ein Brief: Fräulein Helen wäre eines Tages vorbeigekommen, Fräulein Helen wußte gar nicht, daß Sie, Herr Doktor, verreist waren. Ich wieder wußte nicht, was ich mit Ihrer Post anfangen soll. So bat ich Fräulein Helen, sie an sich zu nehmen. Was sie nach einigem Zögern auch tat.

Fräulein Helen war ein blondes Mädchen aus den Sudeten, Doktor der Philosophie, Bibliothekarin des Prager Clementinums, mit einem Ehrgeiz, der stärker war als alle ihre anderen Triebe.

Gut, schreiben wir an Helen. Sachlich – wie denn anders:

alles, was an Unsachlichem in mir einst war, ist längst tot und verloschen.

Dieser Brief ging jedoch nie ab. Da ich mit ihm in der Tasche mein Hotel verlasse, um ihn an das Postamt zu bringen, rufen die Verkäufer der Mittagsblätter den Einmarsch der Hitlertruppen in Prag aus.

Soll ich den Brief abschicken? Zensur, Gestapo, nein, ich darf Helen dieser Gefahr nicht aussetzen. Ich zerreiße ihn.

Übrigens hat das Manuskript mittlerweile vieles von seiner Aktualität verloren. In diesen zwei Jahren, die mich von seiner Niederschrift trennen, hat Hitler einige Fragen, die damals noch offen waren, nach seinem Willen gelöst. Gelöst die österreichische Frage mit Hilfe Lord Halifax' und Neville Hendersons. Gelöst die sudentendeutsche mit Hilfe Runcimans und Chamberlains. Gelöst die Memel'sche durch ein leises Waffengeklirre. Danzig, Oberschlesien, der Korridor – schon liegt das Goebbels'sche Trommelfeuer über diesen Gebieten. Morgen, übermorgen kann Hitler auch an diese Frage herangehen.

Ich gebe mein Manuskript endgültig auf. Die Kritik der Waffe ist dabei, die Waffe der Kritik abzulösen.

Tief und grau liegt bei meinem nächsten Besuch der Himmel über der Fünften Etage. Der tiefe und graue Himmel, die Ausdünstungen der Wartenden lassen mich schwer atmen. Die Ausdünstungen ihrer Kleider und ihrer Gedanken. Vor drei Tagen sind die Deutschen in Prag einmarschiert. Oben, an einem Fenster des Hradschin hat Hitler gestanden. Franz Josephs noch selbstherrlicherer Nachfolger. Gestern hat Daladier in der Kammer erklärt, daß nun keine Zeit für Reden sei, deswegen kein Protest in Berlin, deswegen keine Sympathie-Erklärung für das tschechoslowakische Volk. Taten? Downing Street hat den Vorschlag Litwinows – eine Konferenz Englands, Frankreichs, Polens und der Sowjetunion – mit dem Vermerk »verfrüht« abgelehnt.

Est-ce un nouveau Munich?

Mirko Tartaruga will an diesem Tage wissen, ob ich die Plakate gesehen habe. – Welche Plakate? – Die langen, gelben, die an allen Mauern kleben. – Ach, die gegen die Ausländer? – Ja, die. Daß wir den Franzosen das Brot aufessen. Ihnen die Arbeit nehmen. Frankreich von innen aushöhlen. Es in den Krieg treiben. Welche Gemeinheit, stöhnt Mirko.

Oh du mein armer Engel Mirko! Du liest nicht die »Action

Française«, du liest nicht den »Jour« und den »Matin«, nicht den »Gringoire« und nicht »Je suis partout«. Du weißt nichts von den Camelots de Roi, von der Parti Sociale Française, von den Croix de Feux, von Doriot und De la Roque, von den Reden Xavier-Vallats in der Kammer, von den Büchlein und Broschüren gegen Ausländer und Juden, die an allen Zeitungskiosken der Boulevards aushängen, und von Astrologen, Chiromanten und Winkeljournalisten verfaßt sind.

Du brauchst gar nicht so weit gehen, nicht bis zur äußersten Rechten und zu den Stipendisten des Dritten Reiches. Schau, was die Regierung tut. In München hat sie vor kurzem den Osten und Südosten Europas auf das Verlustkonto gebucht. Nun stößt sie die Reste ab: die in Frankreich lebenden Angehörigen *jener* Völker des Ostens und Südostens. Die Ausländer sind ihr zu unbequem. Sie glauben noch an die drei Worte, die auf dem Kopf jedes offiziellen Schriftstücks stehen, die jedes öffentliche Gebäude der Republik schmücken. Viele dieser Fremden träumen von einem antifaschistischen Krieg und ähnlichem Unsinn. Am Quai d'Orsay hingegen träumt man von Chust – das ist ein verlorenes Städtchen in den Karpaten, das nach München über Nacht Hauptstadt eines neuen Staates, der Karpato-Ukraine geworden ist. In Chust wimmelt es von Journalisten aus aller Welt, die dabei sein wollen, wenn Hitler seinen großen Marsch gegen Osten antreten wird.

Zwei Wochen nachher will Mirko im Warteraum von mir einen Rat haben. Ob ich schon von der Vereinigung der Freunde Frankreichs gehört habe. Yvonne meint, er solle da eintreten. Paul Boncourt und andere Persönlichkeiten sind im Präsidium. »Ich verstehe von alledem nichts. Dort werben sie um unsere Freundschaft, die sie ohnedies schon haben und hier schleppen sie uns in die Fünfte Etage und kleben an die Straßenecken diese abscheulichen Plakate. Man müßte sowas verbieten. Selbst Dummheit entschuldigt kein Verbrechen... Ach, Sie sehen alles durch Ihre politische Brille. Schriftsteller übertreiben. Den Carlo Carducci soll ich fragen? Der ist noch ärger. Wo er steckt? Da drüben, hinter dem Chinesen, sehen Sie ihn nicht?«

– He, Carlo! rufe ich. Carlo blickt von seiner Zeitung auf und macht mit den Händen eine Bewegung, die »da bin ich noch« bedeuten soll.

Chamberlain hat in Birmingham zornige Worte gesprochen. Der Pole Beck ist nach London gekommen, ein Pakt ist dort abgeschlossen worden. Die Schlagzeilen der Berliner Presse sind schwarz von den Untaten der Polen. Zerrissene Hitlerbilder, Schüsse gegen deutsche Musikkapellen. Eingeschlagene Schaufenster. Brennende Bauernhöfe. Berlin verlangt Untersuchung und Bestrafung. Ähnliches soll auch in Danzig sich ereignen: Überfälle, Schüsse. Tote. Verwundete. Gegennoten. Protest Greisers gegen Chodacki, des Danziger Senatspräsidenten gegen den polnischen Hohen Kommissar. Proteste Chodackis gegen Greiser. Est-ce la guerre?

Mirko ist am nächsten Préfecture-Tage von jener willenlosen Niedergeschlagenheit, wie an jenem Morgen, als wir aus der Anthropometrie hinabstiegen und vor dem goldenen Gitter des Palais de Justice standen. Die Depression, die ihn bisher am Reden hemmte, läßt nun auf einmal die Worte aus seinem Munde in einem breiten Strom hervorschießen: »Balk, ich kann nicht mehr. Ich habe es satt. Seit jenem Morgen, als ich Sie für einen Kommissär hielt, habe ich keinen Strich gemacht. Ich lebe von Frist zu Frist. Von Vorladung zu Vorladung. Noch vier Tage, so rechne ich, noch drei, noch zwei. Erinnern Sie sich noch jener Sonnabende, als man klein war und zur Schule ging. Wie schön war der Sonnabendnachmittag! Vor einem lag ein freier Sonntag. Ein richtiger Sonnabendnachmittag ist es nicht, wenn man mit verlängertem Papier die Fünfte Etage verläßt, ganz frei ist man auch in diesem Augenblick nicht. Aber es kommt jenem Schülergefühl nahe. Weit schneller als in unseren Kindertagen wirft dann der kommende Montag seine Schatten voraus. Vielleicht, denke ich oft, wäre es am besten, man würde mir das Papier ungestempelt zurückgeben. Pas de sursis. Eine Entscheidung, auch die schlimmste, ist besser als dieser Zwitterzustand. Meinen Sie es nicht auch?

Ja, ich meine es auch. Die Ungewißheit, sie war in den letzten zwei Jahren auch ein Teil meines Lebens gewesen. Doch da, in Spanien, gehörte sie zur Sache. Ungewiß war die Stunde des Angreifens, noch ungewisser die des Angegriffenwerdens, ungewiß der Ausgang jeder Schlacht. Die Ungewißheit war unten ein Element der Strategie und Taktik. Hier jedoch füllt sie mein Leben aus, ohne Sinn und ohne Funktion. Hier, in dieser Millionenstadt, wo alles seinen gewissen Tag lebt.

Ja, besser wäre es, man würde mich ins Lager zurückschikken. In meinen Briefen, die ich ins Lager an Janik und andere Freunde aus Spanien schreibe, erwähne ich davon kein Wort. Sie würden das vielleicht als billigen Trost empfinden – er schläft im Hotel, geht ins Kino, lebt in der Lichterstadt Paris, ist frei – und sehnt sich nach Konzentrationslager, nach Baracken, Stacheldraht, Unfreiheit, Monotonie, Bewachung und dünnen Suppen! Oder sie würden sagen: Schau, welchen Seelenluxus unser Freund da entfaltet, nachdem er auf den Korbstühlen vor einem Café des Boul' Mich' seinen Kaffee geschlürft hat und mit seinem Mädchen nach Hause gegangen ist. Welch empfindliche Seele! Welcher Snob! Das würden sie sagen.

In dieser Woche ist das meistbeachtete Tier der Walfisch. Mit Zylinderhut und Regenschirm, im Clevedon-Schloß und in der Downing-Street, so schwimmt das Ungeheuer auf den Karikaturen der Linkspresse.

Der englische Premier hat gestern im Unterhaus gesprochen. Er wisse von nichts. Der Wirtschaftsberater des Führers, der Doktor Helmuth Wohltat habe wohl eine Unterredung mit Sir Horace Wilson und Mister Robert M. Duson gehabt, keineswegs aber über eine Milliarden-Anleihe, wie es manche Zeitungsleute wissen wollen – nur über Walfische. C'est plustôt Munich.

– Was gibt es bei Ihnen Neues?, frage ich Mirko Tartaruga dieses Mal.

– Nichts, nichts, wie immer. Kennen Sie den X?

– Den Herausgeber des »Oeuvre«?

– Ja, den. Ich habe ihn vorgestern aufgesucht. Mit einem Empfehlungsschreiben. Er hat mich fast hinausgeworfen. Man soll ihn mit derlei Dingen in Ruhe lassen. Er sei kein Vermittlungsbüro. Als ich mich in aller Hast verabschiedete, wurde er ruhiger. Er kenne meine »Ariadne auf Naxos«, ich müsse seine Haltung verstehen, es seien ihrer so viele, die zu ihm kommen. Die dritte und die siebte Kammer beschäftigen sich mit nichts anderem, als mit solchen Fällen. Was hat er nur mit den Kammern gemeint?

Ich erkläre Mirko, was der Herausgeber des »Oeuvre« gemeint hat. Daß die beiden Kammern vollauf damit beschäftigt sind, Leute von der Fünften Etage abzuurteilen. Automatisch, wie die ministerielle Verordnung verordnet. Ohne mildernde Umstände. »Pour cela suffiront des automates«, hat unlängst ein Richter zu einem meiner Bekannten gesagt.

– Das kann also auch Ihnen und mir passieren?

– Sicher. Fragen Sie nur den Carducci.

– Den habe ich schon eine Weile hier nicht mehr gesehen.

Tatsächlich sehe ich bei meinen nächsten Gängen den Carlo Carducci nicht wieder. Verhaftet, nach der belgischen Grenze geschafft, in die Illegalität gegangen? Nun sind Mirko und ich die letzten unserer Fuhre.

Auf eine Anfrage im englischen Unterhaus, warum denn Chamberlain keinen persönlichen Kontakt mit den Sowjetführern aufnehme, antwortet der alte Herr, der zweimal zu Hitler geflogen ist, mit den Worten: »Vielleicht würde das sehr ehrenwerte Mitglied des Hauses mir vorschlagen, mit wem ich einen persönlichen Kontakt aufnehmen soll, da die Persönlichkeiten dort schnell wechseln.« (Heiterkeit)

Dies ist im Verhandlungsprotokoll des Unterhauses zu lesen.

Nicht zu lesen im Verhandlungsprotokoll ist der folgende Zuruf eines ehrenwerten Mitglieds des Unterhauses und die Antwort Chamberlains:

Zuruf: »Wie oft haben bei uns die Kabinette gewechselt, seitdem Stalin, Molotow und Kalinin dort regieren?«

Chamberlain: »Allerdings mehrmals. Von meinen ehrenwerten Herren Vorgängern weiß ich noch, daß sie leben, während ich das von Herrn Litwinow und Woroschilow nicht genau weiß.« (Stürmisches Gelächter. Langanhaltender Beifall und Händeklatschen.)

Der Zuruf und die Antwort sind im genannten Protokoll nicht zu lesen, weil sie nicht im Unterhaus, sondern in meinem Kopf anklangen, als ich im Wartesaal der Fünften Etage für einen Augenblick einnickte und die Zeitung mir aus der Hand glitt.

In dieser Woche ereignet sich etwas Unerwartetes. Etwas für mich völlig Unerwartetes, wenn auch für das allgemeine Weltgeschehen völlig Belangloses: ich sehe mein längstes Interview, das erste Kapitel meiner »Reise durch die künftigen Kriegsschauplätze« wieder. Und dies gedruckt: ganzseitig blickt es mich aus der Sonntagsbeilage einer reichsdeutschen Zeitung an.

Neu ist nur der Name des Autors. Neu, aber mir nicht fremd. Der Name einer jungen begabten sudetendeutschen Schriftstellerin, wie es in der redaktionellen Vorbemerkung heißt. Helens Name.

Neu sind auch die Korrekturen, die Streichungen und die Zusätze.

Durig, der Jimmie Higgins aus Rothau, ist über Nacht Nazi geworden. Aus reiner Überzeugung.

Stierchen hingegen, der Zuhälter, gebärdet sich in der Sonntagsbeilage der Nazizeitung wie ein wilder Radaukommunist.

Kein Wort über die unsauberen Geschäfte des völkischen Fabrikanten von Rothau. Kein Wort über Stierchens Rolle in den Wahlkämpfen. Kein Wort über die Fememorde. Kein Wort über die Anglo-German-Fellowship und Lord Runciman. Alle meine Gedanken gestrichen.

So endete die Niederschrift meines längsten Interviews.

Übertüncht und mit neuen Farben übermalt, mit einem neuen Autor an der Spitze, erlebte es eine Wiederauferstehung, die ärger war, als sein Tod gewesen wäre.

An einem der letzten Maitage reicht mir der Beamte mein Papier ohne Stempel zurück. Ein Gespräch entwickelt sich, das er tausende und abertausende Male geführt hat. Der Beamte, der mich heute abfertigt, ist ein verschrumpftes Männchen in einer grauen leinenen Bürojacke. Er ist noch der menschlichste von allen, jeder freut sich, wenn er ihm zugeteilt wird. »Warten Sie einen Augenblick«, sagt er am Ende unseres Dialogs. »Ich gehe zum Chef«. Wie er zurückkommt, weiß ich, daß da nichts mehr zu machen ist. Ich nehme mein Papier, mein an allen Kanten mit Klebestoff zusammengehaltenes, schmutziges und mit Stempeln über und über bedecktes Schicksal und schlendre, ohne daß ich mir über den Weg bewußt werde, zum Luxembourg, zwischen Menschen, die aus Hörsälen und aus Büros kommen, in Cafés oder nach Hause eilen oder etwas anderes tun, was Menschen um diese Zeit der anbrechenden Dämmerung zu tun pflegen. Ich, ein Mensch, der nicht weiß, wo er diese Nacht verbringen, weder diese noch die nächsten Nächte, ein Kandidat für die dritte oder siebte Kammer, ein potentieller Sträfling.

An diesem Weekend angelt Neville Chamberlain wie an jedem anderen. Unbekannt bleibt uns Zeitungslesern, was er erangelt hat. Bekannt ist der Ort der Handlung: das Landgut Sir Francis Lindleys. Bekannt sind auch die Gefühle, die Sir Francis für die beiden ehemaligen Stätten seiner diplomatischen Tätigkeit hegt, für Moskau und Tokio. »Bei einem Krieg zwischen Rußland und Japan«, hat Sir Francis einmal geäußert, »werden unsere Sympathien sicher nicht mit Moskau sein«.

Dieweil die Beiden angeln, hält Molotow seine seit Tagen angekündigte Rede vor dem Obersten Sowjet. Die Sowjetunion, wiederholt er die Worte Stalins, sei nicht gewillt, für andere Kastanien aus dem Feuer zu holen. Was die Westmächte für ihre Sicherheit fordern, das Gleiche müsse auch der Sowjetunion für ihre eigene gewährt werden; die Einbeziehung der Randstaaten in das Garantienetz des Bündnispaktes.

Es ist eine Rede gehalten am Rande der Katastrophe. Eine Rede, die den angelnden Premier wohl erreicht – aber nicht umstimmt.

Ich lebe vorerst einige Wochen, siebenundzwanzig Tage sind es genau, ohne die Erlaubnis zum Leben. Illegal. Bei Torwald Siegel. Auf Torwald Siegel stieß ich an jenem Abend, an dem ich, verloren unter den sorglosen Menschen (oder erschienen sie mir nur so?), über den Luxembourg zum Montparnasse trottete, vor dem altrussischen Restaurant in der Rue Bréa. Bei seinem Anblick – er saß an einem kleinen Tischchen mit einem Wodkagläschen vor sich – sonderte sich aus meinem gallertartigen Bewußtseinszustand der erste feste Gedanke: Dies ist Torwald Siegel. Torwald Siegel hat eine geräumige Wohnung für sich allein. Frage ihn, ob er dich aufnehmen will.

Torwald Siegel sagte ohne Zögern ja. Es blieb nur die Frage des Concierges zu lösen.

Über jedes Haus wacht in Paris ein Portier, le concierge. Hauptamtlich für den Hauseigentümer, nebenamtlich für die Préfecture. Was immer sich Bemerkenswertes im Hause ereignen mag, ob der eine viel Besuch, der andere Briefe aus Rußland empfängt, geschweige denn, daß jemand unangemeldet im Hause wohnt, der Concierge (oder die Concierge) hat das ohne Verzögerung dem Kommissariat zu melden.

Zum Glück stand Torwald Siegel gut mit seinem Portiersleuten. Er nahm mich an jenem Abend mit und stellte mich ihnen am nächsten Tag als einen Vetter vor, der auf kurze Zeit in Paris zu Besuch ist. Beim Weggehen ließ er zwei Zehnfrankenscheine auf dem Tisch liegen. Diese Gefahr schied aus.

Ich war ruhiger als vorher. Keine Fünfte Etage. Kein Ausgerichtetsein auf Termine. Nicht mehr unter Menschen, die ihre Nervosität, ihre Spannung, ihre Bedrücktheit, ihre Hoffnungslosigkeit aufeinander übertragen und rückübertragen, gleich dem induzierten Strom übereinandergeschichteter Metallspiralen.

Es ging mir also besser. Und trotzdem jagte ich nach der Qual, wieder in die Hölle der Fünften Etage zugelassen zu werden. Je tiefer wir in den Sommer und in die Krise kamen, um so verzweifelter. Denn ein Krieg bringt Standrecht, bringt eine

Menge neuer Gefahren für einen Menschen ohne gültige Papiere.

In jenen Tagen dampfte gemächlich auf der »City of Exeter« eine anglo-französische Militärmission nach Leningrad. Einige höhere Offiziere ohne große Bedeutung und ohne Vollmachten. Mit einem Flugzeug hätten sie für diese Reise einen Tag gebraucht. Mit der »City of Exeter« brauchten sie eine Woche. An allen Verzögerungen, so steht bei den Kommentatoren der großen Pariser Presse zu lesen, waren allein die Russen schuld.

Das Recht, wieder auf die Fünfte Etage zu kommen verschaffte mir ein junger Rechtsanwalt. Er hatte uns einmal in Spanien besucht. Wir lagen an der Ebro-Mündung, zwischen Schilf und Kanälen, geplagt von Mücken und Malaria. »Wenn Sie 'mal nach Paris kommen sollten, lassen Sie sich bei mir sehen«, sagte er mir, und ich wieder antwortete gedankenlos »merci«, als wäre er aus Bombay, Melbourne oder Capetown gewesen, so wenig dachte ich an einen baldigen Besuch von Paris. Nun erinnerte ich mich seiner. Er stehe, sagte man mir, zum gegenwärtigen Innenminister in engen wenn auch öffentlich nicht zugegebenen familiären Beziehungen.

Ob das nun wahr war oder nicht, der junge Rechtsanwalt renkte meine Legalität mit zwei Briefen ein. Als ich in die Fünfte Etage zurückkehrte, war meine Lage günstiger als zuvor. Ich bekam einen Aufschub von vollen vier Wochen.

Und nun ist der Krieg da.

Der Krieg kam weniger dramatisch, als erwartet. Keine Luftgeschwader bedeckten den Himmel, Sonne und Sterne, keine Bomben erzeugten die aus den Filmaktualitäten von Shanghai, Guernica und Barcelona her bekannten Ruinen, die Zeitungen berichteten über keinerlei bedeutende kriegerische Handlungen an der Mosel und am Rhein, die Herbstmode zog ein, wie sie im Juli beim Grand Prix von Auteuil lanciert wurde, die Märkte strotzten von Lebensmitteln, in den Kinos liefen die ersten Premieren, in den Folie-Bergère fanden die letzten Proben für die neue Revue statt, im Luxembourg spielten Kinder um das runde Wasserbecken, friedlich lag die Sonne auf Paris und Umgebung.

Nicht daß der Krieg völlig unbemerkt in Paris eingezogen wäre. Die Sirenen heulten oft und verbreiteten allein dadurch mehr Angst und Panik, als Dutzende feindlicher Bomber. Beim ersten Fliegeralarm gab es hysterische Szenen, beim dritten trotteten die Leute ohne Eile in die Keller, beim fünften legten sie sich aufs andere Ohr und schliefen weiter. Die Champs Elysées leuchteten nicht mehr in die Finsternis und auch der Arc de Triomphe hüllte sich nachts in ein dunkles Kleid. Viele Denkmäler trugen einen Panzer aus Betonsäcken angelegt. Die Bistros schlossen schon um elf Uhr, nur wenige junge Männer nahmen an der Theke ihren Cassis oder Vin rouge. Die mittelalterliche Gilde der Nachtwächter war im Kleid der Luftschutzwarte wieder auferstanden, sie pfiffen wild mit ihren Signalpfeifen, wenn aus einer Vorhangritze auch nur ein blasser Lichtschein auf die Straße sickerte. Jedermann, ob in Seide oder in Lumpen gekleidet, trug die gleiche Gasmaske – bald jedoch brachte das Lederkunstgewerbe einige reizende Gasmaskenetuimodelle heraus und machte somit Schluß mit dieser klassennivellierenden Mode. Die Kinder im Luxembourg spielten nicht mehr mit ihren Seglern und Schlachtkreuzern, das Wasser war aus dem Bekken abgelassen worden – Gefahr der Aufsaugung von Giftgasen. Der Kinder selbst gab es viel weniger als früher. Von den fünf Millionen Parisern schliefen eine halbe Million in den Kasematten der Maginot-Linie und in den Kasernen der Garnisonen, andere anderthalb Millionen fanden als Evakuierte Unterkunft in den westlichen und südlichen Provinzen des Landes. Die Zeitungen berichteten wohl von blutigen Kämpfen, aber die fanden weit, weit weg im Osten statt. Zu den Fotografien von Shanghai, Guernica und Barcelona kam eine neue hinzu: die von Warschau.

Die letzten Jahre hatten unseren Planeten den Krieg ohne Kriegserklärung gelehrt. Die Japaner drangen tief in das Innere Chinas ein, die Flugzeuge der deutschen Condor-Legion bombardierten zwei Jahre lang Spaniens Städte, italienische Unterseeboote torpedierten sowjetrussische Handelsschiffe, japanische Divisionen griffen am Amur die Fernöstliche Armee an, all dies ohne jegliches diplomatisches Aviso. Nun hatten wir nach allen Regeln des völkerrechtlichen Zeremoniells verfaßte Kriegserklärungen – aber keinen Krieg.

Die Berichte von der Front waren lakonisch: sie meldeten entweder, daß nichts Neues zu melden wäre, das aufregendste, was sie zu berichten hatten, war »erhöhte Patrouillentätigkeit« oder ein Vorstoß in das Niemandsland der Waadt.

Dramatischer waren hingegen die Kriegskommuniqués vom inneren Kriegsschauplatz. Da wurden Heime und Drukkereien der feindlichen Parteien und Gewerkschaften eingenommen, Generalstäbe ausgehoben, Gefangene gemacht und in Gefängnisse oder Konzentrationslager gebracht.

»Ne vous en faîtes pas, Monsieur Balk«, sagte unsere Portierfrau, als sie mich vor dem Haustor eine Extra-Ausgabe überfliegen sah. »Nehmen Sie sich das nicht zu Herzen, das Ganze wird wie damals in München ausgehen, mais oui.«

Selbst das Wetter teilte die Ansicht der braven Frau: träge und wohlig zitterte die Luft unter den Strahlen einer spätsommerlichen Sonne.

Für Torwald Siegel aber war das der kriegerischste aller Kriege, wenn kriegerisch und Krieg als Synonym für das erdenklich Schlimmste auf Erden gelten sollte. Erstens war er der Ansicht, daß der Krieg hätte vermieden werden können, hätte die Sowjetunion nicht diesen Pakt abgeschlossen. Zweitens, drittens, viertens: immer aus dem gleichen Grunde. Fünftens, sechstens, siebtens: der sozialistische Staat hat sich mit dem faschistischen Dritten Reich verbunden. Achtens und letztens: weil er schon einen Weltkrieg erlebt hatte. Einen Krieg, einen Nachkrieg und die Zeit des mühseligen Aufbaues. Selbst wenn Hitler geschlagen werden sollte – und das hielt Torwald Siegel für wenig wahrscheinlich – der Krieg wird an die vier, fünf Jahre dauern, die Wirren, die ihm folgen, weitere vier bis fünf Jahre und bis dann der Schutt weggeräumt und ein normales Leben beginnen kann, werden noch vier bis fünf Jahre vergehen. Dann wird er, Torwald Siegel, an die Siebzig, dann wird er zu allem zu alt sein.

Damit waren die Gründe für seine Enttäuschung noch nicht erschöpft. Während der Münchener Krise hatte er sich der französischen Regierung zur Verfügung gestellt. Für diesen Sommer war er nach Amerika eingeladen gewesen, hatte aber abgesagt. Denn, schrieb er seinen Freunden nach den Vereinigten Staaten, es wird im Sommer wahrscheinlich Krieg geben. Und wer weiß, ob man ihn dann noch nach Frankreich zurückreisen lassen werde.

Nun ist er da, der Krieg und er, Torwald Siegel ist in Frankreich geblieben – aber man will ihn nicht. Nicht ihn, noch die Tausenden anderen Deutschen, die seit Jahren hier lebten und deren Gedanken wie monomanisch um eine einzige Idee kreisten: wie und wann werden wir Hitler stürzen. Man will sie nicht, obwohl sie aus Deutschland ausgebürgert sind, Monate und Jahre in Konzentrationslagern verbracht, an der Saar gegen die Rückgliederung gestimmt haben. Man will sie nicht, obwohl sie in der Tasche einen französischen Flüchtlingspaß tragen, den ihnen das Behördenkollektiv nach monatelanger Prüfung ihrer politischen Zuverlässigkeit ausgestellt hat. Man will sie nicht, vielmehr hat man sie, Männer von siebzehn bis fünfundfünfzig, gleich in den ersten Kriegstagen in das Stadion von Colombes beordert und sie dort interniert. Statt antifaschistische Legion: Konzentrationslager. Statt Verbündete: Internierte. Ein böses Erwachen.

Er, Torwald Siegel, hatte vor einigen Wochen die Altersgrenze überschritten, seinen fünfundfünfzigsten Geburtstag begangen und deshalb beließ man ihn noch in Freiheit. Vorläufig, so hieß es. Das bedeutet, daß auch er sich eines Tages im Stadion von Colombes wird einfinden müssen, um von dort in ein Lager verschickt zu werden.

Ich wohne, wie schon gesagt, bei Torwald Siegel in dem weißen Neubau, aus dem ich ihn an jenem frühen Februarmorgen in der Begleitung des Voyou habe herauskommen sehen. Vor meinem Einzug hatte Torwald allein in den zwei Zimmern gewohnt. Es war dies nicht seine eigene Wohnung – einer seiner Freunde, der auf ein halbes Jahr nach Hollywood gefahren war, hatte sie ihm überlassen.

Seine eigene Wohnung – die gehörte auch zu jenen Dingen, die das Jahr Neununddreißig zu dem unheilvollsten aller seiner bisher gelebten fünfundfünfzig Jahre gestalteten. Seine eigene Wohnung befand sich in einem Küstenstädtchen der Bretagne. Und nicht nur die Wohnung – auch Diana. Er kam nie auf diese Geschichte zu sprechen. Im Gegenteil: er tat, als ob in seiner Ehe nichts vorgefallen wäre und las mir ab und zu aus ihren Briefen vor, mütterlich besorgte und zärtliche Worte.

All dies: ein Krieg gestartet durch den Hitler-Stalin-Pakt. Ein Krieg mit Konzentrationslager für Hitlergegner. Der Krieg schlechthin. Die Untreue Dianas. All dies zusammen war in diesem Jahr über ihn gekommen und hatte ihn mit dem Gedanken vertraut gemacht, von dem Inhalt der Flasche, die er irgendwo versteckt hielt, einige Körner zu sich zu nehmen und damit allem ein Ende zu bereiten.

Die Flasche hat er allerdings für eine andere Eventualität aus einem chemischen Laboratorium entwendet: für den Fall, daß er den Nazis in die Hände fiele. Diese Möglichkeit war im Augenblick fern: die deutschen Armeen waren mit dem Öffnen und Schließen von Zangen in Polen beschäftigt, die Forts der

Siegfried-Linie feuerten nur friedliche Worte aus den Mündungen ihrer Lautsprecher.

In jenen Tagen war es nicht geheuer, nachts in den Cafés des Montparnasse und des Boul' Mich' zu sitzen. Polizeirazzien waren hier häufig, ganze Straßen- und Häuserblocks wurden umstellt, Camionladungen von Menschen in die Préfecture gebracht. Unsere Papiere waren in Ordnung, aber sowohl Torwald Siegel wie ich gingen lieber den Organen der öffentlichen Sicherheit aus dem Wege.

So blieben wir öfter als früher zu Hause oder verbrachten den Abend bei den Tartarugas.

Zwischen Mirko Tartaruga und Torwald Siegel hatte sich seit dem Tage, da mich Siegel bei sich aufnahm, eine Art Freundschaft entwickelt. Torwald Siegel, der aus Haut, Hirn und Nerven bestand, und dessen Geist von der Zivilisation über und überspitzt war, Torwald Siegel fand Gefallen an diesem bäuerlich-robusten Maler mit der Pfeife im Mund und dem Blick eines Säuglings.

Wir lernten auch Yvonne kennen. Sie war weit weniger männlich, weit jünger und schöner, blondlockiger und blauäugiger, als wir sie uns vorgestellt hatten. Nur in ihrer Stimme erklang jene Entschlossenheit, die ihr als Ruf vorangegangen war. Sie leitete die Werbe-Abteilung eines Warenhauses und in ihrer Freizeit das Geschick der kleinen Familie. Sie war entschieden praktisch eingestellt und gab mehr auf Geschäft und Politik, als auf Kunst und Literatur, obwohl sie auch darin besser Bescheid als Mirko wußte.

Eines Nachts, wir sind gemeinsam heimgekehrt, bittet mich Torwald Siegel einen Augenblick zu ihm ins Zimmer zu kommen. Er ist heute nervöser als sonst und will in Gesellschaft noch ein Glas Rotwein trinken, denke ich. Er stellt auch die Gläser hin und füllt sie mit dem dickflüssigen dunkelvioletten Saft. Aber dann macht er sich, ohne sein Glas zu berühren, an einem Koffer zu schaffen, entnimmt ihm ein Päckchen, schält aus der Papierhülle eine kleine und breithalsige Flasche und stellt sie auf den Tisch. »Zyankali« lese ich von der Vignette ab.

»Aber Torwald«, mehr Worte finde ich im Augenblick nicht. Denn die Flasche hat den Umfang eines größeren Tintenfäßchens, sie enthält sicher hundert Gramm. »Aber Torwald, weißt du, wie hoch die tödliche Dosis von Zyankali ist? Ein paar Körner sagst du! Daß ich nicht lache. Ein Milligramm.«

Nachher, im Bett, kreisen durch meinen Kopf Krieg und

Pakt, Torwald und Zyankali, Yvonne in Kleidern und ohne Kleider, vielerlei und wirr. Auf einmal schnellt aus der Tiefe auf die Oberfläche dieses trüben Gewoges ein spitzer Gedanke, der mich im Augenblick ganz wach macht.

Ich sehe vor mir ein Kriegsgericht, Bärte und Uniformen aus der Dreyfußzeit, Greta Garbo als Mata Hari, das Chateau von Vincennes mit seiner Zugbrücke, seinen Türmen, Schießscharten und jener Mauer, an die die Spione am frühen Morgen mit verbundenen Augen gestellt werden.

Ich stürze in Torwalds Zimmer.

Der sitzt wie immer zu dieser Nachtzeit auf seinem Bett, vor ihm, auf dem Tisch, eine Weinflasche und unter dem Tisch eine andere, leergetrunkene, seine allnächtliche Schlafdosis.

»Weißt du«, rufe ich ihm von der Tür zu, »wieviel Menschen du mit deinem Zyankali vergiften könntest? Das ganze Arrondissement. Wenn man bei dir die Flasche findet, wer soll dir glauben, daß du das nicht beabsichtigt hast. Dir, einem Deutschen, gut, einem ausgebürgerten Deutschen, aber immerhin einem Deutschen.«

Torwald Siegel ist von dieser Entdeckung weit weniger beeindruckt als ich. Sicher hätte ich recht, er werde sich nur einige Körner aufheben und die Flasche aus dem Haus schaffen. Aber das eile nicht. Morgen, am Tage, werde man schon sehen.

In den ersten Kriegswochen stand im Zentrum von Paris in der Rue St. Dominique eine lange Menschenschlange, die sich um den ganzen Häuserblock herumwand. Das waren neutrale Ausländer, die sich freiwillig in die Armee meldeten.

Auch Mirko Tartaruga hatte hier angestanden. Vor einigen Tagen hatte er dann eine Vorladung für die Rekrutierungskommission in der Ecole Militaire bekommen. Er war dort gewesen und tauglich für die Infanterie befunden worden. Nun, sagte man ihm, müsse er noch ein Leumundszeugnis bringen und dann könne er unterschreiben.

Am Abend sind die Tartarugas bei uns. Man hat dem Mirko das Leumundszeugnis im Polizeikommissariat verweigert. Foutez nous la paix, hat man ihm dort gesagt. Kein subalterner Beamter, der Kommissär selbst. Daß die französische Armee sich solche Metèques schenken könne. Und daß er, so schnell wie möglich, sich zum Teufel scheren möge. Es wird vorerst über den Polizeikommissär geschimpft. Morgen, sagt Yvonne in ihrer cholerischen Stimmung, morgen werde sie mit Mirko hingehen und diesem Herrn von der Fünften Etage ihre Meinung sagen. Obwohl die Sache sich nicht lohne, immer klarer werde es, welche Art Krieg das sei, der da geführt werde.

Wir kommen so auf unser alltägliches Thema zu sprechen, auf den Krieg. Die Diskussion erreicht bald den Punkt, wo die Stimmen sich heben und die Hirne sich schließen, wo jede Diskussion ihren Sinn verloren hat. Nur Mirko, aus der kurzen Pfeife saugend, blättert in einer illustrierten Sittengeschichte. Das einzige, das er in das Feuer der Diskussion schleudert, sind Wassersträhne der Beruhigung: wir mögen doch endlich aufhören und von etwas anderem sprechen, es führe sowieso zu nichts, keiner könne keinen überzeugen. Da wirft Yvonne einen neuen Gedanken in die Auseinandersetzung. Einen geschichtstheoretischen Gedanken, der uns wieder zu uns bringt: das Geheimnis, in das jeder Krieg gehüllt ist.

Man erinnere sich nur an das Jahr vierzehn, sagt sie. Auch damals vergaßen die Arbeiterführer alles, wofür sie auf so vielen internationalen Kongressen gestimmt hatten und erklärten, jeder für sein Land, den Krieg für einen gerechten und die Sache des Sozialismus fördernden.

Eben, meint Torwald Siegel, eben das begreife er nicht.

Ob er, Torwald Siegel, damals schon Sozialist gewesen sei?

Nein, damals hatte er vom Sozialismus noch nicht viel gewußt. Erst nach dem Zusammenbruch der Weimarer Republik habe er die Notwendigkeit empfunden, eine Inventur seines gedanklichen Bestandes vorzunehmen. Diese Inventur ließ ihn unbefriedigt.

Vielleicht wäre auch er, Torwald Siegel, von den Ideen des Sozialismus abgerückt, wäre er im August Vierzehn Sozialist gewesen.

Unmöglich, das könne er nicht glauben. Die Lage war damals so durchsichtig, daß jeder ABC-Schütze des Sozialismus die Wahrheit hätte finden müssen.

Das meine er heute. Wahrscheinlich wird nach einigen Jahren einem anderen Torwald Siegel der August 1939 ebenso durchsichtig erscheinen, wie dem Torwald Siegel von heute der August 1914.

Hm, sagt Torwald Siegel und nicht mehr.

Da ich von unten hinaufkomme, ich habe unseren Gästen das Haustor aufgeschlossen, finde ich Torwald Siegel, wie er mit der Spitze seines Taschenmessers Körnchen aus der Giftflasche herausfischt und sie in eine Aspirin-Phiole steckt.

– Das wird wohl genügen? Er hält die Phiole gegen die Glühbirne.

– Für zehn Tode.

– Nun muß die Flasche weg.

– Schön, das haben wir schon gestern beschlossen.

– Aber auf der Stelle.

Warum nicht? Gibt es etwas Unkomplizierteres, als sich eines Fläschchens zu entledigen. Man wirft es einfach weg.

Man wirft es einfach weg. Nur wohin?

Was im ersten Augenblick als das simpelste Ding der Welt schien, nun erweist es sich ebenso kompliziert, wie die Vernichtung von Kaffee, Baumwolle und anderer nicht verkaufbarer Rohstoffe.

Unsere erste Erwägung ist, den Inhalt in das Klosett zu schütten und die Wasserspülung einige Male zu ziehen. Aber, wer weiß, wie Wasser auf Zyankali wirkt? Vielleicht entwickeln sich giftige Dämpfe, die aus den Klosettmuscheln in die Badezimmer der Wohnungen aufsteigen. Ich habe wohl 'mal Pharmakologie studiert, aber unter diesem Gesichtspunkt wurde die Frage von meinem Professor nie behandelt. Nein, das Klosett kommt nicht in Frage.

Unser nächster Gedanke ist der Abfallschacht. Daß wir nicht gleich darauf kamen! Aber – wohin führt der Schacht? In den Keller. In den Keller kommt der Hausmeister. Mit seinem Hund. Der Hund frißt das Zeug und stürzt tot nieder. Ein Deutscher wohnt im Haus. Noch lebt die Legende von den vergifteten Brunnen im Volke. Untersuchung. Nein, mit dem Abfallschacht ist gleichfalls nichts zu machen.

Am einfachsten: einer von uns steckt die Flasche ein, und dies sofort, geht nach unten und entledigt sich ihrer. In der Nähe ist ein leerer Bauplatz. Man könnte sie über den Zaun werfen. Aber wie, wenn man von einer Patrouille angehalten wird? Es ist zwei Uhr nachts. Zwar wird man dabei nur um Papiere gefragt, aber ist es ausgeschlossen, daß einen die Leute ins Kommissariat abführen und eine Leibesvisitation vornehmen?

In dieser Nacht ist jedenfalls nichts mehr zu machen. Morgen früh muß ich in die Préfecture. Torwald Siegel könnte vielleicht die Flasche unauffällig von einer Seinebrücke ins Wasser fallen lassen. Oder sie im Wald von Clamart verscharren. Oder sie über den Zaun auf einen nichtbearbeiteten Bauplatz werfen. Ohne einen Entschluß zu fassen, gehen wir auseinander.

Tags darauf komme ich am späten Nachmittag nach Hause. Seit Kriegsausbruch ist die Fünfte Etage beschwerlicher geworden. Wir müssen nun unten auf der Straße warten, eingepreßt zwischen zwei hölzernen Barrieren, wie in einer Hürde. Das ermüdet, und wenn es regnet, wird man naß. Aber die Spannung hat nachgelassen, die Angst vor dem nichtverlängerten Aufschub ist geschwunden. Nun sitzen wir fest. Der Krieg hat die Grenzen des Landes hermetisch verschlossen, das, was uns droht, ist zwar schwer, aber nicht ungewiß: das Konzentrationslager.

Torwald Siegel finde ich nicht in der Wohnung. Vielleicht ist er mit der Giftflasche noch unterwegs. Ich mache mir in der Küche zu schaffen, ich koche für uns beide, mal zu Mittag, mal zu Abend, wie es fällt.

Gegen acht kommen wieder die Tartarugas. Yvonne erzählt wie es im Kommissariat war. »Merde« hat ihr der Kommissär gesagt. »Oui, madame, je vous dis merde.« Ein Franzose, ein gebildeter Mann, einer Dame, einer Französin, der Frau eines Angehörigen einer verbündeten Nation, der Frau eines Kriegsfreiwilligen! In Paris, der Stadt der Galanterie!

In vielen Variationen und mit viel Temperament verbreitet sich Yvonne über das »Merde« des Polizeikommissärs. Handle es sich um das Merde eines Rohlings oder eines Fünftkolonnisten? Eines bornierten Fremdenhassers oder eines bewußten Faschisten?

Als wir unter dem Druck unserer leeren Mägen auf die Uhr blicken, ist es fast halb zehn. »Um so schlimmer für Torwald Siegel«, sage ich, »beginnen wir.«

Aber mir ist gar nicht so zu Mute. Ich würge die gefüllte Paprikaschote durch einen widerstrebenden Schlund hinab. Wie konnte ich ihm nur die Erledigung der Zyankalisache überlassen? Er wird sich wie der Spion in einem Zehn-Sous-Kriminalroman aufgeführt haben und allen Lesern dieser Art von Literatur sofort aufgefallen sein. Nun sitzt er in einer Polizeistube und beteuert seine Unschuld einem avancementlüsternen Kommissar, vor dem das Corpus delicti des beabsichtigten Massenmordes steht. Wäre es nicht richtig, die Tartarugas einzuweihen und sie aus dem Hause zu schaffen? Sonst werden auch sie in die Affaire verwickelt. Und ich selbst, soll auch ich nicht aus der Wohnung verschwinden? Oder wäre das nur noch verdächtiger? Die Tartarugas müssen auf jeden Fall weg. Ich lege Messer und Gabel beiseite, da geht das Schloß. Zu spät. Sie sind schon da. »Le voilà, enfin«, meint Yvonne, die Naive. Ich lächle wehmütig, ein Eingeweihter, der weiß, welche Überraschung uns da erwartet. Aber der Vorraum ertönt nicht von vielen und rücksichtslosen Schritten, es ist der leichte und verlorene Schritt Torwald Siegels, der allein erklingt.

Da tritt er auch ein, nichts an seinem Äußeren und seinem Gehabe drückt aus, daß sich irgendetwas Außerordentliches ereignet hätte.

Gleich nach der Begrüßung ziehe ich ihn in die Küche.

– Nun? frage ich. – Nichts. – Wieso nichts? – Es ist mir nichts Richtiges eingefallen. – Die Flasche ist also noch da? – Er nickt.

Gestern konnte er es nicht genug eilig haben, denke ich. Und jetzt ist es ihm einerlei. Gestern, meint Torwald Siegel beim Kaffee, hätten wir ihn schwankend gemacht. Aber dann habe er in der Nacht noch viel nachgedacht. Dieses Beispiel mit Neunzehnhundertvierzehn ließe sich auch anders darstellen: damals wie heute sind die Arbeiterführer von ihren Ideen abgefallen. Vierzehn die Führer der Zweiten, neununddreißig die Führer der Dritten Internationale. Vierzehn, indem sie von Gegnern zu Anhängern des Krieges wurden. Heute, indem sie mit dem Erzfeind der Arbeiterklasse, mit Hitler, einen Pakt geschlossen haben.

Was sagte man Vierzehn zu den Arbeitern, die erstaunt zusahen, wie sich ihre Führer auf den Kopf stellten? Man sagte ihnen: Vertraut euren erfahrenen Führern und nicht euren Augen. Eure Führer stehen nicht Kopf, es scheint euch nur so. Und die Arbeiter vertrauten. Und das war eben falsch. Grundfalsch. Und was sagt man mir heute? Vertraue! Obwohl das, was deine Führer treiben, dir wie ein Kopfstand erscheinen mag.

Ja, wenn die Russen sich nicht schon so oft geirrt hätten. Die Prozesse. Die Erschießungen. Damals habe er geschwiegen, weil er sich kein endgültiges Urteil zutraute. Aber jetzt, jetzt sehe er klar. Von den Prozessen zum Pakt ziehe eine gerade Linie.

Und wenn es nur ein Pakt wäre. Aber nein, es ist ein Bündnis. Ein richtiges Bündnis. Vom Kreml wehe die Hakenkreuzfahne. Stalin werde demnächst nach Berlin fahren und den Hitler mit »Heil Hitler« begrüßen. Weshalb habe man nur der Welt weisgemacht, daß Tuchatschewski ein Nazi und deshalb gefährlich sei, wenn man jetzt selbst mit den Nazis gehe?

Torwald Siegel, Torwald Siegel, wird dich unsere Stimme nie erreichen? Bist du der störrische Romanheld und sind wir die wohlmeinenden Leser, die vergeblich versuchen, auf das bedruckte Papier einzureden? Du hieltest dich für lügenfest und nun fällst du auf die erste großangelegte Lüge hinein. Du kennst die Regisseure: die prominenten und die weniger prominenten, Chamberlain und Daladier, Bonnet und Sir John Simon, Lord Runciman und Lady Astor. Du hast sie in vielen Trauerspielen Regie führen gesehen: im abessynischen und im spanischen, im österreichischen und im tschechoslowakischen, auf den Bühnen von Genf und Rom, von Paris und London, von Berchtesgaden und München. Du weißt, wie der Spiel-Zyklus hätte enden sollen – ähnlich wie in jenem Grimmschen Märchen von den beiden Riesen: Das Dritte Reich überfällt die Sowjetunion, beide schlagen sich tot. Du hast beobachtet, wie in den letzten Monaten dem Spiel eine neue Wendung gegeben worden ist: Verhandlungen mit Moskau. Die Wendung war neu, das Ende, auf das hin gespielt wurde, jedoch das alte. All dies hast du gesehen und jetzt, im letzten Akt, da die Intrige mißlungen, die Intriganten selbst in ihre eigene Grube gefallen sind, jetzt siehst du und hörst du nur, was die Grubengräber in ihren Zeitungen schreiben und was sie in ihre Mikrophone sprechen.

Es ist wahr: die Wahrheit liegt nicht leicht greifbar auf der Oberfläche. Sie liegt nicht in den Fotografien, wo Ribbentrop und Stalin nebeneinanderstehen, nicht in den Unterschriften, die so jäh und unerwartet sich auf diesem Pakt-Schriftstück vereinten. Noch herrschen die klassischen Regeln des Diplomaten Talleyrand, besagend, daß Worte da seien, um Gedanken zu verbergen. Noch muß diese Regel auch von jenen beachtet werden, die im Grunde Feinde jeder Kabinettsdiplomatie sind. Glaubst du wirklich, daß die Russen, die den Pakt unterzeichnet haben, gleichzeitig in die Welt posaunen können: Wir glauben Herrn Hitler kein Wort. Wir kennen den Wert seiner Freundschaftsbeteuerungen. Was wir wollen ist einfach: Zeit. Zeit für uns, um militärisch bereit zu sein, wenn die Stunde schlagen soll. Zeit für die Völker des Westens, damit sie gewahr werden, von wem sie sich haben führen lassen. Die nötige Zeit, um jene Stunde heranreifen zu sehen, wo die Koalition gegen den Angreifer zur Wirklichkeit wird.

Torwald Siegel, du tragischer Tor, auf uns willst du nicht hören. Vielleicht würden andere Zeugen dich hörend machen, andere, die du nicht einer blinden Parteinahme bezichtigen könntest. Doch sie schweigen. Joseph E. Davies, ehemaliger

Botschafter der Vereinigten Staaten von Amerika in Moskau, tritt in die Zeugenbank. Gib das preis, was du weißt. Berichte uns, was du in deinen Berichten an das Washingtoner Außenamt niedergelegt hast. Erzähle uns, wie die anglo-französische Diplomatie die Sowjetunion in die Isolierung zu treiben versuchte. Wie sie die Stärke der russischen Armee und Wirtschaft trotz besseren Wissens verkleinerte. Wie sie die Verhandlungen verschleppte. Wie sie der Sowjetunion vitale Garantien verweigerte, die sie für sich selbst und ihre Verbündeten von ihr forderte. Wie sie trotz der Warnungen, die ihr von allen Seiten zugingen, des Inhalts, daß die Sowjetunion einen Pakt mit Deutschland abschließen werde, falls sie den Eindruck gewänne, daß man mit ihr kein ehrliches Spiel spiele, das unehrliche Spiel weiterspielte. Wie Downing Street und Quai d'Orsay im geheimen damit rechneten, daß Polen, einmal von Hitler als Leiche vom Kampffeld weggeräumt, die Arena für einen deutsch-russischen Zweikampf freimachen werde. Sage aus, was du von den Prozessen weißt: daß sie nicht dem Sadismus und Cäsarismus Stalins entsprungen waren, sondern der Sorge um die Sicherheit des Landes.

Hätte Joseph E. Davies derart in unsere Diskussion eingegriffen, – heute, vier Jahre später weiß ich es – manches hätte sich anders gestaltet. Dein Leben, Torwald Siegel, auch dein Leben.

Unsere, zum siebenundsiebzigsten Male geführte Auseinandersetzung überzeugte Torwald Siegel nicht. Sie machte ihn aber schwankend. Schwankend – und deswegen unruhig.

Einen Menschen, der entschlossen ist zu sterben, beunruhigt der Gedanke nur wenig, daß er im Chateau von Vincennes erschossen werden könnte. Das Erschießungspeloton ist dann eine der vielen Varianten des Todes. Schwankt er aber in seinen Absichten, hat er mit dem Leben noch nicht endgültig abgeschlossen, so wird aus einer Variante des Selbstmords eine furchtbare Todesart.

Die Giftflasche, die den ganzen Tag über aus Torwald Siegels Blickfeld entschwunden war, rückt wieder in seine Mitte.

Nachdem die Gäste abgezogen sind, erwägen wir von Neuem, wie wir das Zyankali los werden könnten. Und ähnlich wie in der Paktdiskussion drehen wir uns im Kreise.

Ein Gedanke reißt uns schließlich aus dem Wirbel. Er stammt von Torwald. Der Gedanke Szent-Istvan. Der Ungar Szent-Istvan. Der Fotograf Szent-Istvan. Fotografen benötigen für ihre Arbeit Zyankali. Morgen werden wir dem Szent-Istvan die Flasche bringen.

Der nächste Tag ist ein Sonntag. Ich trinke mit Torwald Siegel die zweite Tasse Kaffee, es ist wie gewöhnlich Mittag geworden. Von der Straße her kommt der Ruf eines Zeitungsjungen: »L'Intran, L'Intran!« Und der Inhalt der Schlagzeile, von dem nur das Wort »Les Russes« bis zu uns hinaufweht.

Les Russes? Was gibt es Neues mit den Russen? Ich laufe nach unten. Die Russen sind in Polen einmarschiert.

Voilà, sagte Torwald Siegel, nun lohne es sich nicht mehr. Nein, es lohne sich nicht. Die Einen gleichen den anderen.

Wenn zwei das Gleiche tun, meine ich, dann müsse das nicht das Gleiche sein. Die Russen wären in Polen aus strategischen Erwägungen einmarschiert. In der Voraussicht eines Überfalles Hitlers auf die Sowjetunion, der kommen müsse.

Ach, diese Worte kenne er aus unzähligen deutschen Erklärungen. Mit diesen Worten der Besorgnis um die eigene Sicherheit haben die Nazis alle Verträge gebrochen, die Rheinlandzone militarisiert, Prag besetzt, Polen überfallen.

Auch sind diese Gebiete, taste ich nach anderen Gründen, von Ukrainern besiedelt. Neunzehnhundertzwanzig hätten sie nach der Curzon-Linie der Sowjetunion zufallen sollen. Sie wurden ihr von den Polen entrissen. Sei es nicht vorteilhafter für die Ukrainer, daß sie sich mit dem Stamm ihres Volkes in einer sozialistischen Republik vereinigten, als daß sie unter das Joch der Nazis kämen?

Ach, auch diese Leier klinge ihm wohlbekannt. Unter dem Vorwand des Selbstbestimmungsrechts der Völker hat Hitler Österreich besetzt, die Sudeten sich geholt und den Krieg gegen Polen eingeleitet.

Könne denn er, Torwald Siegel, die Existenz der Wahrheit leugnen, nur weil die Lüge sich so oft als Wahrheit maskiert? Soll es keinen Sozialismus geben, weil Hitler sich einen Sozialisten nennt? Kein Selbstbestimmungsrecht der Völker, keine Besorgnis um die eigene Sicherheit, weil Hitler die eine in die Unterdrückung der Völker, die andere in Vorbereitung zu Angriffskriegen umgestülpt hat? Abwarten, Torwald Siegel, abwarten!

Abwarten? Es lohne sich nicht mehr. Nein, er denke nicht daran, das Zeug zu Szent-Istvan zu schaffen.

Ich protestiere. Ich kenne den Szent-Istvan nicht und kann deshalb die Giftflasche nicht hintragen. Hierbleiben aber kann sie auch nicht. Nun gut, dann werde er sie hinschaffen, aber nur meinetwegen.

Am Nachmittag ziehen wir gemeinsam zum Szent-Istvan. Es ist ein sonntäglicher Sonntag. Er gleicht jenem vor zwei Wochen, dem ersten dieses Krieges. Unwirklich friedlich liegt die Straße vor uns: die Frau mit den zwei Knaben in blauen Matrosenanzügen, die aus einem Haus tritt, die Sonne, die träge und duselig in dieser Häuserschlucht liegt, die leeren Korbstühle eines Bistros, halb im Schatten ein zusammengerolltes Kätzchen. Unwirklich hören sich auch unsere Schritte an, die wie eingestanzt in die Stille dieser Millionenstadt klingen.

Als wären in dem unkriegerischen Äußeren dieses Pariser Kriegssonntags alle Widersprüche der Welt eingeschlossen: die Kriegserklärung ohne Krieg, der Beistandspakt ohne Beistand, – nicht mit einer Flugzeugbombe haben die Alliierten den Polen beigestanden – der Freundschaftspakt ohne Freundschaft, das »Merde« des Polizeikommissärs für den Kriegsfreiwilligen, die Konzentrationslager für die Feinde der eigenen Feinde. Torwald Siegel, der an meiner Seite schreitet und den Tod sucht, weil er sich im Besitz der Wahrheit wähnt, die eine Lüge ist.

An jenem Sonntag ereignet sich bei uns nichts mehr, was wert gewesen wäre, niedergeschrieben zu werden. Es sei denn, daß Szent-Istvan die Zyankaliflasche anstandslos annahm und sie in das Regal zu seinen übrigen Chemikalien stellte.

Der Tod Torwald Siegels fiel auf den nächsten Tag. Denn als wir nachts nach Hause kamen, war es schon ein Uhr.

Die Flucht nach Andorra

Tagsüber gibt es den Trott. Den Alltagstrott, der sich unabhängig davon entwickelt, ob nun draußen in der Welt die Deutschen in Norwegen landen, ob der russisch-finnische Krieg zu Ende geht, ob Daladier zurücktritt und Reynaud das Ministerium übernimmt, ob Brüssel fällt oder Dunkerque sich noch immer hält. Bei uns gibt es den Flaggensalut, die Appelle, die Arbeitskommandos, das Anstellen zum Essen, die »Depêche«, das Radio-Tinette und das Radio-Toulouse, die Idiotien des Sergeanten Napoleon, die Schikanen Toussaint-Lefermetures, kurz den ewigen Stundenplan des Konzentrationslagers von Vernet, das in seinen vielen Baracken Angehörige aller Nationen Europas und einiger anderer Kontinente einlagert.

Um sechs Uhr wird aufgestanden. Um viertel nach sieben tritt ein Zug an und marschiert – un, deux, un, deux, un, deux – zum Lagertor und von hier zum Platz der Kommandantur, wo die Trikolore gehißt wird. Um halb acht treten wir zum Morgenappell an, zum ersten am Tage. Napoleon schreitet die Reihen ab, worauf er die Baracken- und Sektionschefs zu sich heranpfeift, wie seiner Ansicht nach der erste Napoleon seine Marschälle herangepfiffen hat. Schließlich hält er uns eine kurze, aber verworrene Ansprache, deren Schlußsatz – tout le monde au travail – wir bei jeder Gelegenheit ironisch anwenden. Der Name Toussaint-Lefermeture stammt von uns, eine Umstülpung des Namens Toussaint-Louverture, aber unser Sergeant hat mit jenem Revolutionär von Saint Dominique nur das gemein, daß er schwarz ist. Lefermeture schleicht durch unsere Reihen und ertappt den einen oder den anderen beim Reden oder beim Lesen: »Alors, mon pot, cinq jours de Tinettes«. Tinette, das ist kein Mädchenname, Tinetten heißen die großen weißblechernen Kübel, die unter den Latrinenhäuschen stekken und bis zur Mitte und noch höher sich täglich füllen. Sie werden – un, deux, un, deux, un deux – zu einem Flüßchen getragen, nach dem unser Departement seinen Namen führt, zur Ariège. Dort werden sie in eine Senkgrube entleert und im Fluß fein reingewaschen.

Inzwischen sind – un, deux, un, deux, un, deux – auch die Außenarbeitskommandos ausgezogen. Das eine erweitert und pflegt den Friedhof – dort wenigstens sollen es die Internierten schön und bequem haben. Das andere säubert Kanäle, lädt Steine und Schotter. Un, deux, un, deux, un, deux hat sich das Intendanz-Arbeitskommando in Bewegung gesetzt. Auf Tragbahren, in Säcken, in Büchsen und auf den Schultern werden da Rüben, Karotten, Kohlköpfe, Brot, Holzstämme herangetragen, manchmal auch Fleisch. Die Kolonne der Maroden – Furunkulose, Zahnschmerzen, Grippe, Neuralgie und Krätze – humpelt, wankt – un, deux, un, deux, un, deux – dem Ambulatorium zu. Mit un, deux, un, deux, un, deux ziehen des Sonntags die Katholiken, Protestanten und Griechisch-Orthodoxen, des Sonnabends die Juden zu ihrem Gott. Und an Tagen, die Herr Barray, Leiter der Kulturbaracke bestimmt, marschiert mit un, deux, un, deux, un, deux ein Auditorium zum Vortrag über die italienische Philosophie des neunzehnten Jahrhunderts, denn außer Zweifel steht, daß die wichtigste Disziplin der Philosophie die Disziplin ist.

So ist es elf Uhr geworden, was Anlaß zum zweiten Appell gibt. Das »Gardez à vous!« ertönt zweimal. Die zweite Ehrenbezeigung machen wir weniger ungern. Sie gilt unserem Postmeister, genannt Ajax oder auch Himmelstoß, einem brummig-gutmütigen Sergeanten, der mit einer Kartonschachtel unter dem Arm herankommt. Aus der Schachtel lugen Briefumschläge, manchmal sind sie rot-blau umrändert und von einer in Europa unbekannten Länge, Luftpostbriefe aus Amerika, die sich jeder wünscht, um die jeder beneidet wird.

Nach dem Appell stürzen viele in die Baracken und kommen eilig mit den Eßgeschirren in den Händen zurück. Der Suppenkessel wird erst in einer halben Stunde herangebracht werden, aber wer vornean steht, der kann auf Nachschlag – oder Regancho, wie er bei uns spanisch heißt – hoffen.

Manche haben inzwischen schon ihre ganze Brotration aufgegessen, die sie vormittags gefaßt haben, manche strecken sie bis morgen früh – verschwenderisch und sparsam verhält sich der Mensch auch dem Hunger gegenüber. Der Hunger hält hier die Menschen in einer Zange. Er hält sie fest, selbst nach der Mahlzeit läßt er sie nicht ganz locker. Er diktiert ihre Gedanken und Gesprächsthemen: Wienerschnitzel mit Bratkartoffeln,

Schweinebraten mit Sauerkraut, oder einfach Brot, viel Brot, so viel, wie man Lust hat. Abends läßt einen der Hunger nicht einschlafen, mancher erhebt sich von seinem Lager, um in dem Brotsack nach dem Schlafmittel zu suchen, nach dem Brotrest, den man sich für morgen früh aufbewahrt hat.

Doch in jenen Tagen war hier noch nicht der schlimmste Hunger eingekehrt – man aß damals in Vernet noch keine Ratten.

Die Chaussee unter unserem Lager, die von Toulouse nach Pamiers und von dort in die Pyrenäen zur spanischen Grenze zieht, ist bis vor kurzem noch eine ruhige Provinzstraße mit geringem Verkehr gewesen, Lieferwagen und ähnliche Belanglosigkeiten auf Rädern befuhren sie. Seit einigen Tagen rollen auf ihr Fahrzeuge ganz besonderer Art: Autos mit umgürteten Matratzen, Bündeln und Hühnerkäfigen, Lastwagen mit winkenden Kindern, lange Konvois mit Soldaten.

Eine Verwandlung hat auch der Schienenstrang durchgemacht, der jenseits der Chaussee auf dem Damm verläuft. Früher ratterten über ihn fahrplanmäßig acht Züge am Tage, vier nach Bourg Madame und vier nach Toulouse. Der erste brachte uns die »Depêche de Toulouse« und der letzte nahm dann und wann, jeden Monat einmal, einen Glücklichen mit, der auf Gott weiß wie hohe Intervention aus dem Lager entlassen wurde. Seit einigen Tagen sind es nur noch vier Züge, und auch die kommen nicht mehr fahrplanmäßig vorbei. Was aber vorbeirollt, den ganzen Tag über, sind Lastzüge mit Soldaten und Ambulanzen und Geschützen und anderem Kriegsgerät – die letzten Ausläufer des französischen Debakel.

Wie schnell wiederholt sich, was wir vor einem Jahr in Katalonien erlebt haben: der Auszug ganzer Ortschaften mit der allernötigsten Habe – diesmal ziehen sie nach dem Süden und nicht nach dem Norden. Der SOS-Ruf nach Waffen, nach Tanks und Flugzeugen – heute ist es nicht Negrin, heute ist es Reynaud, der ihn ausstößt. Das Zurückfluten einer geschlagenen Armee, diesmal ist es nicht die improvisierte und jämmerlich ausgerüstete spanische Volksarmee, diesmal ist es ein Heer mit jahrhundertealten Traditionen, mit reichen Arsenalen und mächtigen Verbündeten.

Die Chaussee zieht in den letzten Tagen unsere Blicke aber auch aus einem anderen Grunde an: der Frauen wegen. Es sind nicht die üblichen Frauen aus Vernet und Pamiers, nicht die Bäuerinnen, die ihren Klepper antreiben, nicht die Krämersgattinnen, die sonntags zum Kirchengang und Spaziergang ausrücken, auch nicht die Mädchen, die in ihren fliegenden Röckchen auf Rädern zur Schule sausen – es sind ortsfremde Frauen. Sie gehen langsamen Schrittes die Straße entlang. Es scheint, als würden ihre Beine selbständig den Weg gehen. Die Gesichter sind starr auf das Lager gerichtet. Für diese Frauen ist das Stück Straße kein Durchgang, kein Verkehrsmittel, für sie ist es Ziel und Zweck. Ihre Blicke suchen hinter dem Stacheldraht den Mann, den man ihnen vor vielen Monaten so jäh entrissen hat. Manchmal führen sie ein Kind an der Hand. Haben sie ihn entdeckt, den Mann, ihren Mann, so leiten sie mit ihrem Zeigefinger die Augen des Kindes nach jener Stelle: »Sieh den Papi!«

Nein, sie winken nicht und rufen auch nichts ihren Männern zu. Das haben sie schon herausgefunden, daß sie daraufhin von dem Wachtposten vertrieben werden. Sie lächeln nur, ein Lächeln bitter von Alleinsein und Not, von der Flucht aus Paris, das nicht mehr Paris ist.

Tagsüber gibt es auch einiges zu hören. An dem Lichtmast neben der Kantine ist ein Lautsprecher angebracht, jedes Quartier hat seinen. Durch sie verbreiten sich über das Lager, laut und heiser, die Stimmen unserer Lagerherren und die Stimme des Toulouser Sprechers. Die ersteren warnend, verbietend, anordnend, die letztere die neuesten Nachrichten wiedergebend.

Die letzten Tage haben auch den Äther aufgerüttelt. Nicht mehr plätschern aus dem Lautsprecher beschauliche Schilderungen vom komfortablen unterirdischen Haushalt in der Maginot-Linie, nicht mehr pathetisch-verschnörkelte Reden anläßlich einer Fahnenweihe, nicht mehr epische Berichte über das Heranpirschen einer Patrouille an den Feind im Niemandslande. Was jetzt da herausquirlt ist von einer unheilvollen Knappheit, bebt von der Erregung des Unausgesprochenen, rollt einem Abgrund zu. Aufruf nach Aufruf. Hilfeschrei nach Hilfeschrei. »Eher sterben als weichen«, letzter Tagesbefehl des oberkommandierenden General Gamelin. »Wolken von Flugzeugen müssen über den Ozean geflogen kommen, soll Frankreich sich noch halten«, letzter Hilferuf Reynauds an Roosevelt. Sogar das Sendezeichen, das ewig ruhende in der Flut der Ereignisse, ändert sich von Sendung zu Sendung, flattert von einer Strophe der Marseillaise zur anderen in einem tragischen Crescendo.

Seit diesem dramatischen Programmwechsel leeren sich zu den feststehenden Zeiten die Baracken und es füllt sich der Platz vor dem Lautsprecher zwischen der Kantine und dem ersten Latrinenhäuschen.

Eines Nachmittags peitschte der Regen in dicken Strähnen über den Hof, als das Rundfunkzeichen erklang. Wir standen da in dieser Wasserflut, nur wenige hatten Schutz unter den Planken der Kantine und unter dem Dach des Latrinenhäuschens gefunden – und lauschten.

Der Lautsprecher meldete den Fall von Sedan. »Nun muß ein Comité de Salut Public kommen«, sagte Minzow zu mir, als wir nach Schluß der Sendung uns in die Baracke drängten. »Allein ein Comité de Salut Public kann heute Frankreich retten«, heute war Minzow, der Redakteur einer menschewistischen Zeitschrift, sehr radikal. »Sie werden sehen: noch heute kommt ein Comité de Salut Public«. Gründlicher als meine ironische Antwort zerstörte die nächste Rundfundksendung auch diese Illusion Minzows: sie kündete den Eintritt Pétains in die Regierung an.

Unsere Wächter, beauftragt, Frankreich vor dem Treiben subversiver Ausländer zu beschützen, interessierten die Nachrichten weniger. Sie standen selbst bei gutem Wetter nicht vor dem Lautsprecher. Sie warteten auch nicht mit Ungeduld auf den Zeitungsmann, lasen die »Depêche«, falls sie überhaupt lasen, nur flüchtig. Es war als wären sie die Feinde Frankreichs und wir Internierten seine Beschützer.

Capitaine Poulain, hager, elegant und langbeinig, überwachte in jenen Tagen die Anlegung eines Gärtchens vor seinem Büro. Die Ornamente der hölzernen Blumenständer fand er nicht kunstvoll genug, wogegen er mit dem grottenartigen Steinhaufen zufrieden schien. Aber nicht nur auf Schönheit achtete er, er achtete ebenso sehr auf Dauerhaftigkeit, in den Tagen, da ganz Frankreich zusammenbrach.

Tagsüber gab es auch das Radio-Tinette, ein klangvoller Titel für Gerüchte, an denen es in unserem Lager keinen Mangel gab. Mal waren die Russen mit sechzig Divisionen in Deutschland eingebrochen, mal hatte Spanien Frankreich den Krieg erklärt. So sensationell wie die Wahrheit, so phantastisch wie die Wirklichkeit konnten aber die Radio-Tinette-Sendungen gar nicht sein. Daß die Deutschen in Tagestouren von zweihundert Kilometern durch Frankreich spazieren fahren, daß sie fast ohne einen Schuß das Wunderfestungswerk aller Zeiten, die

Maginot-Linie nehmen werden, daß man ein Bataillon königstreuer belgischer Soldaten zu uns Suspekten ins Lager stecken werde – dies vorauszusagen war auch der sensationslüsternste Ansager des Radio-Tinette nicht skrupellos genug.

Tagsüber gab es also den Trott, den Un-deux-Rhythmus, die Chaussee, die »Depêche«, das Radio-Toulouse und das Radio-Tinette, die Idiotien Napoleons und die Schikanen Lefermetures. Nun aber ist Nacht geworden, zehn Uhr. Der Trompeter drüben hat Retraite geblasen. Aus der Altersbaracke, die einen eigenen Radio-Apparat besitzt, sind auch die letzten Nachrichten über den Stacheldraht zu uns gedrungen, schlechte Nachrichten, bedrückende Nachrichten. Die Lichter sind abgelöscht, von den drei Lampen brennt in der Baracke nur die mittlere. Etage über Etage, Mann neben Mann liegen die Internierten, allein mit ihren Gedanken und Ängsten.

Ich bin bei Freunden in der Baracke 19 zu Gast gewesen und kehre heim. Unter dem Nachtlicht, in der Mitte des Korridors, der sich durch unsere Baracke zieht, sitzt der irre Kapitän Radio, neben ihm steht an einen Balken gelehnt unser Allan. Kapitän Radio, gespenstisch hager und in einen pelzumbordeten Morgenrock à la Ivan der Schreckliche gehüllt, entwirft Ornamente. Tagsüber wird er sie in seine Ringe schnitzen, die er aus Knochen mit viel Geduld und nervenzerreibendem Geräusch erzeugt. Allan liest wie immer stehend, ein rundliches kleines Zwerglein mit einem kahlen Schädel und einem roten aufgedunsenen Kindergesicht. Er liest, ich brauche gar nicht genauer hinzugucken, die »Thibaults«.

»Welcher Band, Allanchen?« Allan hebt, ohne ein Wort zu sagen, das Buch, damit ich den Titel sehe. Es ist der »Sommer 1914«.

Ich kann mir jene Zeit ohne die elf Bände der Thibaults gar nicht vorstellen. Wir standen um sie an, von Band zu Band. Wir fluchten auf die, die langsam lasen und so das Fließband unserer Lektüre zum Stocken brachten. Wir wollten vor unserem Ende – mit den Thibaults zu Ende kommen.

Die Sonne schien. Wir lagen mit nacktem Oberkörper vor den Baracken. Wir rührten uns nicht von der Stelle. In der Hand hielten wir einen Thibault-Band. Um uns stürzte eine Welt ein.

Das Handeln verzehrt die innere Spannung. Wir konnten nicht handeln. Wir waren im Gehege unseres Stacheldrahts zum Nichtstun verurteilt. Je näher der Kriegslärm an uns heranrückte, um so stärker pochte in uns die Unrast. Für unsere

Wachmannschaft bedeutete die Ankunft der Deutschen – Gefangenschaft. Für uns politische Hitlergegner – vielleicht den Tod.

Wir lasen die Thibaults. Wir sahen uns selbst in eine geschichtliche Distanz abrücken und unsere Ängste um den morgigen Tag sich in eine mehr sachliche Neugierde verwandeln.

In den Thibaults brach die Zweite Internationale zusammen, um uns die Dritte Republik. Mit Jacques, dem Helden der Thibaults, fragten wir uns bange, was aus Europa werden wird. Mit Jacques' Bruder, dem vergasten Stabsarzt, starben wir den Zeitlupentod. In unseren Tagebüchern führten die unheilverkündenden Symptome keine medizinischen Namen. Da war nicht von progressiven Lungenödemen, nicht von der Paralyse des Facialis, nicht von der Arythmie des Herzens die Rede, vielmehr vom progressiven Vordringen der Hitlerarmee, von den blutigen Massakers der Flüchtlinge auf den verstopften Landstraßen, von der Paralyse jedes zentralen Verteidigungswillens.

Wie zwei Verneinungen eine Bejahung, so ergaben zwei Unruhen, die in uns hämmerten, eine Ruhe.

Und waren wir mit dem elfbändigen Epos Roger Martin du Gards zu Ende, die Thibaults gaben uns nicht frei. Wir schrieben in unseren Köpfen die Fortsetzung, einen zweiten Romanzyklus mit Jacques' Sohn als Helden. Seine Mutter Jenny hatte ihn erzogen, damit er seinem Vater gleiche: so kompromißlos wie er, so mit seinem Leben für seine Ideale einstehend wie er, so erfüllt von der Sorge um die Menschen, wie er. Der jüngste Sproß der Thibaults, einer erzkonservativen Familie, wird jetzt an die fünfundzwanzig Jahre alt sein. Was mag aus ihm geworden sein? Ein Angeklagter vor einem Militärtribunal, wie jene vier Pariser Arbeiter, die dieser Tage zum Tode verurteilt wurden und von denen keiner mehr als zweiundzwanzig Jahre zählte? Ein Internierter eines Konzentrationslagers, gleich uns? Unter Flanderns Erde begraben? Ein Glied des Debakel, das an uns vorbeizieht?

Ich klettere die Sprossen der Leiter hinauf, ich wohne auf der zweiten Etage, tapse mich behutsam zwischen den Beinen meiner Nachbarn durch, rolle meinen Strohsack auf und lege mich in den Kleidern wie ich bin nieder.

Ich schließe die Augen. Vergebliche Mühe. Neben mir, zur linken Seite, wälzt sich Karl. Im Dunkeln kriecht die Unruhe vom nachbarlichen Lager an mich heran und rieselt durch alle Poren in meinen Körper. Sie rüttelt und schüttelt mich und läßt mich tief aufseufzen gleich ihm.

– Du kannst nicht schlafen?

Als Feststellung sind diese Worte, die ich an Karl richtete, überflüssig, als Frage sind sie dumm. Denn ich höre ja, daß er nicht einschlafen kann und ich weiß auch, warum nicht. Aber ich kann dieses stumme Hin- und Herwälzen länger nicht mehr ertragen. Die Stille muß zerschlagen, etwas muß gesagt werden, wie dumm, wie überflüssig es auch sein mag.

– Nein, kommt es aus der Dunkelheit zurück, ich kann nicht einschlafen. Und nach einer Weile: – Meine Wäsche ist auch nicht trocken.

Unsinn, das mit der Wäsche! Wird er eben das Hemd, das er am Nachmittag noch gewaschen hat, nicht auf die Flucht mitnehmen – falls es heute Nacht doch noch dazu kommen sollte. Karl ist zwar sehr ordentlich, aber was ihn auf seinem Lager schüttelt, das ist sicher nicht die feuchte Wäsche, vielmehr ist es der Gedanke, mit dem er sich abends zur Ruhe legt, der ihn im Schlaf durch die wildesten Träume jagt, mit dem er morgens erwacht, als wäre die Nacht nur ein Strich durch diesen Gedanken, ein Gedankenstrich gewesen. Der Gedanke, was geschehen wird, wenn Wagen, die Hakenkreuzfahne auf dem Kühler, vor der Kommandantur parken und SS-Leute die Listen der internierten Deutschen vornehmen werden.

Das hat er schon einmal erlebt, der Karl, aber damals, als man ihn 1933 in Berlin verhaftete und nach dem Columbiahaus brachte, hatte er nicht gewußt, was ihm bevorstand. Da waren alle seine Organe noch heil und saßen auf dem richtigen Fleck. Jetzt schwimmt seine linke Niere frei in der Bauchhöhle herum und bei jedem Witterungswechsel schmerzt ihn sein Schädel zum Bersten, kein Aspirin, kein Veramon, kein Veganin hilft dagegen. Jetzt kennt er das Programm, die Nummern und Akte des Grauens. Einmal hatte er es überstanden. Ein zweites Mal?

Aber auch hier im Lager von Vernet. Jawohl, auch hier. Noch fühlt er die plumpen Finger des Sergeant-Chef auf seinem Hals. »Ich erwürg' dich«, hat jener geschrien, »ich erwürg' dich, sale boche«. Und weswegen? Weil er gestern nicht zum Kartoffelkäfersuchen angetreten ist. Und hat nicht »Gamelin« – zu jener Zeit war Gamelin, der wirkliche Gamelin, noch ein großer Heeresführer und der kleine blonde Sergeant hörte sich nicht ungern so genannt – hat nicht »Gamelin« von einer schwarzen

Liste erzählt mit hundertachtzig bis zweihundert Namen, die alle ... Wer zu diesen hundertachtzig bis zweihundert Namen zählt, das hat er nicht gesagt, desgleichen hat er nicht gesagt, was mit den hundertachtzig bis zweihundert geschehen soll. Doch waren der Tonfall seiner Stimme und die begleitenden Handbewegungen nicht mißzuverstehen. Und hat nicht Donatt, der außerhalb beschäftigt ist, im Gasthof ein Gespräch belauscht, in dem das onomatopoetische Wort »Pam-pam« fiel? »Unter den Internierten gibt es einige nicht schlechte Typen, zugegeben. Aber die Mehrzahl ist Gesindel, internationale Radaumacher von Profession. Pam-pam und Schluß, das wäre das einzig Richtige«. So sprach der Wirt zu einem Gast. Woher hat er diese Ansichten? Doch nur von der Wachmannschaft, die bei ihm verkehrt.

– Balk!

– Nun?

– Wie weit ist Clermont-Ferrand von hier entfernt?

– Weiß nicht. Vielleicht vierhundert Kilometer. Vielleicht auch mehr. Aber das war ja nur ein Gerücht.

Hm, murmelt er, nicht sehr überzeugt, wie ein Mensch, der die Welt aus seinem Starrkopf sieht und jedem und allem mißtraut. Es ist schlimm mit Karl geworden. Thomas hat nach dem Abendessen zwei Stunden mit ihm verbracht und ihm gut zugeredet: »Karl hat sich beruhigt«, hat mir Thomas nachher berichtet. Aber wie das schon ist mit Ängsten, die aus dem Bereich der normalen Feigheit in das der Phobien hinüberwechseln – die Dauer der psychotherapeutischen Dosis war nur kurz.

– Siehst du, den Friedrich und den Hardt haben sie doch nicht mehr holen lassen. Karls Stimme wird von dem Pessimismus des »Ich-hab'-das-gleich-gesagt« getragen.

– Nein, sie haben sie nicht holen lassen.

– Sie haben es ihnen aber versprochen.

– Ja, versprochen haben sie es ihnen.

– Heute morgen hieß es noch: um zehn Uhr vormittags. Und ich Idiot habe in meinem guten Anzug die Tinette geschleppt.

Heute morgen hatte man uns nämlich gesagt, wir sollen uns für zehn Uhr bereithalten. Die, die Tinettendienst hatten, zogen in ihren besten Anzügen aus, um sich nachher nicht umkleiden zu müssen. Karl war einer von ihnen.

– Vielleicht lassen sie sie noch rufen.

– Quatsch.

Ja, Quatsch. Die vorne haben manches versprochen. Der Lagerkommandant, der kleine wacklige Oberstleutnant Duin hat uns sein Ehrenwort gegeben: nie werde er uns den Nazis ausliefern. Sein Informationskapitän empfängt seit Tagen den Friedrich und den Hardt, zwei notorische Kommunisten, bisher hat sich nie Ähnliches ereignet. Die beiden haben ihm eine Liste mit zweihundert Namen überreicht, eine Liste von Hitlergegnern; die man freilassen müßte, bevor es nicht zu spät wird. Seit Tagen wird da verhandelt, engere Listen werden angefordert und noch engere, von den sehr, den am meisten Bedrohten. Aber wer kann sich auf diese Versprechungen verlassen? Hält der Informationskapitän nicht von Anfang an jeden, der nicht durch Denunziation von Stalinisten seine Loyalität unter Beweis gestellt hat, für staatsgefährlich? Und heutzutage mehr denn je – da die Hälfte Frankreichs vom Feinde besetzt und die andere Hälfte von Panik erfaßt, da kein Journal Officiel mehr die Tage markiert, da die Präfekten, die Kommandanten der Militärregionen und Konzentrationslager vergeblich auf die Verordnungen und Rundschreiben aus der Rue St. Dominique und der Place Beauvau warten, da die Regierung wie ein Haufen Zigeuner in ihren Wagen das Land durchzieht und in diesem und in jenem Préfecture-Gebäude endlose Sitzungen abhält, die von Uneinigkeit, Zögern und Ratlosigkeit sprechen.

Und wenn auch der Oberst Duin und der Informationskapitän besten Willens wären, selbst dann bleiben unsere Chancen gering. Das, was sich Frankreich nannte, schmilzt an jedem Tag um viele hunderte Quadratkilometer zusammen. In diesem Organismus, dessen Glieder abgeschlagen und dessen Kopf irgendwo auf den Chausseen der Gironde dahinrollt, arbeitete nur noch ein einziges Organ und auch nur kraft des Trägheitsgesetzes: die Administration. Sich selbst überlassen, rasselt sie weiter, rostig und überaltet. Nach wie vor haben wir in diesen Tagen des Zusammenbruchs unsere Gesuche mit der üblichen Phrase »J'ai l'honneur de solliciter de votre haute bienveillance« zu beginnen und sie mit der Formel »Veuillez agréer, Monsieur le Commandant, l'expression de mes sentiments les plus respectueux« zu beschließen. Was auch immer kommen mag, solange in Foix noch ein Préfet d'Ariège und in Toulouse ein Kommandant der siebzehnten Militärregion amtiert, wird Oberst Duin selbst keinen Entschluß fassen. Und jene beiden Vorgesetzten werden sich wiederum hüten, etwas zu veranlassen, solange der Innenminister nicht dazu ausdrücklich den

Befehl gibt. Wer weiß, jedoch, wo der Innenminister steckt, und ob er überhaupt noch eine Stenodaktylo zu seiner Verfügung hat. Und wüßte man auch, wo er steckt, und hätte er auch eine Stenodaktylo zu seiner Verfügung, wozu sollte er sich den Kopf über Dinge zerbrechen, die gut sind, wie sie sind, wenn tausenderlei Brennenderes auf seine Entscheidung wartet.

Karl wälzt sich noch immer auf seinem Lager, mit ihm wälzen sich das Columbiahaus und Oranienburg, der böse Sergeant-Chef und die schwarzen Listen Gamelins, das Pam-pam des Gastwirts und das Pam-pam der heranrollenden Gestapo.

Eines geruhsamen Schlafes hingegen erfreut sich mein rechter Nachbar. Er stößt aus vollen Backen den Atem durch Mund und Nase und erzeugt damit ein Geräusch, als ob Luft durch Wasser geblasen würde. Es ist Herr Pelzmantelis, von dem man sagt, daß er sein Geld im Waffenhandel gemacht hat.

Zu dem Pusten Pelzmantelis gesellt sich ein neues Geräusch. Ein sägendes, grunzelndes, abscheuliches. Rylkin schnarcht. Rylkin in allen Ehren: er, ein weißrussischer Emigrant, Chauffeur in Paris, hat sich unten in Spanien wacker geschlagen und hier im Lager einen sehr guten Gesangschor geschaffen. Rylkin in allen Ehren. Nur wenn er zu schnarchen beginnt, dann könnte ich ihn töten. Es fiele mir nicht schwer, schlaflos zu liegen, wenn ich in meinem eigenen Zimmer wäre, da könnte ich lesen und einfach meinen Gedanken nachgehen. Aber hier und heute trifft mich jeder Schnarchlaut wie ein Peitschenhieb. Rechts Rylkin, links Karl, der sich noch immer ruhelos herumwälzt. Mein Herz schlägt mir bis zum Hals hinauf, laut und unregelmäßig. Ich erhebe mich, schlüpfe in meine Schuhe, erreiche die Leiter und schwinge mich nach unten.

Unter dem Nachtlicht finde ich wie zuvor den verrückten Kapitän Radio und Allan. »Alors«, frage ich den Kapitän Radio, »was meldet Moskau?« Die Bolschewisten haben nämlich ihm, dem gewesenen zaristischen Kapitän einen Radio-Empfänger in den Schädel eingebaut und geben ihm mit ihren Sendungen keine Ruhe, weder bei Tag noch bei Nacht. »Nitschewo«, murmelt er unwillig und ohne von seiner Arbeit aufzuschauen. Aber dann überlegt er es sich doch. »Pst«, flüstert er und hält den rechten Zeigefinger vor seinen Mund, »komm' näher!« Ich komme näher und beuge mich zu ihm hinab. »Sie melden«, flüstert er mir ins Ohr, »sie melden . . .«

Aus dem Dunkel des Korridors taucht Fred Länder auf.

– Was melden sie?

– Einen Dreck melden sie. Ich habe mir heute in meinen Hut eine Kautschukeinlage gelegt. Du verstehst, die isoliert. Nun können sie mit ihren Wellen nicht mehr durch, du verstehst.

– Und was haben sie dir gestern gemeldet?

Aber gerade jetzt, da Fred Länder vor uns unschlüssig stehen geblieben ist und ich ein Gespräch mit ihm vermeiden möchte, gerade jetzt zeigt Kapitän Radio keine Lust mehr zu erzählen. »Pst«, flüstert er, »kein Wort mehr« und nimmt seine Arbeit wieder auf.

– Einen Augenblick, höre ich hinter mir verhalten die nasale Stimme Länders. – Nur ein Wort.

Ich drehe mich um. Da steht er, den Violinkasten in der rechten Hand, das Gesicht scharlachrot bis hoch an den kahlen Scheitel, als hätte es ihn eine große Überwindung gekostet, mich anzusprechen. – Die Deutschen, sagt er, nähern sich Bordeaux.

– Und?

– Was wird aus uns werden?

– Das fragen Sie mich? Sie stehen doch sehr gut mit der Lagerleitung.

– Ach, lassen Sie das – er macht mit seiner freien Hand eine abwehrende Bewegung. – Lassen Sie das. Ich spiele drüben Violine und sonst nichts.

Früher war Fred Länder etwas gewesen. In Berlin Chefredakteur eines großen linksradikalen Abendblattes, in Paris Sekretär einer Weltliga gegen Krieg und Faschismus. Jetzt spielt er freiwillig den Herren Offizieren auf seiner Geige im Kasino vor und gehört als bescheidene Charge dem BIM an. BIM ist eine Abkürzung für Bureau International des Mouchards, Internationales Spitzelbüro, wie hierzulager das Korps der Vertrauensleute der Lagerleitung genannt wird.

– Übermorgen, in drei Tagen können die Deutschen hier sein. Was soll aus uns werden?

Länder schiebt seinen Violinkasten auf eine leere Lagerstätte und steckt sich eine Zigarette in den Mund. Erst beim dritten Streichholz fängt sie Feuer. Er fühlt, obwohl er nicht aufsieht, daß ich seinen fahrigen Handbewegungen folge.

– Der Violinkasten ist schwer, meint er und verzieht sein Gesicht zu einem Lächeln. Übrigens, warum es verheimlichen, Sie kennen ja meine Schwäche: die Schwäche. Ein Husten unterbricht seine Rede, trocken und wie gebellt. Die Nerven, sagt er, nachdem der Anfall sich gelegt hat, ja, die Nerven.

Warum sagen Sie kein Wort? Bereiten Sie nichts vor? Keinen Ausfall, keine Flucht? Ach, Sie wollen es mir nur nicht sagen.

Sicher werde ich mich hüten, ihm etwas zu sagen, wüßte ich mehr als ich weiß. Ich glaube nicht, daß Fred Länder damit sofort zum Informationskapitän laufen würde, um die Sache zu verpfeifen, aber er ist ein Schwächling. Aus Schwäche ist er damals in den Septembertagen in dem Santé-Gefängnis ein Renegat geworden, aus Schwäche würde er tausenderlei anderes tun.

– Angenommen, Sie bereiteten etwas vor, würden Sie mich mitnehmen?

– Woher soll ich das wissen?

– Also Sie würden mich nicht mitnehmen?

– Das habe ich nicht gesagt.

– Sie würden mich also nicht mitnehmen?

– Fred Länder, Sie wissen es besser als ich, daß man neuerlich Maschinengewehre rund um das Lager in Stellung gebracht hat. Wie sollen wir da flüchten? Übrigens erzählt man, daß die Autobusse für unseren Abtransport bereits unter Benzin stehen.

– Die Autobusse? Ja. Aber für die Garde Mobile.

– Nun, da hilft alles Reden nichts. Gute Nacht.

Auf dem Hof geht es für die späte Stunde noch lebhaft zu. Den einen jagt der Durchfall aus der Baracke, den anderen die Flöhe, einen dritten die Schnarchgeräusche, einen vierten die letzten Nachrichten, den fünften Pläne und Sorgen und viele alles zusammen. Andere wieder, deren Leben in diesem Wettrennen zwischen den motorisierten deutschen Divisionen und der Unentschlossenheit der Lagerkommandantur nicht als Einsatz steht, setzen ihr Geld aufs Spiel. In unserem Monte Carlo hinter dem zweiten Latrinenhäuschen hält wie in jeder Nacht der dicke Gapescu die Bank.

Stiller als auf dem Hof zwischen den Baracken ist es am Stacheldraht, auf dem »Großen Boulevard«. Kalt und blau liegt der Mond auf dieser geometrischen Landschaft und macht sie noch lebloser, als sie es schon bei Tageslicht ist; kahle fensterlose Baracken, festgestampfte Erde, Zickzack des Laufgrabens, den man mehr um uns zu beschäftigen, als unserer Sicherheit wegen ausheben ließ, Pflöcke und Drahtverhaue, die den Großen Boulevard von der Nachbarabteilung, dem Quartier C trennen.

Zwei Gestalten kommen mir entgegen, die eine rundlich und

sich in den Hüften wiegend, die andere hager und steifen Schrittes: der Doktor Weber und der Schmidt.

Die Ursache, die die beiden nicht schlafen läßt, ist weder die Unruhe der einen, deren Leben von vielen Todesgefahren umlauert ist, noch die Indifferenz der anderen, die beim Gapescu ihre Franken aufs Spiel setzen – es ist das Machtgefühl der kommenden Herren.

Schmidt ist Nazi Nummer 1 unseres Lagers. Wohl stand er auf republikanischer Seite in Spanien – aber er wird nicht der einzige Mann gewesen sein, den die Gestapo zum Dienst in die Internationalen Brigaden beordert hat. In Spanien fiel er durch seinen Überradikalismus auf, im Lager von Gurs, nach dem Zusammenbruch Kataloniens, durch seinen Kommunistenhaß, hier und seit der Ereignisse in Norwegen gibt er sich als das, was er immer war: als Nazi.

Doktor Weber hat sich uns abwechselnd als Reservemajor der tschechoslowakischen Armee, als österreichischer Legitimist, als persönlicher ärztlicher Berater des französischen Innenministers Sarraut und als Löwen- und Elefantenjäger vorgestellt. Sehr rasch gewann er das Vertrauen der Lagerleitung. Der Chefarzt betraute ihn mit dem Posten des leitenden Krankenwärters für unser Quartier. Nun, auf einmal ist der Doktor Weber nicht mehr tschechoslowakischer Major, nicht mehr österreichischer Legitimist, nicht mehr glühender Freund Frankreichs – vielmehr Unterführer der Nazikolonie, einer Gruppe von acht bis zehn Mann.

Die Stimmen der beiden flattern mir entgegen.

– Does mach' ich, sagt eine im Wiener Tonfall, die Webersche, gleich morgen früh mach' ich es nach dem Appell.

– Aber mit Nachdruck, damit die drüben diese Spielerei nicht zu ernst nehmen, spricht die andere in der spitzen Art der Wasserkante.

– Um die Zeit ist er sicher im Quartier.

– Gut. Und eindringlich. Die drüben ...

Wer sind drüben? Die Kommandantur? Was bezeichnet Schmidt mit Spielerei? Den Plan unserer Evakuierung? Was soll morgen, gleich nach dem ersten Appell, Doktor Weber mit Nachdruck und Eindringlichkeit machen? Eine Drohung dem Kommandanten zukommen lassen? Auf ihn einen Druck ausüben, damit er uns nicht laufen lasse und uns vollzählig den Deutschen ausliefere? Und mit wem wird der Weber sprechen, wer ist sein Mittelsmann? Der alte Stanko, der sich für einen

Schweizer ausgibt, ein Weißrusse ist und in der Zensur arbeitet? Oder ein anderer?

Die Nazis machen aus ihren Plänen kein Hehl. Im Gegenteil. Sie verbreiten sie, damit sie überall einsickern und Angst und Panik hervorrufen. Auch sie haben ihre schwarze Liste.

Vorne, in der Kommandantur, war man von dieser neuesten Metamorphose des hommes de confiance Weber peinlich beeindruckt. Wahrlich, die Welt ist böse und kennt keinen Dank mehr. Dieser Weber. Monatelang hat man ihn gegen allerlei Anschuldigungen gehalten – nichtbezahlte Schulden, Erpressungen, Betrug – und nun hat er den alten Adjutanten angebrüllt, daß er hier bald nichts mehr zu sagen haben wird, ihm das einfach ins Gesicht geschleudert.

Am unteren Ende des Großen Boulevards, dort, wo die Küchen sich befinden, liegt der Mond auf einem hellen Stoppelfeld. Schwarze Dünste steigen am Horizont in den transparenten Himmel hoch, irgendwo weit summt ein Motor und verstummt plötzlich, Grillen zirpen, Friede, Ruhe.

Manchmal möchte man am liebsten ein Baum sein, ein Strauch. Was weiß der von den schwarzen Listen Gamelins und Schmidts? Was von der Gestapo und den anderen schöpferischen Einrichtungen, die der Mensch, nobelster, hochstehendster Verwandter der Bäume und Sträucher, erfunden hat!

Der Motor summt wieder auf. Im Strahlenbündel eines Scheinwerfers springen die Bäume und Sträucher aus dem Dunkel der Nacht, unnatürlich weiß wie Fotonegative.

»Hallo«, höre ich hinter mir eine Stimme. Ich drehe mich um. Es ist Friedrich und neben ihm Hardt.

– Was gibt es, frage ich, haben sie euch noch nicht zum Informationskapitän geholt?

– Nein, noch nicht, sagt Friedrich.

– Und wie war es vormittags dort gewesen?

– Wie immer. Wir sollen Geduld haben. Man warte, sagte er uns, nur auf einen Telefonanruf aus Toulouse.

– Und weswegen gibt es diese Nacht Bereitschaft? Weiß man etwas Bestimmtes?

– Nein, nichts. Vielleicht, sagte uns der Informationskapitän, kommt der Anruf noch im Laufe dieser Nacht.

– Und im Falle ...

– Wie?

– Nichts.

Nein, sowas fragt man nicht. Das habe ich unten im Kriege

gelernt. Ein Fluchtversuch gleicht einem Handstreich. Der Erfolg beider Aktionen hängt vom Überraschungsmoment ab. Deswegen hat der Kreis der Eingeweihten so gering wie möglich zu sein. Der einfache Soldat erfährt erst kurz vor der Aktion, worum es geht. Friedrich weiß es wahrscheinlich. Denn auch hier gibt es einen illegalen Stab, der erwägt, plant, anordnet.

– Nichts, es ist nicht der Rede wert. Interessanter ist, was der Nazi-Schmidt vorhat. Ich hörte ihn eben zu Weber sagen, daß ...

»He, da, schlafen gehen!« Zwischen den Baracken ist eine Patrouille aufgetaucht. Es glänzen im Mondlicht die schwarzen Stahlhelme. »Etwas schneller, ihr«.

Auf dem Heimweg berichte ich den beiden über das Gehörte.

Vor dem Pissoir machen wir einen Augenblick halt.

– Du, sagt Friedrich, mein Manuskript ist draußen.

– Das ist gut.

Gemeint ist sein Drama, das er hier im Lager schrieb. Friedrichs jüdischer Ärztefilm aus dem Dritten Reich ist den ganzen Winter über in England mit großem Erfolg gelaufen, dicke Briefumschläge mit Presseausschnitten unterrichteten uns darüber. Der in England als Antinaziautor Gefeierte ist identisch mit dem Vernet-Häftling der verbündeten Französischen Republik.

– Das ist wirklich gut, wiederhole ich mechanisch und denke dabei, was für ein Dummkopf ich bin. Warum bin ich nicht rechtzeitig auf diesen Gedanken gekommen? Warum habe ich mich nicht umgesehen und jemand gefunden, der mir mein Manuskript nach außen geschmuggelt hätte.

Meine Baracke machte seit je auf mich den Eindruck einer Theaterkulisse für Gorkis Nachtasyl. Jetzt, bei Nacht, sind die Kulissen abgedunkelt. Von beiden Seiten streben sie, zwei Stockwerke hölzerner Verschläge, zur Mitte. Zeug undefinierbarer Art, das sich bei näherem Beschauen als Koffer, Säcke, Bündel, Mäntel, Handtücher, Schuhe erweisen würde, hängt, grotesken Stalaktiten gleich, von einem Balken herab. Über der Mitte der Szene liegt der Kegel des Nachtlichts und beleuchtet einen brüchigen Betonboden, den Kapitän Radio und Allan, beide in den Stellungen, in denen ich sie verlassen habe.

Ich blicke prüfend nach oben, in die polnische Box, ob noch Platz für mich ist. Die polnische Box ist unser Nachtklub. Hier brennt die ganze Nacht über Licht. Hier finden sich aus allen Boxen und allen Nationen unserer Baracke die Spätschläfer ein, um zu lesen, Schach oder Karten zu spielen. »Komm' nur 'rauf!« ruft mir Dudju zu, der meinen Gedanken erraten hat. Ich klettere hoch. Mjetek macht mir neben sich Platz. Er studiert, wie immer – diesmal die Geschichte der Päpste von Ranke. Sein Gesicht ist gelb und aufgedunsen, Niere und Leber sind nicht in Ordnung. Dudju, rotbärtig und schieläugig, spielt mit Mischa Schach. Mein Landsmann Jonitsch schaut zu. Im Hintergrund sitzen um ein niedriges Tischlein deutsche Gäste: Herbert, dünn und hager wie das Schneiderlein aus dem Märchen, näht an einem Rucksack. Götz und Paul zeichnen Ortsnamen auf Landkarten ein.

Eigentlich müßten die Rucksäcke und Landkarten schon fertiggestellt sein. Seit Tagen, seitdem wir vom Abtransport zum erstenmal gehört, haben sich einige Verschläge unserer Baracke in Werkstätten und Zeichenateliers verwandelt. Aus allem möglichen Zeug wurden Rucksäcke genäht, der meine ist ein leichter Schlafsack gewesen, bevor ihn Herbert in einen Rucksack verwandelt hat.

In den Zeichenateliers werden Karten gepaust, Karten der Pyrenäenregion. An der französisch-spanischen Grenze, dort wo das Tiefbraun der Landkarte dem Weiß Platz macht, spaltet sich die gestrichelte Grenzlinie, um bald wieder zusammenzufließen. Sie schließt ein Ländchen namens Andorra ein. Über Andorra wußten wir recht wenig, als dieser Name zum ersten Mal fiel. Wir wußten, daß es zu jenen vorsintflutlichen Staatengebilden gehört, die sich, aus wer weiß welchen Gründen, bis in die Gegenwart erhalten haben.

Andorra steht, wie wir unserem gemeinsamen Larousse entnahmen, kirchlich unter dem spanischen Bischof von Urgel und politisch unter dem Schutz von Frankreich. Beide zusammen bestellen einen Franzosen zum ersten Landvogt. Es zählt, lesen wir weiter, 5000 Einwohner davon leben 600 in der Hauptstadt, Andorra la Vieja.

Angeblich dorthin soll unser Abtransport gehen. Ich weiß nicht mehr, wessen Idee es war. Gefühlsmäßig sagte uns Andorra von Anfang an zu: Bergschluchten, Hirten, Gemsen – das Gegenteil von Baracken, Stacheldraht, Garde-Mobile. Aber, dachten wir weiter und dabei verlor das Märchenland einiges von seinem Zauber, wie werden uns diese bigotten Gebirgler aufnehmen, in deren Staatswappen eine Bischofsmitra und ein Bischofsstab prangen – uns gottlose Verneter? Und werden die Deutschen die Souveränität dieses Scheinstaates respektieren, die Deutschen, die bisher die Souveränität keines souveränen Staates respektiert haben? Und wie sollen wir aus den Bergen weiterkommen?

Gibt es andere Schlupfwinkel in den Pyrenäen? Wer weiß, wohin es wirklich geht. Paul und Götz zeichnen brav die Ortsnamen in die Karten ein, irgendwo in diesem Grenzgebiet wird es schon sein.

Ich drehe mir eine Zigarette und reiche den Beutel an Paul. Der blickt von seiner Arbeit auf, tiefe Furchen ziehen senkrecht durch sein Gesicht, selbst über so ungewohnte Stellen, wie es die Backen sind. »Kann ich auch eine haben?« fragt Herbert, dessen Kopf spitz ist wie der eines Vogels.

Durig kommt mir in den Sinn, der Jimmie Higgins aus Rothau. Wie verwandt diese Menschen sind, als gehörten sie einer besonderen Rasse an. Einst waren sie, man würde es nicht glauben, Menschen gewesen, die arbeiteten, heirateten, Kinder zeugten, für eine neue Küchenkredenz oder einen Radio-Apparat sparten, sonntags ihren Skat spielten oder angeln gingen. Heute sind sie Militante, von denen die einen das erdenklich Schlimmste, die anderen das erdenklich Beste erwarten. XY ist ein Kommunist, schreiben die Polizeikommissäre der verschiedenen Länder Europas in ihre Akten, mit welchem Vermerk sie den XY mit Raubmördern, Geldfälschern und Mädchenhändlern auf die gleiche, wenn auch nicht auf eine tiefere Stufe stellen. XY ist ein Kommunist, schreiben die Sekretäre der Kommunistischen Parteien in ihre Mitgliedlisten, welcher Vermerk ein Sakrament ist, unlöslich wie Taufe, Ehe, Priesterweihe, und das nicht vermöge eigener Kraft wirkt, sondern im Gegenteil durch die Kraft des Empfangenden.

Auch sie, die Mitglieder, sind Menschen. Auch sie haben ihre Gelüste. Wenn sie in dieser elenden Baracke die illustrierten Revuen durchblättern, so bleiben ihre Blicke länger als es der Stoff erheischt auf den Brüsten und den Beinen der Schönheitsköniginnen haften, auf der Nische mit den breiten Fauteuils, auf der Bankettafel mit Hummer und Rehrücken.

Nein, sie haben kein Gelübde abgelegt, auf diese Dinge zu verzichten. Was ihre Partei von ihnen verlangt, ist ihr Hirn, ihre Hände, ihre Beine, ihre Freizeit, ihr Leben. Sie spielen nicht mehr Skat, denn sie haben eine Zellensitzung. Sie gehen nicht mehr angeln, illegale Flugblätter sind herzustellen. Sie essen nicht geruhsam zu Hause, denn sie liegen vor Teruel im verschneiten Schützengraben. Sie haben kein Heim, weil sie sich den Spähern der Gestapo entziehen müssen. Sie haben viele Grenzen zu Fuß und ohne Paß überschritten, sie haben in den Gefängnissen vieler Länder gesessen, sie haben die Schlagwerkzeuge verschiedener Polizeien kennengelernt, sie befinden sich seit Jahren im Kriegszustand, und nun werden sie von Lager zu Lager geschleift, immer schmäler werden die Rationen, die Kleidung fadenscheiniger, immer härter der Zwang, immer quälender das Sehnen nach einer Frau, nach einem vollen Magen, nach einem Daheim. Aber nichts hat sie umgeworfen, keine neue Qual hat sie dazu getrieben, die Freiheit mit Abbitte, Denunziation oder wenigstens mit dem Beitritt zur Fremdenlegion zu bezahlen. Ordentlich, ruhig, ausgeglichen bereiten sie sich jetzt auf eine neue Epopée vor, auf den Auszug in die pyrenäischen Berge. Und sollte es dazu nicht kommen, dann werden sie vielleicht einen gewaltsamen Ausfall versuchen, falls die Chancen günstig sein sollten. Und falls die Chancen nicht günstig sein sollten, dann werden sie ohne große Worte ihr Kreuz auf sich nehmen, das auf den Straßen Frankreichs Tag und Nacht an sie herankommt, das Galgenkreuz, das Hakenkreuz.

»Du gehst schon?« fragt Dudju, »bleib' doch 'ne Weile«.

Nein, es wäre schon nach Mitternacht, Zeit zum Schlafen.

Ich komme wieder an Kapitän Radio und an Allan vorbei, an dem stillen Irrsinn 1940 und an dem aufgewühlten Sommer 1914. Der Irrsinn winkt mich »pst, pst« heran, ob ich ihm nicht Tabak für eine Zigarette »für eine dünne Sommerzigarette« geben könnte. »Hier, und wenn du fertig bist, reich mir den Beutel nach oben«.

Oben ist Karls Platz leer. Rylkin schnarcht nicht. Der Augenblick ist günstig zum Einschlafen. Ich schließe die Augen und versuche an etwas Angenehmes, an etwas Beruhigendes zu denken. Ich liege in der Koje meiner Schiffskajüte, auf der »Karnak«, auf der ich vor Jahren als Arzt fuhr, weich und einschläfernd bebt der Schiffskörper unter den Bewegungen der Maschine. Karl. Nein, ich will nicht an ihn denken. Weich und einschläfernd bebt der Schiffskörper. Wo mag nur Karl zu dieser Nachtzeit stecken? Weg mit ihm! Rhythmisch und einlullend pulsiert die Maschine. Öffnete ich die Augen, sähe ich das Meer glänzen im Mondschein. Will er auf eigene Faust etwas unternehmen? Ich streife mit der Hand über die Stirn, um die

Gedankeneindringlinge wegzujagen. Rund vom Bullauge eingerahmt glänzt das Meer. Es gibt eine Platzangst, eine Raumangst, bei Karl ist es eine Gestapoangst. Weg mit der Psychiatrie! Weich und einschläfernd bebt der Schiffskörper. Das Grauen – hatte es mich nicht auch in Spanien gepackt, so oft wir von neuem in die Schlacht zogen? Weg mit dem Krieg! See, Schiff, Kajüte, einwiegendes Beben. Jene Nacht, in den Bergen von Tivenis, unter uns blitzte es und leuchtete es, ratterte und donnerte es, und in mir wehrte sich alles, in dieses Tal mechanisierten Todes hinabzusteigen. Kajüte, See, weich und einlullend. Karl. Stacheldraht. Sieht er den Wachtposten nicht? Das Gewehr in Anschlag? Karl! Kein Laut kommt aus meiner Kehle. Karl! Nichts. Ich will zu ihm eilen, meine Beine sind wie angewachsen.

Tak – Tak.

Ich schrecke aus dem Schlaf auf.

In schneller und wirrer Reihenfolge fallen noch einige Gewehrschüsse.

Ich sollte aufspringen, ins Freie stürzen, aber ich kann nicht. Meine Glieder sind schwer, als träumte ich noch.

Ich lausche in die Nacht und mit mir lauscht die ganze Baracke. Auch sie verharrt in diesem Zustand lethargischer Spannung. Aber sie ahnt nicht, was ich ahne.

Ein Rascheln geht durch den Raum, aufgescheuchte Stimmen steigen von überall auf, unruhige Schritte hasten ins Freie, eine Trompete schmettert das Alarmsignal und schleudert mein Blut schneller durch die Adern. Der Bann ist gelöst. Ich stürze hinaus.

Wie soll ich auf dem Hof, in den sich der Inhalt von zehn Baracken ergießt, nach Karl fahnden? Es kreisen hier die widerspruchvollsten Gerüchte. Sie gleichen sich nur in einem: es handle sich um einen Fluchtversuch. Unbestimmt aber, aus welchem Quartier, ungewiß die Zahl der Toten und Verwundeten. Ich stoße mit Thomas zusammen. »Hast du Karl gesehen?« Die gleichen Befürchtungen hat er auch. »Du nimmst den großen Boulevard, ich unsere Barackengegend.« Wir machen uns auf die Suche. Das ist nicht leicht. Das ganze Quartier ist auf den Beinen.

Alles strebt gleichzeitig nach vorne, wo zwischen unserem und dem Quartier A eine Straße nach C führt. Eben seien, erzählt man, dorthin einige Gardemobileleute gelaufen und haben das Tor aufgeschlossen. Nein, den Karl hat niemand gesehen.

Kapitän Poulain kommt auf hohen Beinen heran. Vor unserem Tor macht er halt und brüllt: »Dans vos baraques! Et plus vite que cela«. Aber niemand rührt sich. Poulain wiederholt den Befehl und fügt »compris« hinzu. Aber niemand will verstehen.

Die Gerüchte vereinheitlichen sich. Es soll sich um einen Deutschen aus C handeln, einen Spanienkämpfer. Er blieb am Stacheldraht hängen. Und dort geschah es.

Vom französischen Quartier ertönt der vielfältige Schritt einer marschierenden Kolonne. Hastiger und nervöser als sonst hört er sich in dieser Nacht an. Kurze Kommandorufe. Metallenes Zusammenreißen der Hacken. Klatschende Gewehrgriffe.

Eine Stimme, sonderbar schrill, fordert uns im Namen des Gesetzes auf, in unsere Baracken zurückzukehren.

Wir wissen, daß nach drei Aufforderungen geschossen wird. Wir rühren uns nicht von der Stelle. Auf einen Menschen, der sich im Stacheldraht verstrickt hat und nicht mehr fliehen kann, wie auf eine Zielscheibe zu schießen! Wäre es ein einziger Schuß gewesen – vielleicht hätten wir dem Befehl Folge geleistet. Nein, auch dann nicht. Zu lange schon hat sich in uns diese Spannung der Ohnmacht gestaut. Zu lange schon hat diese von Unruhe geschwängerte Ruhe gewährt. Mögen sie schießen.

Der Mann, der im Namen des Gesetzes spricht, kann unsere Gesichter nicht sehen. Er kann auch unsere Stimmen nicht hören, wir halten sie in uns verschlossen. Aber er wiederholt seinen Befehl nicht. Durch die Nacht, durch die Stille, fließt ihm unsere verzweifelte Entschlossenheit entgegen.

»Das Tor öffnen!« kommandiert die Stimme, noch schriller als zuvor. Der Schlüssel. Wo ist der Schlüssel? Er wird schließlich gefunden. Die beiden Torflügel springen auf. Die Garden treiben uns vor sich hin, mit ihren Karabinern, die sie quer vor sich halten. Doch vor unserer Baracke, der zweiten vom Tor, kommt es zu einer Stockung. Mit speckigrotem Gesicht steht vor uns der Sergeant-Chef, der Karl gestern gewürgt hat. »Ich bin hier durch den Willen des Volkes«, ruft er uns zu, »und ich werde euch das, wenn es sein muß, auch mit Hilfe der Bajonette beibringen«. Jemand lacht laut auf, zu grotesk hört sich diese Paraphrase des Mirabeauschen Spruches an. »Los!« kommandiert er. Jemand schreit: »Ach, hier spielt ihr Helden. Aber vor den Deutschen lauft ihr«. »Wer war das, wer war das?« rufen die Garden durcheinander. Ich weiß nicht, wie es geschah, plötzlich ringen zwei, ein Gardemobilemann und ein Internierter, beide halten sich am Gewehr fest und suchen es einander zu entreißen. Wenn es losgeht, so fährt die Kugel mitten in den

Haufen. Und sollten die anderen zu knallen beginnen, so kann es ein schreckliches Blutbad geben. Doch wir rühren uns nicht von der Stelle, weder um in den Kampf einzugreifen, noch um uns aus der Richtung der Gewehrläufe zu bringen. Auch unsere Wächter, und das wundert uns nicht wenig, schauen dem Ringkampf untätig zu, keiner versucht seinem Kollegen zu Hilfe zu springen.

Unversehens, wie er den Gardemobilemann angegangen hat, läßt der Internierte auch von ihm ab und taucht im Haufen unter. »Heraus mit dem Schwein!«, der Sergeant-Chef ist von neuem zum Leben und Amtieren erwacht. »Heraus mit ihm«, brüllt er nun aus vollen Lungen, »sonst lasse ich die ganze Baracke einsperren«.

Körper an Körper stehen wir da, Internierte und Garden dicht aneinandergepreßt. Nur vor dem Sergeant-Chef ist etwas freier Raum. Hierher hat sich Dudju vorgedrängt und fährt den Speckgesichtigen mit der überheblichen Ruhe eines Untersuchungsrichters an: »Sie haben den Befehl zum Prügeln gegeben. Sie werden sich zu verantworten haben«.

Wir sind starr vor dieser Verwegenheit unseres Dudju. Wie wird der Sergeant-Chef das aufnehmen?

– Sie haben, – spricht Dudju in dieser überlegenen Art weiter, – keine Ahnung von Gesetzen. Wissen Sie, welcher Strafen Sie sich laut Paragraph 235 a und b schuldig machen? Aha, Sie wissen es nicht«.

– Ich, stottert der Sergeant-Chef, ich ...

– Prügeln. Das ja. Und dazu noch mit Gewehrkolben.

– Ich – ich habe keinen Befehl zum Prügeln gegeben.

– Doch, Sie haben ihn gegeben.

– Nein, ich habe ihn nicht gegeben.

– Doch, Sie haben ihn gegeben. Hier sind die Zeugen.

– Geben Sie mir den Mann heraus!

– Nicht jetzt.

– Warum nicht jetzt?

– So. Es ist Nacht.

– Weil Nacht ist, hm. Sie stehen mir aber dafür ein, daß der Kerl sich morgen früh im Büro stellt.

– Ja, ich stehe dafür ein.

– Wer sind Sie eigentlich?

– Chef der vierten Sektion – hier lügt Dudju.

– Also, auf morgen früh.

– Auf morgen früh.

– Geht jetzt schlafen. – Sanft ist des Speckgesichtigen Stimme geworden. – Geht ruhig schlafen! Geht!

Und nun liegen wir alle auf unseren Schlafstätten, Karl neben mir. Läge er jetzt an Stelle des anderen in der Totenbaracke, neben der Feuerwehrspritze und den Munitionskisten, niemals würde ich das sonderliche Gefühl los werden, daß ich ihn durch die Nacht und die Baracken hindurch habe sterben sehen.

Wir sprechen noch lange nach Abzug der Garde-Mobile über die Ereignisse dieser Nacht. Einige kennen den Mann, der in Cerschossen worden ist, aus Spanien, aus Deutschland, und aus der Emigration. Eine Mietskaserne an der Ruhr steht vor uns auf, eine Versammlung in der Lampenkammer der Grube und ein Witz, der den Nazivertrauensmann tödlich traf, ein Hafenviertel von Antwerpen und Flugblätter, die aus den Kneipen als Stückgut den Weg auf deutsche Schiffe fanden, die Kirche von Belchite und der leere Platz davor mit einem aus vielen Wunden Blutenden – all das ist unser Mann gewesen, der nun nicht mehr ist.

Wir würdigen auch zur Genüge den Humor, die Schlagfertigkeit und den Mut Dudjus, dieses kleinen, rotbärtigen und schielenden Juden aus Bialystock.

Nun sind auch die letzten Flüstergespräche eingesickert, auch der polnische Nachtklub hatte sich geleert, nur Mjeteks Haupt, gelb, aufgedunsen und mit hervorstehenden Augen, wie das eines chinesischen Götzen, wacht über das zur Ruhe gekommene Nachtasyl.

Ich weiß nicht, wie lange ich geschlafen haben mag, als ich aus dem Schlaf gerüttelt wurde – keine zehn Minuten würde ich sagen. »Auf!« höre ich eine Stimme wie durch dicke Wattemauern, »auf, es ist soweit«. Die Mauern stürzen ein, ich bin ganz wach, es ist Karls Stimme, die sich mit dem »Auf, es ist soweit« entfernt, um die Leute der Nachbarboxen zu wecken.

Streichhölzer flackern auf. Feuerzeuge irrlichtern. Der Lichtkegel einer Taschenlampe huscht durch die Maschen des Raumes.

Ich brauche nur in die Schuhe zu schlüpfen und die Decke zusammenzurollen, alles andere ist im Rucksack vorbereitet. Ja, und meine Manuskripte zu vernichten.

Papiere dürfen nicht mitgenommen werden, hat man uns gesagt, als die Flucht besprochen wurde. Ich wollte bis zum letzten Augenblick warten. Nun ist er da. Ich taste den Balken ab, da ist das Schulheft mit »Préfecture, Fünfte Etage«. Kreuz und quer, quer und kreuz zerreiße ich es in viele Stücke.

Der Notausgang Europas

Wir kennen den Weg, wie wir kaum einen anderen auf Erden kennen. Die Straßenabzweigung bei der oberen Ziegelei. Die unbewohnte Villa mit der Tafel »Achtung! Bissiger Hund«. Den Bauernhof in dem nachts ein Fröschechor quakt. Das lachsrote Gehöft auf dem Hügel, hinter dem gleich unser Ziel sichtbar wird: das Wartehäuschen Luynes der elektrischen Bahn.

In sanften Windungen führt der Weg durch die satten Farben der Provence. Doch haben wir kein Auge für Form und Farbe, zu oft müssen wir diesen Weg von Les Milles zur Haltestelle der Trambahn Aix-en-Provence – Marseille durchwandern.

Aus der Flucht nach Andorra war damals nichts geworden. Es war ein falscher Alarm gewesen. Karl hatte in jener Nacht den kurzen Steg überschritten, der aus dem Normal – in das Irresein führt. Wir selbst mußten ihn in der Nacht ins Hospital schaffen. Ein halbes Jahr später wurde ich, der glückliche Besitzer eines Mexiko-Visums, in Gesellschaft von zwölf anderen Visenbesitzern, hierher in das Ausreise-Lager von Les Milles gebracht.

Wir kommen aus der unteren Ziegelei. In der Ziegelei werden heute keine Ziegel mehr erzeugt, vielmehr Amerikafahrer und Heimkehrer.

Es ist noch Nacht, da wir uns in den Fabriksälen von unseren Lagern erheben, die fünfhundert Urlauber für Marseille. Dunkel noch liegt der Hof, während wir uns vor dem Wachthäuschen aufstellen. Es dämmert, wenn die Namen verlesen werden und jedem sein Schein gereicht wird – ein Urlaubsschein gültig bis zehn Uhr abends. Es tagt, wenn sich das Eisengitter öffnet und wir unseren Marsch antreten. An der Spitze schreiten, halb in Uniform, halb in Zivil, unsere Wächter.

Die Fünfhundert, die bei ihrem Namensruf mit »présent« geantwortet haben, kommen aus allen Konzentrationslagern Frankreichs. Présent ist hier Argelès und Agde, présent Caylus und Gurs, présent Noë und Recebedou, présent Riversaltes und Vernet – présent die einander gleichenden Lager des individualistischen Frankreichs, in dem, so meinten viele, »sowas nicht möglich ist.«

Die Fünfhundert entstammen allen Landstrichen Europas. Présent sind Juden aus Baden und der Pfalz, alte Leute, die man eines Tages unerwartet in Züge steckte und sie nach Vichy-Frankreich schickte – mögen sie die Franzosen in Lagern ernähren. Présent sind Juden, die einst vor den schwarzen Hundertschaften des Zaren und heute vor der Programmmaschine Hitlers geflüchtet waren. Juden vom Kurfürstendamm und aus der Kanonierstraße, vom Salzgries und aus der Leopoldstadt, vom Wenzelsplatz und aus der Meiselgasse, vom Augustusplatz und vom Brühl, vom Jordan, von der Nalewki, von Pelikanstraat.

Présent sind, als kleine Minderheit, auch Menschen, die nicht der Zufall der Geburt, vielmehr ihre Gesinnung hierhergebracht hat: politische Emigranten.

An der Haltestelle der Trambahn warten das gewesene Berlin, Wien, Prag, Leipzig, Amsterdam, Warschau und Antwerpen, das künftige Buenos Aires, Rio de Janeiro, Bogotá, New York, Habana auf ihren Sonderzug. Die Wächter passen auf, daß keiner von ihnen einen anderen Zug besteigt. Eingepfercht legen sie ihre anderthalbstündige Reise nach Marseille zurück.

Am alten Hafen ist Endstation. Die Wächter haben die Internierten nur bis zum Wartehäuschen von Luynes begleitet, die Internierten sind frei. Ach, nur für einen Tag sind sie frei, um am Tagewerk ihrer Befreiung zu arbeiten.

Der erste Weg ist für alle Fünfhundert der gleiche, er führt in die Rue Grignan, in das städtische Amt für Lebensmittelkarten.

Einst mag da eine Bank amtiert haben. An den Schaltern, die früher vielleicht die Überschriften »Checks,« »Kasse,« »Wechsel« trugen, sind jetzt »Karten für Diabetiker,« »Milchkarten für Kinder,« »Bons für Schuhe,« zu haben.

Vor dem Schalter »Urlauber« stellen wir uns an. Von neun Uhr bis halb zehn, bis zehn, bis halb elf, je nachdem, wann einer an die Reihe kommt. Hier wird uns unsere papierne Tagesration ausgefolgt: fünf grüne Brotkarten für je 50 Gramm, zwei blaue Fettkarten für je 5 Gramm und eine rote Fleischkarte für 45 Gramm.

Der nächste Programmpunkt meines Tagewerks ist der Gang zum amerikanischen Konsulat. Meine Vorladung lautet auf zehn Uhr fünfundvierzig. Seit fünf Wochen warte ich auf diese Stunde. Ohne amerikanisches Visum gibt es keine Fahrt nach Mexiko, alle Schiffe gehen über New York.

Am Eingang des Konsulats zeige ich dem Polizisten meinen Passierschein: die Vorladung. Bis zehn Uhr fünfundvierzig sind es noch siebzehn Minuten. Ich darf mich an der rechten Seite des Tores anstellen, in die kleine Gruppe der Privilegierten. Uns gegenüber steht die Masse derer, die noch keine Vorladungen haben. Für sie sind wir der Inbegriff irdischen Glückes. Wir, die wir heute unsere Visen ausgestellt bekommen sollen. Ach, wäre ich so weit, wie jene drüben, denkt jeder aus der Masse. Denn sollten für sie auch die nötigen Affidavits vorliegen, die wirtschaftlichen und die moralischen, vorliegen die vom Sponsor beantworteten dreizehn Punkte des Sonderfragebogens (Explain the circumstances which led to extend your present sponsor-ship. Explain the extend, nature and past duration of your friendship. Have you ever seen the alien you are sponsoring? What, if any, communication have you with the alien in the past?), sollten alle diese Papiere richtig ausgefüllt, notariell beglaubigt und von den zuständigen Behörden bestätigt sein und die Anerkennung des Marseiller Konsuls finden, dann wird man ihnen einen dünnen Streifen Papier geben, wie ich einen in der Hand halte, mit einem Datum, das in zwei oder drei Monaten fällig sein wird. Offen bleibt, ob es dann noch ein Entrinnen geben wird.

Ich brauche nur ein Durchreisevisum. Trotzdem dauert es anderthalb Stunden, bis ich alle Fragen des Fräuleins beantwortet und sie das Zeug auf die vielen Bogen getippt hat. »Und nun kommt eine kleine Formalität«, sagt das Fräulein, indem es sich erhebt, »gehen wir schwören.«

Es ist ein großer Tag für mich, dieser Tag, an dem ich beschwöre, daß ich nicht die Absicht habe, auf meiner Durchreise den Präsidenten der Vereinigten Staaten zu ermorden oder die Verfassung dieses Landes mit Gewalt umzustoßen.

Damit bin ich auf meiner westlichen Marschroute um ein gutes Stück weitergekommen. Auch eine Marschroute gen Ost hat es für mich gegeben, die Route nach meiner Heimat.

Diese Route war mir viele Jahre hinduch versperrt geblieben: Zuerst als einem politischen Emigranten und nachher als einem Spanienkämpfer. Die jugoslawische Regierung hatte vor uns ehemaligen Freiwilligen der Internationalen Brigaden die Grenze abgeriegelt. Seit den kritischen Herbsttagen des Jahres neununddreißig hatten wir zu wiederholten Malen nach Belgrad geschrieben und gedrahtet: Hier sind wir, einige hundert Mann, erfahrene Fachleute des modernen Krieges, gewillt, unsere Heimat zu verteidigen. Alles vergeblich. Nie kam eine Antwort. Die Herren in Belgrad waren Gott und der Sûreté Nationale dankbar, daß man uns auf Kosten der französischen Staatskasse und des französischen Prestiges hinter Stacheldraht hielt.

Trotz der Einsicht in die Dinge hatte ich kurz nach meiner Ankunft in Les Milles das jugoslawische Konsulat in Marseille aufgesucht. Mir sei bekannt, sagte ich dem Sekretär, der ununterbrochen seinen Krawattenknoten richtete, daß seine Regierung, die er hier vertritt, die Spanienkämpfer überall hin wünsche, nur nicht in sein und mein Heimatland. Ich aber wolle gar nicht zurück nach meiner Heimat, sondern noch weiter weg von ihr, nach Mexiko. Es fehle mir nur der Paß.

Der Sekretär war gewillt, zu vergessen, daß ich in Spanien gewesen war. Mein Name befinde sich nicht auf der Liste der Spanienkämpfer. Er könne mir allerdings keinen richtigen Paß geben, nur einen Paß-Avant, der mich berechtigt nach Hause zu fahren. Ich soll zusehen, ob mir damit gedient sei.

Ich hatte das Blatt Papier genommen, obwohl ich bezweifelte, daß es mir zu meiner Mexiko-Reise dienlich sein werde. Immerhin eröffnete es mir einen bisher versperrten Weg: den nach Hause.

Wohin nun, hatte ich mir überlegt.

Für Mexiko sprach vieles: Freiheit, Sicherheit vor politischen Verfolgungen. Eine neue Welt.

Gegen Jugoslawien sprach nicht weniges: Polizeischikanen. Vielleicht wieder Konzentrationslager oder Gefängnis.

Ich schrieb einem Freund nach Belgrad, fragte ihn um Rat. Auf Gefängnis mußt du dich gefaßt machen, lautete seine Antwort. Das ist jedoch das geringste, so ging der Brief weiter, man wird dich nach ein paar Wochen oder Monaten laufen lassen. Die größere Gefahr droht von unserem nördlichen Nachbar. Der faßt hier jeden Tag mehr Fuß, und wer weiß, eines nicht fernen Tages ...

Ich hatte mich nach langem Erwägen für die Heimfahrt entschieden. In Jugoslawien kenne ich die Menschen und die Menschen kennen mich. Dort werde ich etwas tun können. In Mexiko bin ich von neuem Emigrant, weit weg von den Ereignissen, weiter denn je.

Ich war also mit meinem Paß-Avant zur italienischen Waffenstillstandskommission gegangen – nach Jugoslawien kann man nur über Italien. Die Paß-Abteilung war in einem neuen roten Backsteinbau untergebracht, weit draußen in einer krummen Gasse der Peripherie von Marseille. Ein rotblonder junger Mann mit dem Fascio im Knopfloch registrierte mich. Man werde mich verständigen, sobald die Antwort aus Rom ankommen sollte.

Inzwischen waren zwei Monate verflossen, aus Rom war keine Antwort gekommen. Vor einer Woche war in der Presse eine Notiz erschienen: Italien hat den Personenverkehr mit der Schweiz und Frankreich eingestellt. So schied, ohne mein Zutun, für mich die Ostroute aus. Offen blieb nur der Weg nach dem Westen.

Meine New Yorker Schriftstellerkollegen haben für mich bei der American Export Lines eine Fahrkarte Lissabon-New York gebucht. Aber das ist für mich eine äußerst unsichere Route. Unsicher, weil mein Schiffsplatz erst im Spätsommer fällig ist, jetzt haben wir März. Aber noch weit unsicherer, weil ich den spanischen Krieg mitmachte. Dort unten kannte man mich zwar nur unter meinem Schriftstellernamen, aber war es so unwahrscheinlich, daß die Franco-Polizei den Schlüssel zu meinem Pseudonym hatte? So fahnde ich nach sicheren Seewegen.

Die Bürohäuser der Reedereien liegen im neuen Hafenviertel, in der Gegend der Joliette.

Ich weiß nicht, welchen Rang der Hafen von Marseille einst einnahm, ob er der dritt- oder viertgrößte Hafen Europas gewesen ist. Ich weiß nur, daß er einst ein großmächtiger Hafen war, damals vor ur-urdenklichen Zeiten, vor fünfzehn Jahren, als ich aus Batavia an Bord eines Frachtdampfers in Marseille einlief. Von dem Pont Transbordeur, einem überdimensionierten und überflüssigen Stück aus der Eiffelturmzeit, bis weit über die Joliette hinaus zum Cap Pinede zu, viele Kilometer lang, ratterten in jener Zeit die Kräne und holten aus den Schiffsleibern Reis aus Indochina, Erz aus Spanien, Weizen aus Argentinien, Copra aus Dahomey, Tee aus China, Kaffee aus Brasilien, Primeurs aus Algier, Baumwolle aus Ägypten, Teakholz aus Nigerien. Heute feiern alle Kräne vom Pont Transbordeur an bis zur Joliette und weit über sie hinaus. Nur in den Becken des Nordafrika-Kais vollziehen zwei, drei Exemplare ihre geometrischen Bewegungen, löschen Wein, Datteln, Getreide aus Marrokko.

Im Reisebüro der Compagnie Générale Transatlantique

hängen an den Wänden Bilder aus der prähistorischen Ära: Die Normandie, die Ile de France, die Lafayette. Die Originale, Frankreichs moderne Transatlantikdampfer, liegen heute unbeweglich in den Häfen beider Hemisphären oder am Meeresboden der Ozeane. Ein einziger Angestellter sitzt in dem geräumigen Büro. Dieser blasse junge Mann melancholischen Aussehens hatte einst denkbar höflich den Dienst am Kunden versehen. Jetzt gibt es keine Schiffe, keine Konkurrenz, die den Dienst am Kunden überbieten könnte, und so gibt es auch keine Höflichkeit mehr.

Der Angestellte kennt mich als Individuum und als Typ. Er kennt den Typ, der den Notausgang aus dem Konzentrationslager Europa sucht und er kennt mich, einen Internierten mit angegrautem Haar und kaffeebraunem Rock aus dem Lager von Les Milles. Ohne von seinem blanken Schreibtisch den Kopf zu heben, brummt er gereizt: »Habe ich Ihnen nicht vorgestern gesagt, daß kein neuer Termin bekannt ist.«

Ab und zu läßt die Compagnie Générale Transatlantique ein Schiff nach Martinique ausfahren. Die Abfahrt wird nirgendwo angezeigt, weder an den Tafeln der Reisebüros noch im redaktionellen und Inseraten-Teil der Zeitungen. Wozu auch, Tausende von Reiseanwärtern haben sich vormerken lassen und nur wenige Plätze stehen an den Schaltern der Schiffahrtgesellschaften feil, die meisten sind von Spekulanten und Agioteuren für Mehrbietende belegt. Da muß jeder auf seiner Hut sein und darf den richtigen Augenblick nicht verpassen.

Ich gehe zur American Express, Monsieur Otromondo ist wie immer sehr beschäftigt. Dieses winzige Büro an der Cannebière hat nie soviel Kunden gesehen, wie in den letzten Monaten. Das Telefon klingelt, als ich eintrete. »Ach, Sie sind es, Herr Wenbersché, spricht Otromondo durch's Telefon.« »Ich weiß, ich weiß.« »Ganz recht, vier Plätze für den zweiten Juni.« »Nein, das geht nicht.« »Wollen Sie die Plätze oder wollen Sie sie nicht?« »Unmöglich sage ich Ihnen. Wissen Sie, welche Termine die Neuen bekommen? November, Dezember.« »Meinetwegen telegrafieren Sie nach Lissabon. Es hat nur keinen Sinn.« »Ach, deswegen. Wer hat Ihnen das wieder erzählt? Daß die Deutschen demnächst in Portugal einmarschieren werden? Unsinn.« »Nein, ich kann wirklich nicht.« »Herr Wenbersché, hören Sie nun einmal auf. Ich habe den Raum voller Klienten.« »Telegrafieren Sie, wie es Ihnen gefällt, nur ändern werden Sie damit nichts.«

»Rien pour vous«, sagt Otromondo, da er die Hörmuschel niederlegt und mich erblickt hat. Das Rien bedeutet, daß aus New York noch keine telegrafische Anweisung gekommen ist, mir für die Dollars meiner Export-Lines-Fahrkarte Franken auszubezahlen, damit ich mir ein Martiniquebillet kaufen könnte.

Ich habe in einem Café der Cannebière eine Verabredung mit dem Mädchen Annemarie und einem Bekannten, der einen Käufer für meine Schreibmaschine gefunden hat. Auf der Terrasse des Cafés herrscht ein Betrieb, wie zu Vorkriegszeiten auf den Boulevards von Paris. Die Gäste beobachten durch die Glaswände das Treiben auf der Cannebière, schreiben Ziffern auf den Rand von Zeitungen, Dollars und Pfund, Hemden und Toilettenseife aus den Beständen des schwarzen Marktes, handeln, flirten. Ein Camelot ruft die Abendzeitung aus: »Grande victoire du Géneral De Gaulle. Les troupes libres françaises occupent Benghazi.« Keiner von den vielen Polizeispitzeln, die da verstreut im Publikum sitzen, erhebt sich, um den hochverräterischen Zeitungsjungen in flagranti zu verhaften. Die Gäste lächeln einander zu. Die gesprochene Schlagzeile gefällt ihnen besser, als die im Blatt gedruckte.

Annemarie springt vom Stuhl auf, da sie mich erblickt. Nun? Ja, bei den Amerikanern sei alles glatt gegangen. Annemarie beglückwünscht mich. Ihre *Miene* jedoch drückt nicht das aus, was ihre Worte ausdrücken.

Schatten und Licht, Schmerz und Freude jagen wie auf einem vom Wind geschaukelten Kornfeld über ihr Gesicht. Wieder hat einer ihrer nächsten Freunde das Amerikavisum. »Ich bin wie jene Miss Buxtehude«, sagte sie mir einmal, »die von den örtlichen Korporationen bis zum Bahnhof begleitet nach Hollywood aufbricht, und dort nie beim Film unterkommt, während ihr Gatte, ihr Baby, ihre Eltern, ihr achtzigjähriger Großvater, ihre ganze Familie engagiert werden.« Annemarie war von uns allen die erste in Marseille gewesen, die erste, die das mexikanische Visum erhalten hatte. Aber am französischen Ausreisevisum blieb sie hängen. Ohne Visa de sortie geben die Amerikaner kein Visum, ohne den amerikanischen Stempel kann man sich nicht um den portugiesischen bewerben, ohne den portugiesischen nicht um den spanischen. Das Ausreisepapier wird auf einem Fließband erzeugt, das sich im Schneckentempo bewegt. Fällt eine Handhabung aus, so bleibt das Band stehen, auf Monate hinaus.

Annemarie war zwischendurch interniert gewesen und man hatte ihr gedroht, sie von neuem zu internieren, wenn sie nicht bald nach Mexiko aufbrechen werde. Annemaries Lippen zucken verräterisch. Ich weiß, sie wird im nächsten Augenblick aufspringen, um nach der Damentoilette zu eilen. Alle, alle werden wegfahren, nur sie allein wird hier bleiben. Es ist das eine Besessenheit, eine Art von Verfolgungswahn? Aber sind wir nicht alle besessen? Drehen wir uns nicht alle in dem gleichen Kreise? Gibt es hier ein Gespräch, das nicht mit dem Visum- und Überfahrt-Thema beginnen oder darein münden würde? Bezieht sich das konventionelle oder aufrichtige: »Wie geht's?« auf etwas anderes, als auf die Frage, hast du mittlerweile das Affidavit aus Chicago, das Empfehlungsschreiben von Mr. X für das amerikanische Konsulat, das Sauf-Conduit von der Préfecture, das Geld für die Fahrkarte, das oder jenes Visum, einen Schiffsplatz bekommen?

Mein Bekannter kommt spät. Das Mädchen Annemarie verabschiedet sich, sie muß heim zu den Quäkern, wo sie ein Bett hat. Der Preis, den man mir für die Maschine bietet, ist gering. Er würde nur für ein Drittel des Schiffsbillets reichen, ich hatte fest damit gerechnet, er würde mindestens die Hälfte des Fahrpreises decken. Ich will mir die Sache noch überlegen. Wir brechen auf. Vor dem Café halten uns zwei Herren an. Der eine lüftet seinen Rockrevers: Polizei. »Ihre Papiere«. Meines Bekannten Papiere sind in Ordnung. »Sind Sie Jude?« »Nein«, antwortet er. »Wieso denn nicht, sie heißen doch Wallenstein.« Wallenstein sei kein jüdischer Name. Das werde sich schon im Dépôt erweisen, sagt der Agent. »Wissen Sie etwas Bescheid in europäischer Geschichte?« Den Agenten trifft diese Frage völlig unerwartet. »Ja, wieso?« »Haben Sie nie von jenem berühmten Generalissimus Wallenstein gehört, der die kaiserlichen Armeen im Dreißigjährigen Krieg kommandierte?« »Sicher«, sagt der Polizeimann, immer noch verwirrt. »Sehen Sie, das war mein Ahne.« »Kommen Sie, kommen Sie, Monsieur Wallenstein, im Dépôt wird sich das schon herausstellen...« »Ihre Papiere?« wendet sich der Agent mir zu. Ich ziehe meinen Urlaubsschein aus Les Milles. »Sie kommen zu spät, Herr Kommissar, ich bin schon verhaftet.« »Ach, Les Milles, ça va.«

Mein Bekannter Wallenstein, den die beiden nun mit sich ins Dépôt führen, stammt aus einer bürgerlichen Berliner Linie und nicht aus der des Herzogs von Friedland. Er ist seinem

Namen zum Trotz Jude. Seit einigen Tagen ist es nicht geheuer, die Cannebière oder den Cours Belsunce aufzusuchen: man fängt im Stadtzentrum die Juden und des Judentums Verdächtige ab, schafft sie zum nächsten Polizeidépôt und von hier in die Sûreté Nationale, die im neuen Hafenviertel in der Nähe der abscheulich rot-weißgestreiften byzantinischen Kathedrale liegt. Dort weist man sie in der Regel aus. Der Judenkommissar Xavier-Vallat will Marseille judenrein machen.

Ich schlage den Weg nach dem Vieux-Port ein. Dort wohnt, in einer Gasse, in die sich seit vielen Jahrhunderten kein Sonnenstrahl durchgerungen hat, mein Freund Rossignol. Es ist inzwischen dunkel geworden. Speckig glänzt das Pflaster im Lichte der spärlichen Straßenlaternen, feucht und voller Unrat ist die Gasse. Ich komme am alten Rathaus vorbei. Nun bin ich in dem Viertel, von dem sich die ganze Christliche Seefahrt Legenden erzählt. »Chez Aline« sagen große Lettern. In den Salons des ersten Stockwerks wurde früher getanzt, in den Salons des obersten wurden gymnastische Filme vorgeführt und in den Zimmern der Stockwerke dazwischen wurde diese Gymnastik geübt.

Das war einmal. Keine Frauen laden einen heute ein, einzutreten. Keine Musik strömt aus den Salons, kein Gekreisch und kein Gelächter. Unbeachtet durchkreuze ich, ein potentieller Gast, die Freudengasse.

Die Unternehmer des neuen Hafens, die Reeder, Transporteure, Ausrüstungsgeschäfte für Seeleute und Wirte, warten auf bessere Zeiten. Nicht die Unternehmer des alten Hafens. Auch vor dem Krieg war der Bordellbetrieb nur eine Branche ihrer Geschäfte gewesen. Eine andere war der Export weißer Sklaven. (In der Kirche des Mädchenhandels, schreibt Albert Londres, gibt es nur zwei Bistümer: Paris und Marseille.) Hinzu kam die Zunft der Schmuggler von Opium und Morphium und das Gremium der Fälscher von Steuermarken. Zu den einträglichen Branchen aber gehörte eine öffentlichen Charakters: die städtische Wahlmaschinerie, das städtische Budget.

Der Boß dieser Gangs oder Tammany Halls hieß Sabiani. Lange Zeit galt er als rein Marseiller Lokalpolitiker, der keinen Ehrgeiz jenseits der Grenzen seines Felds hatte. Doch in den Jahren, die dem Krieg vorausgingen, schloß er sich einem über das ganze Territorium Frankreichs verbreiteten Unternehmen an: der PPF, der Parti Populaire Française, deren Boß Doriot hieß.

Nun machte Sabiani nationale Politik. Er ließ durch seine Mannen den Gewerkschaftsführer Jouhaux überfallen, bei einem erfolgreicheren Coup erledigten sie den ehemaligen sozialistischen Minister Max Dormoy. Sabiani trat für die Erneuerung Frankreichs, diesseits und jenseits des Départements Bouche-du-Rhône ein.

Politisch ist heute für Sabiani und seine Leute die große Zeit angebrochen. Ihr Boß Doriot und ihr Gesinnungsgenosse Laval sind Kandidaten für das Elysée von Vichy, die »nationale Revolution« ist in voller Entfaltung.

Die Gang befaßt sich auch mit Legen von Bomben in den Marseiller Synagogen. Sie klatscht Beifall bei der Aufführung des Berliner Jud-Süß-Films. Sie gibt den »Cri du Midi« heraus, einen Schrei unter vielen im Rudel der entfesselten Hyänen, die »Gringoire« heißen oder »Emancipation Nationale«, oder »Au Pilori«, oder »France au Travail.«

Wirtschaftlich aber müssen sich die Sabiani-Leute umstellen. Es fahren keine Schiffe mehr mit weißer Menschenfracht nach Río de Janeiro, nach Buenos Aires. Keine Schiffe laufen mehr ein, mit Morphium und Heroin an Bord. Die Rue du Concordat und die anderen Bordellstraßen liegen still.

Still liegt der Marseiller Hafen. Still liegt die Marseiller Industrie. Die Bierbrauerei von Brebant ist in ein Gefängnis verwandelt. Die modernste Ziegelei des Départements, die von Les Milles, in ein Konzentrationslager für Männer. Das Hotel Bompard, wo einst die weiße Menschenfracht bis zu ihrer Einschiffung nach Buenos Aires eingelagert lag, in ein Lager für Frauen. Die »Massilia« auf der die republiktreuen Minister und Abgeordneten aus Bordeaux geflüchtet waren, wird binnen kurzem ein schwimmendes Judenlager werden. Leer sind die Magazine der Läden. Unverkäuflich die Schaustücke in den Schaufenstern. Blank die Märkte.

Die einzigen florierenden Gewerbszweige sind die Haft- und Fluchtindustrie. Zwei Gesellschaften von einander durchaus entgegengesetzter Natur betreiben sie: Polizei und Gangster. Aber so gegensätzlich sie auch sind, so innig sind sie auch miteinander liiert.

Die Ausreisepapierindustrie prosperiert. In Falsifikaten, hergestellt in den Druckereien der Sabiani-Gang. Aber auch in Originalen. Pässe aller Länder sind in Marseille in allen Preislagen zu haben. Von fünfhundert bis vierzigtausend Franken.

Von den problematischen Pässen nicht existierender Länder bis zu Diplomatenpässen neutraler Großmächte.

Man kann die Pässe auf der schwarzen Börse erstehen. Man kann sie aber auch in den Ämtern kaufen, deren Amt es ist, Pässe auszustellen. Nicht zu normalen Bedingungen und nicht zu normalen Preisen.

Zehntausende von Wallfahrern drängen sich in die Hafenstadt Marseille, wo es die wundertätigen Stempel gibt. Vernet und Djelfa, Konzentrationslager und Fron am Saharabahnbau drohen jenen, die keinen Visumstempel gefunden haben, manchen auch Auslieferung an das Reich.

Die Stempel sind rar. Die Länder der Neuen Welt haben sich mit Visumwällen umgürtet, die fester als die chinesische Mauer halten.

Mexiko hat viele Gefährdete aufgenommen. Aus den Vereinigten Staaten ist manchem durch Affidavit und Fahrkarte die Flucht ermöglicht worden. Das sind Hunderte, Tausende. Aber für Zehntausende gibt es kein Entrinnen.

Manche haben sich den Ausweg erkauft. Leute, die genügend Geld besitzen, um mit diesem all die Nein, all die Ablehnungs- und Erschwerungsklauseln der Konsularbehörden aufzuwiegen. Auch derer sind nicht viele. Eng ist der Notausgang, groß der Andrang, nur wenige sind es, die das Freie erreichen.

Das Hotel, in dem Rossignol wohnt, mag zu Zeiten, als Marseille noch von Äbten regiert wurde, ein vornehmes Hotel gewesen sein. Jetzt kostet ein Bett sechs Franken und ein einziges Klosett dient der Notdurft der zahlreichen Bettenbeleiher.

Ich werfe einen Blick in die Bar. Neger, Syrer, Marokkaner, auch Franzosen, Hotelgäste und Kundschaft von der Straße stehen an der Theke, sitzen an den ungastlichen kleinen Tischen. Der Wirt nickt mir zu: Monsieur Rossignol est en haut.

Ich bin Rossignol vor nicht langem begegnet. Ich saß an jenem Nachmittag auf der Bank einer schmalen Terrasse, neben einem Denkmal, das einst die Mitwelt dem selbstlosen Helfer aus Pestnot errichtet hat. Hinter mir lag das lichtlose Schluchtengewirr des alten Hafenviertels. Vor mir glitzerte das Meer in tausenden von Kristallen. Die Treppe herauf kamen schweren Schrittes einige Hafenarbeiter. Ich beachtete sie nicht. Da fühlte ich einen Schlag auf der Schulter, er ließ mich von meinem Sitz aufschnellen. »Te voilà, Toubib?« Und Adrien Rossignol, Meldegänger meines Bataillons stand vor mir, mit einem breiten Lachen über seinem jungenhaften Gesicht und mit ausgestreckten Armen.

Adrien Rossignol war unten in Spanien einer der »Alten« gewesen, die von Lopera und Las Rosas an alles mitgemacht hatten. Nach dem Aragon-Rückzug verlor ich ihn aus den Augen, er war, so hörte ich, verwundet worden und lag irgendwo im Krankenhaus.

»Qu'est ce que tu fais?« und »Qu'est ce que tu fais, toi?« Die Fragerei ging los. Wir titulierten uns wie ehedem Toubib und Tordue, was Doktor und Gauner im Argot heißt, wobei Tordue unten als Ausdruck besonderer Zuneigung galt.

Seit diesem Tag war ich bei Rossignol, wann immer ich aus Les Milles nach Marseille kam. Vor seiner engen Stube, gleich unter dem Dach, in dem Sechsfrankenhotel der Rue du poisson qui vole, ließ ich meinen Visen-Karren stehen. Bei Rossignol fiel weder das Wort Visum, noch Paß, noch Abfahrtstermin, noch Schiffsplatz. Hier trat ich aus jenem verwunschenen Kreis hinaus, in dem sich sonst alle meine Gedanken wie auf einer Manege bewegten.

Ich taste mich die dunkle Wendeltreppe hinauf – die Korridorbeleuchtung wäre sinnloser Luxus für ein Sechsfrankenhotel. Ich klopfe an Rossignols Tür. Drinnen verstummt das Gespräch. Papiergerassel und wirre Schritte. Nach einer Weile erklingt Rossignols Stimme, sonderbar trocken: »Qui est là?« – »Toubib.« Das Schloß geht zweimal, im Türspalt erscheint Rossignols blonder Haarschopf. »Entschuldige«, sagt er fast böse, »ich hab zu tun.«

Ich sehe, über seine Schultern hinweg, daß er zu tun hat. Juliette ist da, deren Mann in deutscher Kriegsgefangenschaft sitzt, und noch ein anderer Mann, den ich nicht kenne. »Sei mir nicht böse, Toubib« – Rossignols Stimme hat seine normale Tonart wiedergefunden –« aber du siehst selbst.« Ja, ich sehe selbst. Ich sehe eine sonderbare Beule auf dem Bettüberzug. Rossignol hatte mir nie von seinen Gängen, von seinen Verabredungen und vagen Arbeiten erzählt, die ihn, den arbeitslosen Gelegenheitsarbeiter so in Anspruch nahmen. Und ich hatte nie danach gefragt. Mehrmals hatte ich ihn in der Bar mit Menschen gesehen, die ich nicht kannte. Einmal war ein Mann mit einem Koffer in seine Stube gekommen, hatte mit uns eine Tasse Kaffee getrunken und sich verabschiedet. Eine Weile nachher war Juliette fortgegangen, den Koffer des fremden Mannes mit sich nehmend. Ich wußte, daß Rossignol Kommunist war. Ich ahnte, daß er an der Herstellung jener litographierten Zeitungsblätter beteiligt war, von denen ich ein abgegriffenes Exemplar einmal auf der Bank einer Trambahn fand und das ich schnell in meine Rocktasche verschwinden ließ, als ich es entfaltete – »L'Humanité« stand auf dem Kopf gedruckt.

»Ç va, Rossignol«, sagte ich, »warum soll ich dir auch böse sein. Ich gehe den Weg, den ich gekommen bin, zurück, bis zum Platz vor der Börse, zur Endstation der Elektrischen Bahn nach Aix-en-Provence. Die Trambahn ist voll, aber das Gedränge ist nicht so groß, wie morgens. Die Heimkehrer verteilen sich auf die vielen Züge des Nachmittags. Vor Luynes spuckt uns der Wagen in die schwarze Nacht aus. Blind tapsen wir zu unserem Feldweg. Bald haben sich unsere Augen der Dunkelheit angepasst. Wir sehen die Umrisse unserer Vordermänner, die Schatten derer, die wir überholen und die uns überholen.

Die einen eilen. Die anderen schleppen sich mühselig dahin. Die einen sind achtzehn, die anderen sechzig. Die einen sind aus Mannheim, die anderen aus Wiener-Neustadt. Die einen sind Çurser, die anderen Verneter. All das zählt nicht in dieser Kolonne, in der die Ergebnisse der Tagesarbeit wiedergegeben, kommentiert, analysiert, verglichen in die nächste Zukunft projiziert werden.

Einer hat sich um ein brasilianisches Durchreisevisum beworben. Vor ihm haben es andere bekommen. Gerade als er an der Reihe war, führten die Brasilianer eine neue Erschwerung ein: sie verlangten seinen Taufschein. Gut, er kaufte sich einen Taufschein für zweihundert Franken. Nun hat er das Durchreisevisum. Heute jedoch hat er erfahren, daß die »Alsina«, die unlängst nach Brasilien abgedampft, in Dakar von den Vichy-Behörden zurückgehalten worden ist. Diese Route ist nicht mehr befahrbar. Alle Anstrengungen um die Erlangung des brasilianischen Durchreisevisums sind vergebens gewesen.

Ein anderer hat alles, Visum nach den Staaten, Visa de sortie, portugiesisches Durchreisevisum, Schiffskarte und eine Kabine auf dem Schiff, das in sechs Tagen aus Lissabon abgeht. Nur sein spanisches Durchreisevisum hat er noch nicht. Er hat telegrafiert und telegrafiert – rien à faire. Achthundert Franken hat er dem Angestellten eines Reisebüros gezahlt, von dem es heißt, er habe gute Beziehungen. Auch heute ist er, wie an jenem anderen der letzten Tage im spanischen Konsulat und bei dem Mann mit den guten Beziehungen gewesen. Nichts. Und bis zur Abfahrt sind es nur noch sechs Tage.

Ein dritter hat kurz vor dem Zusammenbruch in Paris ein amerikanisches Visum bekommen. Kein Visitervisum, ein gutes Immigrationsvisum. Das Debakel hat ihn hin und her geworfen, aus einer Stadt in die andere, aus einem Lager in das andere. Schließlich ist er nach Les Milles gekommen. Heute war er im amerikanischen Konsulat. »Ihr Visum ist nicht mehr gültig.« »Nicht mehr gültig?« »Es ist älter als sechs Monate und somit abgelaufen.« Nun soll er von neuem beginnen. Neue SOS-Rufe über den Ozean. Neue Night-Letter-Telegramme. Neue Affidavits. Das kann monatelang dauern.

Ein vierter war gleichfalls heute im amerikanischen Konsulat gewesen. Er ist im Besitz eines Mexikovisums, er braucht nur ein amerikanisches Durchreisevisum. »Warum reisen Sie nicht direkt nach Mexiko?« hat ihn der Beamte gefragt, als er zum ersten Mal dort gewesen war . Weil es keine direkte Verbindung gäbe. Der Beamte hat ihn damals weggeschickt. Heute ist er wiedergekehrt, mit einer Bestätigung des mexikanischen Konsulats, besagend, daß es keine direkte Schiffsverbindung nach Mexiko gäbe. »Und wovon werden Sie in New York leben«, hat ihn heute der Beamte gefragt. Aber ich will ja gar nicht nach New York, ich fahre nach Mexiko. »Gut, gut«, hat der Beamte gesagt, »aber wovon werden Sie in der Zeit zwischen Ankunft und Abfahrt leben?« »Für die wenigen Tage werden meine Freunde sorgen, die mir die Überfahrt und das Schiffsbillet New York-Veracruz bezahlt haben.« »Bringen Sie uns darüber eine Bestätigung.« »Aber, Monsieur, es geht doch nur um wenige Tage.« »Bringen Sie uns die Bestätigung eines Konsularbeamten.« Entscheide sind nicht zu diskutieren, sie sind nur zu befolgen. Gang in das jüdische Hilfskommitee, um das Geld für ein Telegramm zu erbitten. Hier läßt man ihn nicht vor. Überfüllt. Eine Nummer für übermorgen. Hindernis auf Hindernis. Hürde auf Hürde. Und die Zeit eilt.

Ein anderer hat ein amerikanisches Emergency visa. Ein Visum für die, denen äußerste Gefahr droht: die Auslieferung an das Dritte Reich. Dem Konsul ist die Ansicht des Washingtoner Außenamtes nicht maßgebend. Er will wissen, ob der Mann wirklich bekannt, wirklich bedroht ist. Der Mann ist in der Tat äußerst bedroht, aber wie soll er es nachweisen? Es gäbe ein Komitee, an das möge er sich wenden. Er ist heute in diesem Komitee gewesen, einem amerikanischen Komitee mit europäischen Sachverständigen. »Sie sind ja Kommunist,« hat man ihm dort gesagt. »Für Kommunisten tun wir nichts.«

Es knistert der Schotter unter den Füßen der Kolonne, die sich vom nächtlichen Bahnhof durchs nächtliche Land ins nächtliche Lager schleppt. Im Weiler des Bauernhofes quaken die Frösche. Die ersten Lichter von Les Milles blinzeln. Das Massiv der Ziegelei taucht auf. Bei der Eingangswache geben wir, die Heimkehrer in die Haft, unsere Urlaubsscheine ab. Das Treppenhaus ist dunkel. Zwischen den Betten, die in vielen Reihen die Säle füllen, schlängeln sich die Teile der Kolonne ihren Lagerstätten zu. Hungrigen Magens legen sich die meisten nieder. Es ist fast elf Uhr. Morgen um fünf beginnt ein neuer Tag. Ein neuer Tag im Kleinkampf um die Freiheit.

An einem Tag fahre ich wieder zur gewohnten Stunde nach Marseille, aber ich verlasse es zu einer ungewohnten Stunde, am frühen Nachmittag.

Ich bin der einzige, der an der Haltestelle von Luynes aussteigt. Allein trete ich den Heimweg an. Die Kirschbäume blühen. Die Bienen summen. Grüner Flaum bedeckt die Felder. Es ist Frühling.

In mir aber ist Winter. Ich habe heute alles zerstört, was ich in mühseliger Kleinarbeit in den letzten Monaten geschaffen habe.

Ein halbes Jahr treibe ich nun diesen Stollen dem Notausgang zu. Im Lager von Vernet vorerst. Briefe an den Präfekten. An den Lagerkommandanten. An den Informations-Kapitän. An das amerikanische, an das mexikanische Konsulat. An die Writers League in New York. An die American Express Company in Marseille. An Freunde in Mexiko. Einfache Briefe. Flugpostbriefe. Telegramme. Nach vier Monaten habe ich Erfolg: ich werde in das Ausreiselager von Les Milles gebracht.

Weitere drei Monate Les Milles und Marseille. Früh um fünf vom Strohsack auf und um elf nachts heim. Gang zur Préfecture. Zum mexikanischen Konsul. Zum amerikanischen Konsul. Zum portugiesischen Konsulat. Zum jugoslawischen Konsulat. Zu den Quäkern. Zur HICEM. Zum jüdischen Hilfskomitee in der Rue Joubert. Zum amerikanischen Hilfskomitee. Zur American Express Company. Zur American Export Lines. Zur Compagnie Générale Transatlantique. Zur Compagnie Générale Transmaritime. Zum Reisebüro »Oceania«. Zu Cook. Einmal. Zweimal. Ungezählte Male. Überall warten. Sich anstellen. Von neuem kommen.

Und nun, da ich den Stollen bis zur Gangway des Martinique-Dampfers »Winnipeg« getrieben habe, habe ich alles mit einer Bewegung verschüttet.

Manchesmal sind es äußere Umstände, die unsere Pläne zunichte machen. Unsere Zeit ist reich an ihnen. Der Mensch muß heutzutage in seiner Taschenapotheke eine Dosis von Fatalismus mit sich tragen.

Die äußeren Umstände haben in den letzten Wochen ungünstig auf meine Reiseaussichten gewirkt. Aber nicht sie sind es, die meine Ausfahrt auf der »Winnipeg« verhindert haben: meine eigene Dummheit ist es gewesen.

Idiot, Idiot, Idiot, murmle ich im Takte meiner Schritte.

Als die Nachricht kam, daß das Volk von Belgrad seine Regierung, die Unterzeichner des Paktes mit der Achse zum Teufel gejagt habe, bedeckten sich die Wände von Marseille mit kreideweißen und pechschwarzen Aufschriften: »Vives les Serbes!« war da zu lesen und »Vive la Yougoslavie!«

Die bronzene Plakette, die in der Mitte des Fahrweges auf der Cannebière angebracht war und die besagte, daß an dieser Stelle von Parabellumkugeln getroffen der jugoslawische König Alexander und der französische Außenminister Louis Barthou zusammengebrochen waren, war von vielen Blumensträußen bedeckt.

Der Vorhof der Börse war blau von den Uniformen der Polizei. Aber wer konnte einer alten in Schwarz gekleideten Frau verwehren, über den Fahrweg zu trippeln und an der einst blutigen Stelle einige Blumen niederzulegen? Wer die Passanten hindern, der alten Frau Beifall zu klatschen. Die Polizei war machtlos. Sie war es und wollte es sein. Mögen die Herren von der Deutschen Kommission in ihrer herrschaftlichen Villa an der Corniche, mögen die Herren von der Italienischen Kommission im Hotel Rome et Noailles nur erfahren, was die Marseiller denken und was sie fühlen.

Auch ich war damals auf der Cannebière gewesen, als die alte Frau über den Fahrdamm trippelte. Meine Augen verschleierten sich. Endlich hat sich ein Volk gefunden, das Nein sagt. Mein Volk. Damit wird sich aber auch meine legale Stellung ändern und dies zu meinen Ungunsten. Bislang war ich neutraler Ausländer gewesen. Bald werde ich einer Nation angehören, die sich mit Deutschland im Krieg befindet, werde ein im militärpflichtigen Alter stehender feindlicher Ausländer sein, den man nicht ausreisen lassen darf. Dies dachte ich, als meine

Augen wieder trocken waren und ich der Cannebière den Rücken kehrte.

Doch auch Ausreise-Bestimmungen für feindliche Ausländer haben ihre Lücken. »Machen Sie sich darüber keine Sorgen«, hat mir Monsieur Otromondo vom American Express gesagt.Wenn jetzt alles verloren ist, so nicht durch die Bestimmungen, nein, durch meine eigene Schuld.

Ich hatte, wie gesagt, alles: Ausreise-, Durchreise- und Einreisevisum und die Anweisung für einen Schiffsplatz auf der »Winnipeg«. Es fehlte mir nur noch das Visum des Hafenkommissars.

Ins Hafenkommissariat an der Joliette ging ich mit dem Mädchen Annemarie. Sie war nun auch so weit, trotz aller ihrer Ängste und bösen Vorahnungen. Sie bekam den Stempel sofort auf ihren Paß gedrückt. Mich aber bat der alte Herr mit weißem Spitzbart und roter Ordensrosette im Knopfloch um eine Zigarette und lud mich ein, Platz zu nehmen. Mein Fall sei schwieriger, ich müsse auf den Kommissar warten.

Der Kommissar kam bald. »Sie sind also Jugoslawe«, sagte er, »für Jugoslawen bestehen seit kurzem neue Bestimmungen. Ein Zirkular vom neunten und ein anderes vom zwanzigsten April. Ich besitze die Zikulare nicht und weiß nicht, was sie enthalten. Kommen Sie morgen wieder«.

Ich kam morgen. Kein Zikular. Ich wartete. Um Mittag ging ich essen. Nach drei Uhr fand ich mich wieder ein. Die Zikulare waren noch immer nicht da. »Und bevor ich die nicht habe, kann ich nichts machen«. Ich drang in den Kommissar. Wie lange soll ich noch warten? Mein Schiff geht in drei Tagen. Mein Ausreisevisum ist doch vom Innenminisiter in Vichy bewilligt worden.

Er erwiderte, er habe keine Lust, sich um meinetwillen von den Deutschen hängen zu lassen. Die Offiziere von der Deutschen Kommission, die an Bord kommen, werden ihn und nicht Vichy zur Verantwortung ziehen, wenn sie da einen Jugoslawen entdecken, dessen Papiere nicht völlig in Ordnung sind.

Er telefonierte und telefonierte, er gab sich wirklich Mühe mit mir. Vergeblich. Die Zirkulare schienen aus der Zirkulation verschwunden zu sein. So bestellte er mich auf den nächsten Tag. Auf heute.

Ich fand mich also heute um neun Uhr morgens ein. Der Kommissar war nicht da. Ich wartete. Nach anderthalb Stunden sagte man mir, daß er vormittags nicht mehr ins Amt kommen werde. Und nun begann ich die Idiotie. Ich beschloß, selbst in der Préfecture die Zirkulare ausfindig zu machen.

Die Préfecture war der einzige Ort in Marseille, den ich hätte meiden müssen, denn ich hatte ja mein Ausreise-Visum noch als neutraler Ausländer erhalten. Der kriegführende Ausländer, der ich nun war, hatte kein Anrecht mehr darauf. Aber ich überlegte nicht mehr ruhig, ich war vom Warten zermürbt.

In der Préfecture nahm man mir meinen Paß ab. »Für Sie gelten neue Bestimmungen«, sagte man mir. »Sie können nur ausfahren, falls Sie untauglich für den Militärdienst sind.« »Das bin ich.« »Bringen Sie uns darüber ein ärztliches Attest und machen Sie ein neues Gesuch. Hier haben Sie die Formulare.« »Geht das Gesuch nach Vichy«, fragte ich. »Ja, nach Vichy.« »Aber das bedeutet, daß ich nicht mehr mit der »Winnipeg« fahren kann.« Das Mädchen, das mir meinen Paß abgenommen hatte, sagte weder Ja noch Nein. »Und wenn man erst in Vichy anfragen muß, so kann das zwei oder drei Monate dauern. Und zwei oder drei Monate bedeuten bei dieser Lage vielleicht Nie«. Wieder kam keine laute Antwort, wieder bestätigte die stumme Antwort meine Befürchtungen.

In einer anderen Abteilung der Préfecture ließ ich mir die Liste der vereideten Polizeiärzte geben. Ich war im Besitz einer braven chronischen Krankheit, die mich schon vor manchen Unannehmlichkeiten bewahrt hatte. Auch diesmal erfüllte meine alte Gelbsucht ihre Pflicht und kurz vor Mittag kehrte ich in die Visenabteilung mit dem ärztlichen Zeugnis meiner militärischen Untauglichkeit zurück.

Und nun schreite ich paß- und visenlos zu ungewohnter Stunde heim ins Lager, allein auf dem Feldweg durch dieses vom Frühling berührte provencalische Tal. Ich könnte mich umbringen. Ich bin sehr böse mit mir.

In dieser Nacht wird in den Sälen der Ziegelei von Les Milles viel und eifrig gepackt. An die hundert Internierte werden morgen früh endgültig aus dem Lager entlassen, um sich in Marseille einzuschiffen. Unter ihnen ein Dutzend guter Freunde. Nur ich packe nicht.

Morgens wache ich aus Gewohnheit zur frühen Stunde auf. Automatisch erhebe ich mich, automatisch stelle ich mich vor dem Wachhäuschen an, automatisch nehme ich meinen Urlaubsschein in Empfang und mache mich mit den Fünfhundert auf den Weg. Ich will heute noch etwas unternehmen, zu diesem oder jenem gehen, der für mich in der Préfecture intervenieren könnte.

Kurz vor der Haltestelle Joliette fasse ich einen Entschluß. Ich werde noch einmal beim Hafenkommissar vorsprechen. Es ist ein sinnloser Entschluß. Denn wenn mir der Hafenkommissar nun auch bedingungslos seinen Stempel geben würde, ich könnte mit ihm nichts anfangen: ich besitze keinen Paß mehr. Ich weiß nicht, was mich dahin trieb: die Lust, mir selbst Qualen zu bereiten, bei dem Gedanken, wie wäre es, wenn...

Im Hafenkommissariat, das gleich um die Ecke der Haltestelle sich befindet, kennen mich alle Beamten. »Er ist oben«, ruft mir der alte Herr mit weißem Spitzbart und roter Ordensrosette zu. Ich nehme die metallene Wendeltreppe. Des Kommissars Raum ist offen. »Kommen Sie nur näher«, sagt er, da er mich erblickt, »ich kann Ihnen das Visum geben, falls Sie ein ärztliches Attest haben.« »Ich hab's«, entfährt es mir wider Willen. »Na also.« Ich greife in die Rocktasche, in eine, in die andere und tue, als ob ich meine Papiere suchen würde. »Ich habe meine Brieftasche im Hotel vergessen«, sage ich und stürze hinaus.

Was nun?

Trambahn. Préfecture.

Vor der Visenabteilung ist heute großer Andrang. Die letzten Passagiere für die »Winnipeg« werden abgefertigt. Da komme ich nicht durch. Um die Ecke ist eine Glastür mit »Eingang verboten«. Hier schlüpfe ich hinein. Der Polizist hat nichts gemerkt. Die Tür zum Büro des Chefs ist offen. Ich trete ein. Niemand ist im Raum. Ich formuliere in mir die ganze Rede, die ich mir unterwegs zurechtgelegt habe, und weiß doch, daß mein bestes Französisch mir nicht helfen kann.

Gesetz ist Gesetz, Verordnung ist Verordnung. Zirkular ist Zirkular. Mein Gesuch ist inzwischen registriert, nummeriert und sicherlich schon samt dem Sauf-Conduit nach Vichy unterwegs. Das administrative Ungeheuer hat den Akt geschluckt, und selbst die Wärter, die es bedienen, könnten ihm auch beim besten Willen die Papiere nicht aus dem Rachen reißen. Vorbei.

Nervös zapple ich im Raum auf und ab. Einen Augenblick bleibe ich am Fenster stehen. Zwanzig Meter unter mir liegt der Hof. Überfallwagen, Gardemobileleute, Gewehrständer, Gefangenentransportwagen – Bestandteile des Haftapparates, in den ich geraten bin. Eine unkoordinierte Bewegung weniger, und ich wäre außerhalb seiner Reichweite. Aber das ist nicht mehr gutzumachen, überflüssig ist dieser mein Besuch.

Schritte nähern sich. Ich wiederhole in mir stumm den ersten Satz meiner Ansprache: Excusez, werde ich sagen, que je vous dérange de nouveau. Mais un fait extraordinaire ... Nein, es ist nicht der Chef, es ist ein Beamter, der einen Stoß Papiere auf den Tisch legt und wortlos, wie er gekommen war, den Raum verläßt. Zu oberst des Stapels liegt ein blauer Paß mit einem angehefteten Brief. Ein englischer Paß. Ich mache zwei Schritte und stehe jetzt dicht vor dem Tisch. »Monsieur le Secretaire d'Etat« lese ich. Post nach Vichy. Gesuche um Ausreisevisen. Ich streife sacht den Brief mit dem blauen Paß zur Seite. Zum Vorschein kommt ein rot umrandetes steifes Papier, ein französisches Sauf-Conduit. Mein Atem setzt aus. Meine Zunge brennt, als hatte ich in Schwefel gebissen. Ein rotumrandetes französisches Sauf-Conduit besitze auch ich. Mit einem Ruck ziehe ich das Blatt hervor – es ist mein Sauf-Conduit. Ich stecke es in die Rocktasche, samt Begleitschreiben der Préfecture und meinem ärztlichen Attest. Und ich verlasse den Raum.

Zwischen zwei Kontinenten

Wetten werden abgeschlossen über den Ausgang des Boxkampfes Joe Louis gegen Billy Conn, darüber, ob im Französischen das Meer männlichen oder weiblichen Geschlechts ist, in *welchem* Jahr der Krimkrieg stattfand, welches Alter Methusalem erreichte, ob Roosevelt zum dritten Mal gewählt werden wird – kurz über Dinge und Vorgänge, an denen man selbst unbeteiligt oder nur mittelbar beteiligt ist.

Um die eigene Haut wettet man seltener. Ich bin noch keinem Soldaten im Krieg begegnet, der seinen Tod oder seine Heimkehr zum Gegenstand einer Wette gemacht hätte, keinem Häftling, der Geld auf seine Hinrichtung oder Befreiung gesetzt hätte. Mag man auch frei von jedem Aberglauben sein, eine gewisse Scheu hält einen dennoch zurück, das Schicksal, oder wie man es nennen mag, herauszufordern.

So wird Columbus kaum eine Wette darüber abgeschlossen haben, ob und wann er Amerika entdecken werde. Vielleicht hat das der Herzog von Medina-Sidonia oder der Don Luis de la Cerda getan und andere, die wohl mit dem Unternehmen zu tun hatten, nicht aber an der Fahrt teilnahmen – Christoph Columbus sicher nicht.

Auch wir haben bei unserer Ausfahrt aus Marseille nicht gewettet, ob und wann wir Martinique erreichen werden. Das Objekt eignete sich dazu: die Aussichten, daß wir je bis Martinique kommen werden, waren ungewiß. Die Chancen standen fünfzig zu fünfzig. Es gab keinen Fahrplan, selbst unser Kapitän und der Schiffskommissar wußten nichts Bestimmtes.

Die Spekulationen, die viereinhalb Jahrhunderte zuvor die Spanier in ihren Wetten geleitet haben mögen, hatten Grundlagen, wenn auch strittige. Sie waren geographischer, oder wie man damals sagte, kosmographischer Natur. Ist die Erde rund, wie es Ptolomeus behauptet hat oder schwimmt sie als flacher Teller im Weltall? Ist die Karte richtig, die der italienische Arzt Toscanelli vom Ozean und seiner westlichen Küste entworfen hat? Gibt es jenseits des großen Meeres die Insel der Sieben Städte, die auch Cipango oder das Anti-Island heißt und die Atlantis des Philosophen Plato ist? Liegt dahinter Kathay, das von Marco Polo entdeckte Wunderreich des Großen Khan reich an Gold, Edelsteinen und Gewürzen?

Die Spekulationen, die uns bei unserer Wette geleitet hätten, wären sie zu einem Abschluß gekommen, hätten gleichfalls Grundlagen gehabt, gleichfalls strittige. Sie wären weltpolitischer und militärstrategischer Art gewesen und hätten allesamt in die Frage gemündet: bleibt uns Gibralter geöffnet oder verschließt es sich uns?

Die Gefahren, die Columbus drohten, waren physische atmosphärische, kosmologische: Orkane, brodelnd heiße Seen, Abgründe am Rande der Welt, Meeresungeheuer, Abstürze in das Nichts des Weltalls. Sie hingen von der Konstellation der Gestirne, von dem Bau des Planeten Erde ab.

Inzwischen hat sich herausgestellt, daß unsere Erde rund ist. Der Atlantische Ozean ist den Steuermännern ebenso vertraut geworden, wie zu Columbus' Zeiten den Postkutschern die Landstraße von Cádiz nach Sevilla. Jede Untiefe, jedes Riff ist auf den Seekarten eingezeichnet. Die Winde der Strömungen sind erforscht, es gibt Bojen und Leuchttürme. Mittlerweile sind auch die Schiffe größer und seesicherer geworden. Unsere »Winnipeg« verdrängt nicht 233 Tonnen Wasser, wie die hölzerne »Santa María« des Columbus, unsere »Winnipeg« verdrängt siebzig Mal mehr.

Die Gefahren, die uns drohen, hängen von politischen und militärischen Konstellationen ab, von den Befehlen Berlins, und von der Bereitschaft Vichys, ihnen zu gehorchen.

Die erste Gefahr ist überstanden: die deutsche Kommission ist von Bord gegangen. Zwei geschlagene Stunden hat sie sich in der Kajüte des Kapitäns aufgehalten. Diese hundertzwanzig langen Minuten füllten wir mit verschiedenen Verrichtungen aus: Wir standen an der Reeling und schauten den Kränen zu, wie sie die Lasten auf das Schiff heraufschwangen. Wir schauten uns die Salons der ersten Klasse an, die nicht für uns bestimmt waren. Alles mögliche haben wir getan, nur davon nicht gesprochen, was uns beschäftigte. Die Kommission beorderte durch die Stewards einen Herrn Tedesco zu sich. Ob sich ein Herr dieses Namens an Bord befand, ob er sich der Kommission stellte, was sie von ihm wollte, ob sie ihn verhaften ließ, das haben wir nie erfahren.

Die erste Gefahr ist also überstanden. Wir hatten die Herren in Feldgrau und die Herren in Zivil, mit angenähten und angesteckten Hakenkreuzen von Bord gehen und hinter den Lagerschuppen verschwinden sehen. Dann machten zwei kleine breitnackige Bugsierer sich steuerbords an den Eisenpflöcken fest, unsere Sirene stieß einige scheußlich-rauhe Laute aus, die uns lieblich klangen, die Ankerwinde hob mit rostigem Geratter das schwere Ding vom Meeresboden an das Licht des zur Neige gehenden Tages, die Seile, die uns an das Land banden, wurden gelöst – wir fahren.

Rossignol war mit mir und dem Mädchen Annemarie in einem Taxi bis zur Hafeneinfahrt gekommen. Weiter hatte der Wachposten Rossignol nicht gelassen – der Zutritt zum Hafen war nur Passagieren gestattet. Wir hatten dort, auf der Straße, Abschied von unserem französischen Freund genommen. Nun sehe ich ihn auf einmal, tief unter uns, in einem Kahn. Er winkt mit dem Taschentuch, es winken Juliette und noch ein Bekannter aus dem Sechsfrankenhotel der Rue du Possion qui vole.

Freunde, Freunde! Das ist zu viel. Ich fahre in die Freiheit, in den Überfluß. Ihr verbleibt in Europa, im Europa der Lebensmittelkarten und des Hungers, im Europa der Bespitzelung und der Sondergerichte, im Europa der Konzentrationslager und Erschießungspelotons. Kleiner Kahn mit den winkenden Menschen, der da unten in unseren Wellen bedrohlich schaukelt, habe ich das verdient?

Ade, Rossignol! Ade, Sechsfrankenhotel in der Rue du Poisson qui vole! Ade, Marseille!

Einst haben sich in den Katakomben von Massilia die ersten Christen Galliens versammelt. Sie träumten von ewigem Frieden der Menschen auf Erden. Über die unterirdischen Gänge der Illegalen von ehedem hebt sich heute ein Gemäuer mit mittelalterlichen Zinnen, die Basilika des Heiligen Victor.

Es verflossen dann mehr als anderthalb Jahrtausende. Aus den Toren von Marseille marschierte am hellichten Tage ein Bataillon von Freiwilligen. Sie zogen nach Paris, wo sich die Revolution in Gefahr befand. Sie sangen ein Lied, das sie und die Stadt unsterblich gemacht hat: die Marseillaise.

Heute wohnt Rossignol in seinem kleinen Hotelzimmer in der Rue du Poisson qui vole. Der Höhe nach gerechnet ist es die vierte Etage, der Tätigkeit nach liegt sein Zimmer unter der Erde. Werden sie ihn wie einst die Vorkämpfer des Christentums aus dem Dunkel der Katakomben hervorziehen und zum

Märtyrer martern? Oder wird er die Zeit erleben, da Marseille wieder bei hellem Tageslicht seine Bataillone formieren wird?

Ade auch Vernet und Baracke 8! Ich weiß, die Baracke 8 ist nicht mehr die alte: Jonitsch, den bärtigen Schach-Kiebitz aus dem jugoslawischen Karst haben sie nach Deutschland zur Arbeit geschickt. Dudju, den schieläugigen und rotbärtigen Juden aus Bialystock, nach Afrika in das Lager von Djelfa. Rudolf Leonhard, den deutschen Dichter, haben sie in das Gefängnis von Castres geschafft, dort halten sie ihn für die Gestapo im Dépôt, die ihn auf ihre Auslieferungsliste gesetzt hat.

Ade auch Tartaruga, ade, Préfecture de Police, ade, Paris! In den Warteräumen der Fünften Etage harren heute nicht mehr unerwünschte Ausländer, die des Landes verwiesen sind. In ihnen warten Menschen, die in eine ganz andere Welt befördert werden sollen, in eine fremde Welt, deren Grenzen durch die Erschießungspelotons von Vincennes gezogen sind. Ist Tartaruga einer unter ihnen, wird er einer unter ihnen werden, wie soll ich es wissen?

Ade, Marcel! Ich rufe ihm mein Ade ohne Adresse zu. Als er aus Spanien kam, haben sie ihn im September neununddreißig in den Krieg gegen die Faschisten geschickt. Nicht als Major und Brigadekommandanten, der er in Spanien war, sondern als einen des Antifaschismus höchst verdächtigen Korporal. Dann habe ich nichts mehr von ihm gehört. Gefallen in Flandern? Gefangen in Deutschland? Erschossen als Geisel? Wer soll das wissen. Auch Tschang und Liu schicke ich mein Ade ohne Adresse zu. Nach Spanien habe ich sie nicht mehr gesehen, sie wollten heimfahren und dort den Krieg fortsetzen. Schlagen sie sich heute in Fukien oder Yunan? Sind sie noch am Leben?

Ade, Durig aus Rothau! Ade, Otto aus Danzig! München und der Angriff auf Polen haben Durig und Otto zu Untertanen des Führers gemacht. Der Krieg hat sie wahrscheinlich in eine Uniform gesteckt. Leben sie, sind sie für eine Sache gefallen, die sie mehr als alles in der Welt hassen?

Ade, Arbeiter aus Leuna, die heute Stickstoff und Rohöl für die Granaten und Flugzeuge Hitlers erzeugen müssen! Einst, nach dem Ersten Weltkrieg, haben sich die Arbeiter von Leuna in einer verzweifelten Anwandlung mit Waffen gegen die Vorhut Hitlers erhoben, gegen die Soldateska der Freikorps und der Reichswehr. »In Leuna sind viele gefallen«, geht der

Text des Volksliedes. Ich fürchte, in Leuna werden noch viele fallen.

Ade, Mutter! Ade panonisches Kleinstädtchen, in dem ich das Licht der Welt erblickt habe. Ade, Jugoslawien! Die Zeitungen berichten von Bomben, die über mein Städtchen niedergingen, die Zeitungen berichten nicht davon, ob sie unser Haus getroffen haben, ob die Mutter noch lebt. Bei uns ist der Kampf kurz gewesen, es hat sich ein General gefunden, der die Kapitulation unterschrieb. Nicht unterschrieben haben jene, deren Väter und Großväter aus den Bergen den Schlaf und die Ruhe der türkischen Paschas störten, nachher den Schlaf und die Ruhe der österreichisch-ungarischen, bulgarischen und deutschen Okkupationstruppen. Die haben nichts unterschrieben.

Ade, Europa, ade, und auf Wiedersehen!

Das Bassin, in dem wir lagen, ist unseren Augen entschwunden. Mit ihm der Kahn, mit ihm Rossignol. Neue Hafenbecken öffnen sich. Viereckige Becken voller Schiffe. Einzeln und in Paketen, an den Kais befestigte und im Wasser verankerte. Rauchfänge ohne Rauch, Kräne ohne Bewegung, Kabinen ohne Menschen. Leere Decks. Schiffe, in deren Wände sich rostige Schwären eingefressen haben. Ein Schindanger der Schiffe.

Die beiden Bugsierer haben uns unseren eigenen Maschinen überlassen. Noch immer schreiten wir die Revue des Todes ab. Marseille war einst ein großer, der dritt- oder viertgrößte Hafen Europas gewesen.

Hinter den Masten und Schornsteinen, hinter den Eisenmaschen des Pont transbordeur erhebt sich ein kahler Berg mit einer Kirche darauf. Von dem spitzen Turm blickt auf uns eine güldene Madonna hinab, die Nôtre Dame de la Garde. Sie ist die Patronin der Seeleute, die Schutzheilige der Kolonialarmee. Bunte Ordensbänder, silberne Säbel und goldene Epauletten schmücken innen die Wände der Basilika. Sie wurden von den Epauletten-, Orden- und Säbelträgern dir, Madonna, für Dienste verliehen, die du ihnen in Marokko und in Indochina, in Timbuktu und in Saloniki erwiesen hast. Vom Gewölbe herab hängen hölzerne Schiffchen, Fregatten und Korvetten, Schlachtkreuzer und Unterseeboote, der Dank der Matrosen an dich, Madonna, der du ihnen in schweren Stunden auf hoher See beigestanden hast. Aber auch die Leute, die das Luftmeer durchkreuzen, haben dich nicht vergessen, Madonna. Sie haben dich mit Ein- und Zweideckern beschenkt, mit Bombern und Flugzeugen. Und einer hat dir, Madonna, zum Andenken ein Ölgemälde malen lassen, damit du, wenn du in Erinnerungen schwelgst, dir jenen Augenblick vergegenwärtigen kannst. Ach ja, wirst du sagen, und ein Lächeln wird deine Lippen umspielen, das war jener kleine Sergeant aus Lavandou, den ich anno 1918 gar wundersam gerettet habe. Was mag aus ihm nachher geworden sein, meinem Schützling? Und der Referent für Gabenspender, Section Bouches-du-Rhône, wird flink in seiner Kartothek nachblättern und die letzten Eintragungen auf der Karte des Sergeanten Francois Dupont aus Lavandou ablesen: »Abgestürzt in einem Luftkampf bei Amiens, 2. Juni 1940. Tot«. Es sind zu viele, wirst du, Madonna, seufzen, zu viele sind es, die sich um meinen Schutz bewerben, ganz Europa und die halbe Welt.

Auch ich hätte dir vielleicht ein Schiffchen spenden sollen, Madonna, ein Schiffchen mit einem rotgestreiften Schornstein der Compagnie Générale Transatlantique. Als Police für dich, Madonna, Generaldirektorin der himmlischen Lloyds. Und damit du über das Versicherungsobjekt auch im Bilde bist, Madonna, hätte ich dir ein genaues Miniaturmodell anfertigen lassen müssen. Um die Passagiere der ersten Klasse hättest du dir ein wenig weniger Sorgen zu machen. Für sie, die in Betten der eigenen Kabinen schlafen, im Speisesaal tafeln, in ihrem Rauch- und Musiksalon musizieren, in Baderäumen baden und in Klosetts mit Wasserspülung verdauen, ist auch für den Fall einer Katastrophe besser vorgesorgt. Für sie baumeln back- und steuerbords weißgestrichene Rettungsboote und für jedes der erstklassigen Boote sind zwei oder vier Mann der Besatzung als Ruderer vorbestimmt.

Mehr Mühe müßtest du, Madonna, den Passagieren vom Zwischendeck schenken, obwohl die Mehrzahl von ihnen nicht dir untertan sind, sondern der Religion des alten Herrn angehören. Im Schiffsbauch, in dem einst Säcke, Kisten und Ballen lagerten, lagern nun zu Hunderten – um es dir genau anzugeben: achthundert – Menschen neben- und übereinander. Für sie gibt es keine Rettungsboote, sondern Flöße, die zu dreien übereinander auf dem Deck liegen. Ich will dich nicht mit den Details ihrer Lebensführung langweilen, Madonna, du weißt ja, wie diese Menschen bislang in den Lagern gelebt haben. Wenn ich dir sage, Madonna, daß sie ihr Schiff das »Camp de concentration flottant« nannten, so erspare ich mir ein seitenlanges Memorandum.

Gewiß, wir haben es besser, als andere Seefahrer unserer Zeit, wir sind im Besitz von Visen. Erinnerst du dich, Madonna, an jene Schiffe, die aus Hamburg und Bremen, aus Constanza und Varna aufbrachen, an die »St. Louis«, an die »Struma«, an die »Patria«? Die Passagiere waren ausschließlich Juden. Sie besaßen ihre Schiffsbillets, aber keiner von ihnen hatte in seinem Paß einen Stempel, der ihn ermächtigte, festen Boden zu betreten. Kein Staat wollte sie aufnehmen, das Festland wollte von ihnen nichts wissen. Sie irrten von Küstengewässer zu Küstengewässer, von Hafen zu Hafen, und wer weiß, vielleicht würde manches der Schiffe heute noch herumirren, wäre es nicht inzwischen auf eine Mine gefahren und mit Mann und Maus in die Luft, das heißt ins Meer gegangen.

Die Gefahren, die uns vorerst drohen, sind anderer Art. Um uns vor ihnen zu schützen müßtest du dich, Madonna, nach Vichy begeben und um eine Audienz beim Marschall Pétain ansuchen. Es wird dir nicht schwer fallen sie zu erlangen, die atheistische Dritte Republik ist tot, und hohe französische Militärs haben seit jeher eine große Verehrung für dich gehabt. Verlange vom Marschall, daß er seine Flugzeugbasen in Syrien nicht dem Hitler ausliefere. Tue das zu unserem kleinen und privaten Wohle, Madonna, damit uns die Engländer die Durchfahrt durch die Meerenge von Gibraltar gewähren und wir nicht zurückmüssen in unsere Konzentrationslager. Tue das um der zweitausend Millionen Bewohner dieses winzigen Planeten willen, den der Vater deines göttlichen Sohnes zum Mittelpunkt des Weltalls gemacht hat.

Und wenn ich auch nicht zur Schar deiner Anbeter gehöre, Madonna, höre mich an und urteile selbst, ob das, woran ich glaube, verwerflich ist. Ich glaube, daß wir Menschen zu anderem geschaffen sind, als uns mit Bomben zu zerstückeln. Ich glaube, daß es auf diesem unserem Planeten Luft, Nahrung und Obdach für alle Menschen gibt. Ich glaube, daß niemand das Recht besitzt, eines anderen Herr zu sein. Ich glaube, daß es heute die höchste menschliche Tugend ist, das Schwert gegen jene zu führen, die es erhoben haben. Unerbittlich, bis zu ihrer Ausrottung. Damit Friede auf Erden einkehre. Friede, Brüderlichkeit, Gleichheit und Freiheit.

Und nun, Madonna, wenn dir dieses Credo eines Glaubenslosen genügen soll, geh' zum alten Marschall und sprich mit ihm. Sollte ich je nach Marseille zurückkehren, so will ich dir gerne ein wunderschönes Schiffchen schenken, oder etwas noch wertvolleres, meinen Sauf Conduit mit all den Visenstempeln, den runden und den viereckigen, den europäischen, mittel- und nordamerikanischen, den zur Ausreise, Durchreise und Einreise ermächtigenden, und will ihn im Magazin deiner Trophäen deponieren, in der Basilika dort oben auf dem kahlen Berg, Madonna.

Es klingelt zum Abendessen, da wir zwischen den zwei verloschenen Feuertürmen das ruhige Gewässer des Hafens verlassen und in eine leicht bewegte See stechen.

Am nächsten Tag haben wir graues und laues Wetter. Unseren westlichen Horizont schließt eine dunstige Gebirgskette ab. Spaniens Küste.

Spaniens Küste. Ich versuche meine Erinnerungen topographisch in der Landschaft unterzubringen. Vergeblich. Ich weiß nicht, ob wir auf der Höhe von Figueras sind, wo wir vor zwanzig Monaten die Nachhut des Exodus bildeten. Ob auf der Höhe von Llagostera, wo wir uns mit den nackten Gewehren gegen italienische Tanks wehrten. Ob auf der Höhe der Ebro-Mündung, wo wir ein ganzes Bataillon verloren. Gleichmäßig nichtssagend ist diese Gebirgskette, nur ab und zu mit hellen Punkten besprenkelt, die sich wie Bakterien unter dem Mikroskop ausnehmen.

Gegen Mittag steigt von der Küste eine blasse Rauchwolke zum Himmel. Die hellen Punkte sind an dieser Stelle zahlreicher, dichter und größer, als die wir bisher sahen. Sie zeigen eine Großstadt an, Barcelona? Durch den Operngucker des »El Capitano« sehe ich die Columbus-Statue, den Eingang zur Rambla, wo wir eines Januarmorgens neunzehnhundertsiebenunddreißig mit Musik und Jubel empfangen wurden, und ich sehe den Bahnhof, den wir an jenem nebligen Januarmorgen in düsterer Stimmung zum letzten Mal wiedersahen. So, Auge in Auge mit dieser Stadt, fällt mir die Vorstellung schwer, daß in Zimmer 203 des Hotel Union, in dem ich sechs Wochen geschlafen habe, nun ein Gestapo-Offizier wohnt, daß in den Buchläden, in denen Karl Marx und García Lorca ausgestellt waren, nun »Mein Kampf« und der »Stürmer« ausgestellt sind, daß in den Kinotheatern, die einst den Tschapajeff gaben, der Hetzfilm »Jud-Süß« vorgeführt wird.

Gegen Abend wird die Küste flach. Buschwerk und ein

Leuchtturm, das könnte die Mündung des Ebro sein, den ein Volkslied seiner fetten Fische wegen lobt. Im Sommer achtunddreißig waren die Fische fetter als sonst gewesen, in jenem Monat Juli, da uns aufgetragen wurde, durch einen Scheinangriff die Reserven des Feindes an uns zu ziehen, dieweil unsere Hauptstreitkräfte sich auf Gandesa stürzten. Ja, das könnte sie sein, die Ebromündung.

Das Wasser sagt noch weniger als die Berge über die Dinge aus, die es gesehen hat. Hier, in diesen Gewässern spielte sich vor nicht langem der tragische Teil jener Farce ab, deren Regisseure die Regie von London aus führten: die Non-Intervention. In diesen Gewässern lag das Jagdrevier der Unterseeboote unbekannter Nationalität, die Jagd auf Schiffe machten, die nach Valencia und Barcelona mit Getreide und Waffen fuhren. Jedermann in der Welt wußte es, wessen Nationalität die Unterseeboote unbekannter Nationalität waren, nur die Diplomaten der Downing-Street und des Quai d'Orsay wußten es nicht.

Vieles hätten die Wellen zu erzählen, wenn sie mit einem Gedächtnis behaftet wären und sprechen könnten. Vor vielen Jahren, würde eine von ihnen sagen, vor vielen vielen Jahren glitten über mich Schiffe, die Nußschalen im Vergleich zur »Winnipeg« waren. Aber die Menschen und ihre Schicksale, die sie trugen, glichen in manchem den euren. Die Menschen waren Emigranten, wie ihr, Juden, wie die Mehrzahl von euch, aus Spanien von der Inquisition des Landes verwiesene Juden. Viele unter ihnen waren Schriftgelehrte und Doktoren, manche reich und wohlhabend. Aber sie durften weder Gold noch Edelsteine mit sich nehmen, Gold und Edelsteine behielten für sich die weltentsagenden Dominikaner des Heiligen Offiziums und der Finanzminister der katholischen Könige, Ferdinands und Isabellas. Gar manchen Todesschrei hörte ich. Kapitäne und Piraten schlitzten die Bäuche der Unglücklichen auf, um in den Därmen nach geschmuggeltem Gut, nach Gold und Edelsteinen zu wühlen.

Das würden uns die Wellen erzählen, wenn sie ein Gedächtnis hätten und sprechen könnten. Leider macht die Sprache, die sie zu mir sprechen, mir den Kopf schwindlig und läßt mir den Magen hochsteigen. Ich, ein gewesener Schiffsarzt, der in meinem Kreis als alter Seewolf galt und um meine Meinung über alle maritimen Dinge befragt wurde, befinde mich unter den ersten Seekranken. In Decken gehüllt und mit einem ätzend säuerlichen Geschmack im Mund dusle ich an Deck hin. Ich weiß, was die Wellen uns sagen wollen: daß wir es besser als jene unsere spanischen Leidensgenossen haben. Zugegeben, auf der »Winnipeg« schlitzt uns niemand die Bäuche auf. Aber was wissen die Wellen davon, was sich tief innen im Festland abspielt! Was wissen sie von den vielen und vielfältigen Methoden, mit denen heute Menschen zu hunderttausenden aus dem Leben in den Tod befördert werden, was wissen sie von Hunger, Typhus, Erschöpfung und Frost in den Ghettos von Lublin und Warschau, was wissen sie von Stahlruten und benagelten Stiefeln in den Konzentrationslagern von Dachau und Oranienburg, was wissen sie von Giftgasen in den Todeszellen von Mauthausen, was wissen sie von den Maschinengewehren in den Festungsgräben von Vincennes.

Am nächsten Morgen erwache ich ohne Schwindel im Kopf und mit dem Magen an richtiger Stelle. Die »Winnipeg« gleitet über eine ruhige See.

Das Leben ist oft wie ein schlechter Roman. So geschah es, daß wir, die da in Liegestühlen ausgestreckt zwischen den Rettungsflößen auf dem erhöhten Mitteldeck liegen, einander an verschiedenen Stätten begegnet waren.

Arthur Pressburger, früh ergraut und gerunzelt, kalt wie eine Präzisionsmaschine, ein Wunder von Systematik und Fleiß, war in Berlin der Chefredakteur einer Zeitschrift, für die ich Berichte aus Leuna schrieb.

Carlo Carducci ist unser alter Bekannter, der so spurlos aus der Fünften Etage der Pariser Préfecture verschwunden war. Hier, auf der »Winnipeg«, lernen wir auch Tina kennen, seine jugendhafte Frau. Es fällt uns schwer zu glauben, daß ihr Sohn sechzehn Jahre alt ist und ihr Exil zwanzig.

Auch das Mädchen Annemarie, dem wir in Marseille begegnet sind, ist ihren bösen Vorahnungen zum Trotz da.

Das ist der Kern unserer kleinen Gesellschaft.

Zu uns haben sich ein junger Arzt aus Polen und ein älterer Herr aus Mannheim gesellt. Der Doktor heißt Edel, der Mannheimer ist ein halbirrer Roßhändler, den jedermann El Capitano nennt. El Capitano sah ich zum ersten Mal im Büro der Compagnie Général Transatlantique. Er fiel mir gleich durch einen grüngefiederten Vogel auf, den er angesteckt auf seiner Mütze trug, aber auch durch sein stoisches Wesen, das er in diesem Gedränge des Endspurts bewahrt hatte – an diesem Tage begann man mit der Ausgabe der Schiffsbillets für die

»Winnipeg«. Auf der »Winnipeg« erschien er mit einem Tropenhelm und einer Angelrute. Mit der Angelrute wollte er Haifische fangen.

Eine Art Arbeitsteilung hat sich in unserem Kreis im Laufe der ersten Tage entwickelt. Tina und Annemarie kümmern sich um heißes Wasser für den Nachmittagstee, Annemarie pflegt auch die Seekranken. Doktor Edel sorgt für Ersatznahrung – wir sind hier hungriger als je. Er hat sich – ich glaube durch einige intime medizinische Ratschläge – Einlaß in die Küche verschafft. El Capitano erzählt uns, daß er über seinen Haifischfang wie auch über andere bemerkenswerte Begebenheiten unserer Reise Kurzgeschichten verfaßt, die er alltäglich nach New York kabelt und für die er – man möge es glauben oder nicht – einen Dollar pro Wort bekommt. Arthur Pressburger ist der Chef unseres Nachrichtendienstes.

Er ist es auch, der im Hafen von Oran, den wir am Morgen des vierten Reisetages erreichen, die erste Zeitung beschafft. Die Nachrichten sind für unsere Weiterfahrt nicht günstig. In den Vereinigten Staaten sind alle französischen Schiffe beschlagnahmt worden. In Tanger haben sich die Spanier des Internationalen Zollamtes bemächtigt. Die portugiesische Regierung erwägt eine Flucht nach den Azoren.

Aus Oran geht unsere Weiterfahrt über alles Erwarten schnell vonstatten. Am Abend fahren wir in Begleitung eines Torpedobootes aus. Wir sitzen in unserem Speiseraum, der gleich unserem Schlafraum früher dem Warentransport diente, um einen aus rohen Latten gezimmerten Tisch. Da setzt plötzlich der gleichmäßige Pulsschlag der Maschine aus. Mit ihm verstummt auch das Summen der Konversation und das Klappern der Eßwerkzeuge. Was ist passiert? Arthur Pressburger stürmt nach oben. Die Nachricht, mit der er zurückkommt, ist beunruhigend. Unser Torpedoboot hat gewendet und Kurs auf den Hafen genommen.

Soll das das Ende unserer Reise sein?

Die Gerüchte, die uns an Deck zu Ohren kommen, bewegen sich von den pessimistischesten – die Engländer haben Gibraltar für die französische Schiffahrt gesperrt – bis zu den optimistischesten: es sei nur die Schiffsschraube unseres Begleiters, des Torpedobootes, geborsten. Fest steht, daß wir nach Oran zurückgekehrt sind und wieder am Kai der Transatlantique festgemacht haben.

Der nächste Morgen bringt den Sieg der optimistischen

These: gegen Mittag fahren wir in Begleitung eines anderen Torpedobootes aus.

Wir halten uns nahe der ockergelben mit grauen Haarbüscheln bewachsenen Abhänge des Atlasgebirges, seewärts treibt unser neues Torpedoboot. Das einzige, was die Ruhe der Pessimisten stört, sind die Lichtsignale, die unser Beschützer, das Torpedoboot, uns von Zeit zu Zeit zublinzelt. Sie wittern hinter jedem Zeichen ein Unheil.

Aber nichts Unheilvolles ereignet sich. Die See, die gestern noch mit Gischt die Wracks der französischen Kriegsschiffe bei Mers el Kebir umbrandete, hat sich beruhigt. Friedlich liegt die Sonne auf den leblosen Abhängen des Atlas, auf Stein und Busch, nur selten sieht man Spuren menschlicher Ansiedlungen. Arthur Pressburger, der Chef unseres Nachrichtendienstes, hat einen Schulatlas aufgetrieben. Wir suchen auf der Karte Nord-Afrika nach einem Ort namens Djelfa. Wir suchen vergebens. Stumm ist so eine Landkarte kleinen Maßstabs, kein Pünktchen, keine sechs Buchstaben geben Kunde von Djelfa, wohin Dudju und viele andere Verneter Freunde verschlagen sind. Keine Kunde, von dem was sie in herausgeschmuggelten Briefen schreiben, von den Zelten, genannt Marabous, die des Winters mit Schnee bedeckt sind und des Sommers in einer Hitze von fünfzig und siebzig Grad Celsius glühen, von den Ameisen und Skorpionen, von den erfrorenen Gliedern und dem Tombeau, einem brunnenartigen Gefängnis der ehemaligen arabischen Feste, von den Simulanten, die in das Tombeau gesteckt werden und denen man nachher die Beine amputieren muß, von dem Kommandanten namens Caboch, einem gewesenen russischen Fabrikbesitzer, der sich nun an den Ex-Combattanten der Internationalen Brigaden und an den Juden für die Expropriationsakte der Sowjets rächt. Nichts von alldem vermerkt die Landkarte, mit einem braunen Farbenklecks geht sie darüber hinweg, um sich gegen Süden in das Gelb der Sahara aufzulösen.

Den Felsen von Gibraltar erblicken wir, ehe uns noch die Meerenge zu Gesicht kommt. Er erhebt sich hinter den marokkanischen Bergen, die da in einer spitzen Landzunge in die See hinausstreben. Vor Gibraltar liegt eine natürliche Camouflage: Nebel. Nur die Spitze des Felsens ragt über sie hinaus. Aus der Nebelwand löst sich etwas. Es ist ein Schiff. Es steuert auf uns zu. Es ist kein großes Schiff. Es sieht nicht wie ein Kriegsschiff aus, mit seinem zu lang geratenen Schornstein. Mit dem

Operngucker El Capitanos sieht man etwas mehr. Der Schornstein ist blau, es ist ein Blue-Funnel-Dampfer. Nun gibt er Lichtsignale. Unsere Maschinen stoppen. Gespenstisch ruhig ist es auf einmal geworden, wir sprechen nicht mehr laut, wir flüstern nur noch. Auch unser Torpedoboot rührt sich nicht von der Stelle. Der Blue-Funnel-Dampfer ist nun so nahe an uns herangekommen, daß man mit freiem Auge die Kanone am Bug sehen kann. Unser Torpedoboot hat sechs oder acht solche Kanonen, es könnte leicht den Kampf mit dem Engländer aufnehmen, falls uns der die Durchfahrt verweigern sollte. Aber dort hinter der Nebelwand blicken auf uns von den Festungswällen und den Geschütztürmen der Schlachtschiffe viele hunderte von Kanonen, sie geben dem Blue-Funnel-Dampfer Kraft und Autorität.

Er hat inzwischen unseren Beschützer in einem Bogen umfahren, als ob er ihn beschnüffeln wollte und hat mit seinem Lichtapparat ein Gespräch mit ihm begonnen. Es ist eine Unterhaltung, von der wir kein Wort verstehen, aber wir folgen ihr aufgeregt, denn von ihr hängt unser Schicksal ab. Einigen sich die beiden, so fahren wir in die Freiheit. Einigen sie sich nicht, so müssen wir zurück, hinter Stacheldraht.

Die beiden haben einander vieles zu sagen. Der Engländer fragt wahrscheinlich, wen wir an Bord haben.

Diplomaten lateinamerikanischer Länder, mexikanische, kubanische Staatsbürger, antwortet wahrscheinlich der Franzose.

Keine deutschen Agenten? Will wahrscheinlich der Engländer wissen.

Nein, nein, beteuert wahrscheinlich der Franzose.

Keine Passagiere mit deutschen Pässen? besteht wahrscheinlich der Engländer.

Kein einziger, schwört wahrscheinlich der Franzose.

Französische Passagiere an Bord? setzt wahrscheinlich der Engländer das Verhör fort.

Einige Kriegsinvaliden von den Antillen, einige Gardemobile-Leute, die wir zur Aufrechterhaltung der Ordnung in Martinique benötigen, meldet wahrscheinlich der Franzose.

Und was führen Sie im Laderaum? will wahrscheinlich der Engländer wissen.

Kanalröhren, Pappkartons, Schulbücher, gibt wahrscheinlich der Franzose an.

Ist das alles? forscht wahrscheinlich der Engländer.

Im Zwischendeck haben wir noch achthundert Passagiere, ergänzt daraufhin wahrscheinlich der Franzose.

Achthundert! ruft wahrscheinlich der Engländer aus.

Jawohl, kaum achthundert, meint wahrscheinlich wegwerfend der Franzose, achthundert in Frankreich unerwünschte Ausländer, politische und jüdische Flüchtlinge.

Von wo kommen die Leute? fragt wahrscheinlich der Engländer.

Aus den Lagern von Les Milles, Vernet, Gurs, Rieucros, Noë, berichtet wahrscheinlich der Franzose.

Waffen, Munition? will der Engländer wahrscheinlich noch wissen.

Nichts dergleichen, blinzelt wahrscheinlich unser Torpedoboot zurück, die »Winnipeg« ist ein ehrbarer Frachtdampfer mit ziviler Last.

Eine halbe Stunde lang geht schon diese optische Rede und Gegenrede, eine dreiviertel Stunde. Bis schließlich der Engländer wendet, Kurs auf Gibraltar nimmt und sich ebenso schnell entfernt, wie er gekommen ist, nein schneller scheint es uns.

Will er berichten, was er in Erfahrung gebracht hat und dann mit dem Bescheid der Admiralität nochmals zurückkommen? Nein. Er hat uns sein Laissez passer gegeben. Denn von neuem erzittert unser Schiffskörper, stößt einen Seufzer der Erleichterung aus dem Schornstein, wir fahren in das freie Meer hinaus.

Nun können wir Europa unser letztes Adieu zurufen. Scht, scht, fährt das Mädchen Annemarie dazwischen, diese Unke! Noch stehe uns Casablanca bevor. Ob wir denn ganz die »Alsina« vergessen hätten, die auf ihrer Fahrt von Marseille nach Buenos Aires bis Dakar kam und nicht weiter und deren Passagiere sich jetzt in einem afrikanischen Konzentrationslager befinden? Klüger, sagt das Mädchen Annemarie, wäre es abzuwarten, bevor man so große Worte wie »Letztes Adieu« in den Mund nehme.

Casablanca ist der letzte Hafen, den wir in der alten Welt anlaufen. Casablanca soll eine moderne Stadt mit schönen Avenuen sein. Was wir von Casablanca zu sehen bekommen ist ein moderner Schlachtkreuzer, ein Stück Kai und eine Wartehalle, das »Bureau d'Acceuil.«

Der Acceuil enttäuscht uns sehr. Man hat uns wohl von Bord gehen lassen, aber nicht weiter, als bis zum Zaun des Landungsplatzes, und das auch nur, weil wir bei den Verladungsarbeiten im Wege stehen. Die Marmelade, die wir über den Zaun bei den Araberjungen einhandeln, wird von den Zollbeamten beschlagnahmt. Und das Essen auf Bord wird nicht reichlicher, obwohl uns unser Steward bei jeder Mahlzeit versprochen hat: »Nach Casablanca gibts mehr.« Die französischen Behörden wollten sich noch mit ihrer letzten Amtshandlung in unser Gedächtnis einprägen.

Aber schließlich sind das nur Details, unwichtige Details. Wichtiger sind die Nachrichten, die wir in der örtlichen Presse, in dem »Le Petit Marocain« zu lesen bekommen. Admiral Darlan auf dem Wege nach Berchtesgaden. Deutsche Truppen in Irak. Kritische Lage in Syrien.

Unsere Pessimisten gehen mit besorgten Gesichtern auf dem Kai umher, zwischen den Korkhaufen, die mit uns die Reise nach Martinique machen sollen. Wird man uns ausfahren lassen? Am Vorabend eines bewaffneten anglofranzösischen Konflikts in Syrien?

So sind wir, obwohl unsere Marmeladentöpfe leer geblieben sind, sehr froh, als wir eines Abends in See stechen. Wir sind nun unser drei, ein richtiger Konvoi. Vornean fährt die »Winnipeg«. Ihr folgt ein Dampfer mit dem roten Stern der Champagne-Line auf dem Schornstein. Neben uns gleitet unser alter Bekannter, das Torpedoboot. Der Champagne-Dampfer soll Truppen an Bord führen, für Madagaskar oder Indochina, so behauptet Arthur Pressburger, Chef unseres Nachrichtendienstes.

Die Pessimisten sind ob dieses Zuwachses sehr böse. Das hat uns noch gefehlt! Ein Truppentransportdampfer, ich bitt' Sie. Nun sind wir eine Kriegsflottille, da muß es ja eine Seeschlacht geben. »Mit wem?« frage ich einen von ihnen. »Mit wem fragen Sie? Mit wem nicht?«

Gemeinsamer Wunsch der Pessimisten und der Optimisten ist, daß wir uns endlich vom afrikanischen Festland lösen mögen. Seit unserer Abfahrt aus Casablanca wird jeden Vormittag an der Tafel im Foyer des Salons ein Nachrichtenbulletin angeschlagen. Das Bulletin ist mager, aber beunruhigend. Pétain erklärt, er werde Syrien gegen jeden Angriff verteidigen. Der de Gaullistische General Cartroux richtet ein Ultimatum an den Gouverneur von Syrien. Das mündlich verbreitete Supplement des Bulletins weiß über noch schwerwiegendere Dinge zu berichten. Washington hätte die diplomatischen Beziehungen zu Vichy abgebrochen.

Die »Winnipeg« ist ein wertvoller 16000 Tonnen-Dampfer. Auch wenn sie bis Martinique kommen sollte, wäre sie unter diesen Umständen für Vichy verloren. Wird in dieser Lage die französische Admiralität es sich nicht überlegen, uns über den Ozean fahren zu lassen?

Die Pessimisten wollen schon so etwas in Erfahrung gebracht haben. Wir fahren, sagen sie, gar nicht nach Martinique, unser Kurs ist Dakar. Deswegen weichen wir auch nicht von Afrikas Küste.

Wir warten auf das Mädchen Annemarie, das in der Unteroffiziersmesse Wäsche flickt. Wir sitzen im Speiseraum, trinken von dem Wein, den wir uns vom Abendessen aufbewahrt haben, essen Datteln und warten. Da kommt es endlich, das Mädchen Annemarie. Ja, der Obermaat hätte es bestätigt: wir fahren nach Dakar. Nach Dakar also! Ade Amerika. Ade Freiheit. Afrikanisches Konzentrationslager. Macht nichts, brummt Carlo Carducci, der für einen Ausgleich der Stimmung sorgt. Macht nichts, von Dakar wandern wir zu Fuß zum Kap der Guten Hoffnung. Und dort, dort können wir uns guter Hoffnung hingeben.

Am nächsten Morgen rüttelt mich Arthur Pressburger aus dem Schlaf. »Meer!« ruft er mir in die Ohrmuschel. So mag »Tierra«!« jener Seemann auf der Columbusschen Karavelle gerufen haben, als er nach fünfundreißig Tagen See, Zweifeln, Ängsten, Hoffnungslosigkeit und Verzweiflung Land erblickte.

Es stimmt. Von Afrika ist nichts mehr zu sehen. Auch unser Konvoi-Partner und unser Torpedoboot sind über Nacht verschwunden. Wir sind allein mit dem Meer. Die Sonne steht in unserem Rücken, ein bleicher Ball. Kurs ist West, Amerika zu.

Die nächste Sensation ist unpolitischer Art: fliegende Fische. Sie steigen in Schwärmen vor uns auf, in flachem Flug, sie ritzen mit ihren Flügeln die Wellen.

Die Engländer, berichtet heute das Bulletin, bombardieren heute Beyrout und Damaskus. Noch sei die Gefahr nicht gebannt, meinen Umsichtige. Erst bis wir die Mitte des Ozeans erreicht haben, erst dann werden wir vor einem Zugriff von Vichy sicher sein.

Die Nachricht, mit der eines Vormittags Arthur Pressburger atemlos heranläuft, läßt uns alle von den Liegestühlen aufschnellen und ins Foyer laufen. Wir wollen sie mit eigenen Augen lesen, ja, da steht sie mit Maschinenschrift angeschlagen: Hess, Stellvertreter des Führers, ist mit einem Flugzeug in

England gelandet. Wieder an Deck zurück, zerpflücken wir die Sensation. Ein Abfall von Hitler? Unwahrscheinlich. Ein Friedensangebot Hitlers, gekoppelt mit einem Anti-Sowjet-Bündnis? Wahrscheinlicher. Ein Nichtangriffspakt mit dem Feinde, das Angebot, England möge den Deutschen nicht in den Rücken fallen, wenn sie gegen Rußland ziehen? Das ist das wahrscheinlichste.

Die letzten Tage am Ebro fallen mir ein. Der Feind gab uns keinen Augenblick Ruhe. Fliegerei und Artillerie, Bomben und Granaten, Sturm auf Sturm. Und doch bebten wir weniger um unsere Stellungen, als um die Stellungen eines fernen und unkriegerischen, eines diplomatischen Kriegsschauplatzes. Es war dies in den Tagen von München. Ähnlich wie damals vollzieht sich auch jetzt in uns ein Umschwung. Das Zentrum des Geschehens verschiebt sich vom Persönlichen zum Allgemeinen, vom Nahen zum Fernen, vom atlantischen Ozean in die schottischen Berge, von der »Winnipeg« in die Downing Street. Sicher: Churchill ist nicht Chamberlain. Aber wird die Versuchung nicht zu groß sein?

Morgen für Morgen stellen wir die Uhr um dreißig Minuten zurück. Die fliegenden Fische, Einzelgänger und Schwärme, fliegen so hoch, daß sie Anlaß zu Diskussionen geben. Man bezweifelt ihre Fischnatur und will in ihnen eine Art Vögel sehen. Wir sind über jene Ozeansmitte hinaus, hinter der wir nach unserem Laienverstand nicht mehr genügend Brennstoff haben, um umzukehren, auch wenn es Vichy so anordnen würde.

Arthur Pressburger, der Chef unseres Nachrichtendienstes, hat sich von irgendwo her ein Buch über Martinique beschafft. Er hält uns einen Vortrag über diese Insel, von der wir bisher nur wußten, daß sie ein Konzentrationslager besitzt, in dem wir auf unsere Weiterfahrt warten werden.

Bewachung für das Lager haben wir an Bord. Wieder spielt hier einer jener Zufälle mit, an denen die schlechte Romanliteratur so reich ist: einer unserer Mitreisenden ist ein Gardemobile-Mann aus Vernet. Ich tue so, als ob ich ihn nicht kennen würde. Er aber hat das nicht nötig: er hat mich wirklich nicht erkannt. Wie sollte er auch: ich bin ja nur einer unter Tausenden aus seiner reichen Gendarmenpraxis.

In einer Nacht, es ist die letzte vor unserer Ankunft in Martinique, weckt mich eine Detonation. Ich liege auf Deck, die Hitze macht das Schlafen unten in den Kojen zur Qual. Ach, denke ich, das ist nach alter Kolonialsitte der Begrüßungsschuß vom Fort de France. Durch unsere Takelage huscht das grelle Licht eines Scheinwerfers. Wahrscheinlich das Hafenfeuer. Schlafen wir noch ein wenig, es wird noch eine Weile dauern, bis wir drinnen sind. Ich schließe die Augen. Es beginnt zu rieseln. Aha, ein Gewitter, und der Begrüßungsschuß war kein Begrüßungsschuß, überhaupt kein Schuß, es war Donner. Ich ziehe mir die Decke über den Kopf! Der Regen aber schlägt mit dicken Tropfen gegen die Decke, es wird ungemütlich. Nun gut, dann gehe ich mir den Betrieb anschauen. Ich erhebe mich. Kein Mensch. Die Steuerbordseite ist vom Regen wie reingefegt. Wie ich aber auf die Backbordseite komme, sehe ich daß das Deck voller Menschen ist. In Pyjamas, in Schwimmhosen, in Schlafröcken, in Decken und Laken eingehüllt stehen sie da und sind sonderbar erregt. Dem Gesumme der aufgeregten Stimmen entnehme ich, wie weltfremd meine Annahme war. Der Begrüßungsschuß ist von einem Kriegschiff auf uns abgefeuert worden, es ist es auch, das uns mit seinem Scheinwerferlicht blendet. Ein Kriegsschiff also. Ist es ein deutsches, ein italienisches, ein englisches, ein amerikanisches? Ein Unterseeboot, ein Hilfskreuzer, oder gar die »Bismarck«? Die Gerüchtemacher haben eine dramatische Hochkonjuktur. Denn nichts ist zu sehen, außer pechschwarze Nacht und das magnesiumweiße Strahlenbündel des Scheinwerfers. So warten wir auf das, was kommen wird, in Trachten und in einer Beleuchtung, die mir unwirklich vorkommen, wie eine Massenfilmaufnahme.

Das erste, was herauskommt, ist ein Boot, ein von Ruderschlägen bewegtes Boot voll gedrängt mit Menschen. Ruderschlag auf Ruderschlag, schaukelt auf den Wellen das Boot näher. Die Menschen tragen Stahlhelme. Daß es Soldaten sind, ist offenkundig. Aber sind es deutsche, italienische, englische, amerikanische? Achtern wird ein Fallreep hinabgelassen. Das Boot legt an. Als erstes erscheint über der Reeling ein Revolver, ihm folgt eine Offiziersmütze, darauf Gesicht und Körper. Die nächsten, die sich über die Reeling an Bord schwingen – eins, zwei, drei, vier, ein Dutzend – tragen Stahlhelme auf dem Kopf und aufgepflanzte Gewehre in den Händen. Sie stürmen mit großen Schritten nach dem Mittelschiff, wo der Kapitän, die Kommandobrücke und die Rundfunkstation sich befinden. Sie beachten uns mit keinem Blick, als wären sie Hundertmeterläufer und wir das Publikum. Die Bahn schließt sich hinter ihnen, die Passagiere nehmen von neuem ihre Beratung auf. Deutsche oder Italiener sind es nicht, die Stahlhelme sind rund und flach. Engländer, sagt jemand. Engländer, ohne Zweifel, wissen wir es jetzt alle.

Der Regen hat aufgehört. Ich friere in meiner durchnäßten Decke. An Deck gibt es nichts mehr zu sehen. Die Kaperer schieben oben auf der Kommandobrücke und unten im Maschinenraum Wache. Da kann man nichts klügeres tun, als in die Koje steigen, wo es trocken und warm ist und die Dinge überschlafen.

Im Licht des Morgens überblicken wir die neue Lage. Am Heck weht eine rot-weiß-blaue Fahne. Doch sind ihre Farbenstreifen nicht senkrecht, wie bisher, sondern waagerecht – es sind Hollands Farben. Ach ja, Holland hat hier in der Nähe seine Kolonien. Auf der Brücke, am Peildeck, auf der Pup und auf dem Bug stehen Wachposten, baumlange semmelblonde Kerle. Steuerbords fährt das Schiff, das uns mit dem Kanonenschuß angehalten hat, ein stahlgraues holländisches Kanonenboot. Bisher waren wir die Gefangenen Vichy-Frankreichs. Jetzt sind wir Gefangene der Alliierten.

Wohin bringt man uns? Nach Curacao? Nach Barbados? Nach Surinam? Nach Trinidad? Nach einer dieser Bucaneer- und Seeräuberinseln in der Karabischen See?

Mir haben in der Jugend Bucaneer- und Seeräubergeschichten sehr gefallen. Mir gefällt auch diese Geschichte. Besser Curacao, besser Barbados, besser Surinam, besser Trinidad als Martinique.

Am zufriedensten von allen ist El Capitano. Er habe es nicht eilig. Was mache das schon aus, ob er nun drei Monate früher oder später in New York ankomme? Die Reise bisher war ohnedies zu einfach abgelaufen. Sehen Sie nur, da nähert sich ein aufregendes Kapitel.

Das aufregende Kapitel, das sich uns nähert, ist ein Flugzeug. Trillerpfeifen, Fliegeralarm. Auf der Kommandobrücke haben die semmelblonden Kerle ihre Stahlhelme aufgesetzt und ihre Gewehre gegen den Himmel in Anschlag gebracht. Jetzt rattert der Eindecker über uns, wir können den Piloten sehen. Auch das Abzeichen auf den Flügeln: drei konzentrische rot-weiß-blaue Kreise, es ist ein französischer Avion. Nochmals kehrt er um, nochmals überfliegt er uns. Sicherlich ist das ein Bote aus Port de France. Er kommt um auszukundschaften, ob wir die »Winnipeg« sind. Von der »Winnipeg« hat die Hafenfunkstation um ein Uhr fünfundvierzig ein SOS-Signal empfangen: die

Nachricht, daß sie von einem fremden Kriegsschiff angehalten worden ist. Seither hat man von der »Winnipeg« nichts mehr gehört. Qui, Monsieur, wir sind die »Winnipeg«. Der Flieger wendet heimwärts.

Schade, sagt El Capitano, als das Flugzeug in den Dünsten des Horizonts verschwindet. Was ist schade? Schade, daß es nicht etwas hat fallen lassen. Dadurch wäre meine Kurzgeschichte noch aufregender geworden.

Ich lächle. Ein Verrückter dieser El Capitano. Aber ist er wirklich verrückter, als ich? Habe ich nicht im Lager von Vernet ein Tagebuch angelegt, in das ich alles, was sich auf meine Entdeckung Amerikas bezieht, einschreiben wollte. Und habe ich es nicht mit folgenden Worten begonnen: Zwei Seelen kämpfen in meiner Brust. Die eine ist die des simplen Lebewesens, die andere die des Reporters. Die eine wünscht sich, daß die Aufzeichnungen kurz und banal ausfielen. Daß die ganze Konstruktion – Christoph Columbus hatte es einfacher als wir – sich als falsch erweise, als eine manirierte Konstruktion. Die andere jedoch möchte es gerne haben, daß das Heft für die Aufzeichnungen gar nicht ausreiche, daß seine Seiten sich mit Schwierigkeiten, Hindernissen, Zwischenfällen, Abenteuern bedeckten.

Vor dem Mittagessen verkünden die Stewards den ersten Befehl des holländischen Kommandanten: alle Deutschen und Österreicher haben sich am Vorderdeck zu sammeln, die französischen Militärs auf der Pup. Dort gibt es Namensaufruf, Kontrolle.

Am Nachmittag verdichten sich die Gerüchte über unser Reiseziel. Wir fahren nach Trinidad. Das Kolleg, das uns Arthur Pressburger, der Chef unseres Nachrichtendienstes über Martinique gehalten hat, ist überflüssig gewesen. Doch bevor noch die Glocke zum Abendessen läutet, hat er uns zu einem neuen Vortrag versammelt. Gott allein mag wissen, wo er sich so schnell ein Nachschlagewerk über Trinidad beschafft hat.

Gewandelt haben sich über Nacht mit der neuen Farbenanordnung die Gesichter der Menschen. Der französische Regierungskommissar, der bisher die Staatsmacht Vichys vertrat, spricht jetzt im Namen der neuen Machthaber. Er sei, sagt er, de Gaullist und wäre es immer gewesen. Zwischen ihm und einem französischen Schiffsleutnant, der eine Marschroute für Martinique hat, kommt es zu einer erregten Auseinandersetzung. »Ich habe Ihnen nicht mehr zu gehorchen«, schreit der

Schiffsleutnant. »Aber den Boches gehorcht ihr auf den Wink«, antwortet der Kommissär, reißt dem Anderen die Mütze vom Kopf und schleudert sie ins Meer. Der Schiffsleutnant schlägt dem Kommissär die Faust ins Gesicht. »Traitre, cochon«, brüllt er, »tu nous a vendu!«

Einer unserer Stewards ist Student, der sich anheuern ließ, um unterwegs zu den Alliierten überzugehen. Nun hat sich achtern, neben der Manschaftskantine, ein Teil der Besatzung um ihn versammelt – die Degaullistische Zelle hat es nicht mehr nötig, illegal zu tagen.

Die russische Gräfin, die die ganze Zeit über mit einem Schiffsoffizier ging, ist böse mit den Franzosen geworden. Die Franzosen wären eine Bande, höre ich sie sagen, die uns immer ruchlos behandelt habe.

Der junge Pollitzer, des tauben alten Pollitzers Sohn, war einer von den wenigen gewesen, die bisher das Verhalten der französischen Behörden entschuldigt hatten. Nun danke er Gott, daß er uns vor Martinique gerettet hat. Was uns dort alles erwartet hätte! »Die reinsten Sadisten«, beendet er jede Sentenz.

Unser Obersteward, ein Weißrusse, war auf die Juden nie gut zu sprechen. Das müsse man dem Hitler lassen, hat er geäußert, als wir noch unter der Vichy-Flagge fuhren, der Hitler hat es verstanden, wie man mit den Juden umgehen müsse. Jetzt, da achtern die Fahne einer der alliierten Nationen weht, sind die Juden der »Winnipeg« keine Juden mehr, sondern deutsche Gestapoagenten. Mit eigenen Augen habe er es gesehen, meldet er dem Kommissär, wie einige von ihnen in der Nacht der Kaperung ihre Papiere ins Meer geworfen hätten.

Am nächsten Morgen erblicken wir einige Stücke Land. Arthur Pressburger studiert die Landkarte. Die Insel zu unserer Linken könnte Tobago sein, äußert er. Tobago, die Robinsoninsel.

Annemarie widerspricht. Die Robinsoninsel liege im Pazifik und sie heiße Juan Fernández oder so.

Jedenfalls nehmen sich die braunen Riffe und die grünen Buschkappen, die aus den Fluten emporsteigen, robinsonisch aus. Wir sind geneigt, *Arthur* Pressburger, dem Chef unseres Nachrichtendienstes Glauben zu schenken. Doch bald zerstören die Anzeichen der Zivilisation jeden Gedanken an menschenlose Öde: es gibt Villen und Bungalows, Terrrassen und Tennisplätze in hochherrschaftlicher Einsamkeit.

Dann wird der Vorhang der vorgelagerten Inseln zur Seite gezogen, auf dampfend bleigrauer See unter einem fahlen Himmel liegt ein Rudel von Schiffen verankert und dahinter zeichnen sich die Umrisse einer Stadt ab: Port of Spain.

Auf unserer Reise haben wir bisher abseitige Wege eingeschlagen. Jetzt sind wir, durch Fügung eines Kanonenschusses und den Entscheid der britischen Admiralität auf eine Insel abgetrieben worden, die weniger als jede andere Insel der Neuen Welt an Robinson gemahnt. Bedeutendster Rohölhafen des Britischen Imperiums, wichtigste USA-Militärbase auf den kleinen Antillen, das ist sie, nach den fachmännischen Worten Arthur Pressburgers, an denen niemand zu zweifeln wagt.

Drei Wochen nachher.

Auf einer Barkasse, die mich zur SS »Acadia« bringt, die mich nach New York bringen soll.

Hinter mir liegt ein englisches Internierungslager, Nelson-Island. Ein Lager so klein wie die Insel, eine Insel, so klein wie das Lager. Eine winzige Insel des Trinidader Archipels, mit flaumig weichem Weißbrot à discretion, mit Fleisch und Wurst, Fischen und Eiern, Reis und Kartoffeln, mit Palmen und Kakteen, Angeln und Schwimmen, Baracken und bestahlhelmten Wachposten der Volunteers Force of Trinidad, mit Kommissionen, die uns und unsere Papiere prüften. Hinter mir liegt ein von Sonne und Meer umbrandetes sattes Nichtstun.

Hinter mir liegt auch die Absonderung von einem Teil meiner Reisekameraden. Nelson-Island war ein Lager für Neutrale und Verbündete, dahin wurden Doktor Edel, ich, Calo Carducci und seine Frau Tina gebracht – ich weiß nicht aus welchen Gründen die Engländer das italienische Ehepaar wie Neutrale behandelten. Arthur Pressburger, El Capitano, und das Mädchen Annemarie kamen in ein anderes Lager, das sich auf dem Festland von Trinidad selbst befand.

Hinter mir liegt etwas, das stärker als alles Weißbrot à discretion, alles Fleisch und alle Wurst, aller Reis und alle Kartoffeln, stärker als alles Angeln und Schwimmen, als alle Palmen und Kakteen, als all dieser Überfluß an Essen und an Natur in unser Leben eingriff: der zweiundzwanzigste Juni.

Wir wußten, daß dieser Tag einmal kommen wird. Zwei Jahre lang war jedermann, der daran zweifelte, jedermann, der den deutsch-russischen Pakt nicht als Zeichen von Freundschaft und Verbundenheit, sondern als Folge des unglückseligen Chamberlainschen Intrigenspiels auffaßte, mit Schimpf und Haß verfolgt worden. Fünfte Kolonne hat man sie genannt, »Kommunazis.« In Gefängnisse und Konzentrationslager hat man sie eingesperrt. Zwei Jahre lang hat man sie als Freunde und Verbündete Hitlers hingestellt, den sie mehr als irgend jemand in der Welt verabscheuten. Als Freunde und Verbündete des Nationalsozialismus, dessen Kommen zu verhindern und den zu stürzen der Inhalt ihres Lebens war, oft der Inhalt ihres Todes.

Wir hatten den Tag kommen gewußt und trotzdem überraschte er uns maßlos, als er ankam. Vielleicht, weil unsere Nachrichtenquellen dünn waren. Der »Trinidad Guardian« lag geographisch und auch geistig weit vom Kriegsschauplatz weg. Er lebte in seinem »Talk of Trinidad« dahin, in seinen »Wedding parties«, seinen »Dinners for prospectives bridgerooms«, seinen »Going to fish to Venezuela«, seinen »Another couple to be congratulated.«

Vielleicht überraschte uns die Ankunft des Tages auch deshalb, weil wir die spärlichen Nachrichten des »Trinidad Guardian« über die Truppenkonzentrationen der Nazis im Osten mit Skepsis lasen. Ein Krieg Deutschlands gegen die Sowjetunion, mit dem unbezwungenen England im Rücken?

Überrascht waren wir, verwirrt und auch besorgt.

Besorgt, weil wir befürchteten, dieser Angriff könne mit der mysteriösen Landung Hess' in Zusammenhang stehen.

Bald kam aber die Stimme aus London, die Stimme Churchills, die sagte: Chamberlain ist tot.

Und nun stehe ich in einer von Menschen und Koffern überbelasteten Barkasse, die von unserem Eiland durch die Wassermauer eines sintflutartigen Tropenregens nach dem Hafen von Port of Spain keucht.

Wir sind die letzten Passagiere, die Nelson-Island verlassen, die letzten Zivilisten. Geblieben sind dort die französischen Militärs von der »Winnipeg«, die Vichy-Treuen. Unter ihnen, die Sergeanten von der Garde-Mobile. Nun, da sie sich nicht mehr vor, sondern hinter dem Stacheldraht befanden, regte sich ihr Gerechtigkeitssinn. Sie schimpfen auf das Essen, auf die Freiheitsberaubung, auf die Behandlung, auf die Engländer, auf alles. Einer von ihnen, der Marineleutnant, der den Schiffskommissär geohrfeigt hatte, ließ sich einen Bart wachsen, einen blonden Schifferbart. Gleich meinem Freund Jonitsch aus Vernet schwor er, ihn nicht eher abzunehmen, bis man ihn in Freiheit setzen werde. Der Gardemobile-Mann aus Vernet hatte sich bald ein Pöstchen gefunden, den Posten eines Essenverteilers. Von neuem zum Handlanger der Autorität geworden, brüllte er mich eines Morgens an, als wären wir in Vernet. Ich hatte mein Frühstücksei zurückgebracht, es war faul, und wollte ein frisches haben. »Pas d'histoires«, schrie er, »debine toi!« Unser Koch, ein Eingeborener, der daneben stand, reichte mir ein anders Ei. »Du siehst, wir sind nicht in Vernet«, sagte ich.

Nelson-Island ist hinter dem dichtgewobenen Regenvorhang verschwunden. Die seitlichen Wände unserer Kajüte sind aus Segeltuch. Hier dringt der Regen durch die Spalten ein. Nach hinten ist die Kajüte offen. Da liegt unser Gepäck. Klatschend fällt der Regen auf die Holz- und Kunstfiberwände unserer Koffer.

Im Hafen von Port of Spain wartet die »Acadia« auf uns. In einer Woche werden wir in New York sein, von wo es eine regelmäßige Schiffsverbindung mit Mexiko gibt. Wir sind wieder in das Fahrplannetz der Zivilisation eingetreten. Vor drei Tagen, vor dem zweiundzwanzigsten Juni, schien uns das noch wie ein unnatürliches happy end. Aber nun haben wir Bedenken. Was suchen wir in Mexiko? Ein Asyl. Unser Kampfgelände ist Europa. Bei der ersten Gelegenheit wollen wir dorthin zurückkehren. Bietet sich uns jetzt nicht die erste Gelegenheit? Hätten wir nicht auf Trinidad bleiben sollen? Carlo Carducci möchte nach Ägypten. In Ägypten und im Orient gibt es hunderttausende italienische Kriegsgefangene. Antifaschistische Propaganda unter ihnen, vielleicht eine Garibaldi-Legion, daran denkt er. Andere denken an den Seeweg nach England und von England über Murmansk nach Moskau. Doch Trinidad ist weit von London und noch weiter von Moskau. Unsere Schiffsplätze nach New York sind für heute gebucht. Benützen wir sie nicht so verfallen sie. Geld haben wir keines, um abzuwarten. Die Termine unserer neuen Pläne sind zu vage, also Barkasse, fahr' zur »Acadia«.

Mit einem Mal hört unsere Barkasse auf, zu fahren. Die Maschine setzt aus. Eine Panne.

Wir haben noch genügend Zeit. Die Abfahrt der »Acadia« ist für fünf Uhr angesetzt, jetzt ist es zwölf. Aber ich bin bei jeder Abfahrt aufgeregt, selbst wenn ich zu normalen Zeiten am Gare St. Lazare einen Zug für Dieppe nehmen will. So beobachte ich voller Ungeduld die Handhabungen des Maschinisten.

Eine Weile ist verstrichen. Wir treiben noch immer in der Wassermasse, ohne Sicht. Unter meinen Füßen plätschert Wasser. Ist es vom Regen? Leckt das Boot? Die Maschine hat ein, zwei klägliche Laute von sich gegeben und ist gleich wieder verstummt.

Endlich erweitern sich die Maschen des Regengewebes. Die Sintflut zieht ab, in der Richtung des Nelson-Islands. Land, Hafen und Schiffe werden sichtbar. Ein englischer Major, der uns begleitet, läßt Lichtsignale geben. Aber wir sind weit vom Lande, noch weiter vom Hafen und von den Schiffen auf der Reede, niemand beachtet unsere Zeichen.

Das Wasser im Boot steigt. Es ist also ein Leck. Das Wasser reicht uns zum Knöchel. Die Strömung treibt uns in die See hinaus. Wasser schöpfen, ordnet der englische Major an. Abwechselnd handhaben wir einen Kübel und zwei leere Petroleumbüchsen.

Etwas fällt mir ein, woran ich bisher nicht gedacht habe: mein Koffer. Er liegt irgendwo in diesem Haufen, ich glaube zuunterst, also im Wasser. Im Koffer liegt mein amerikanisches Durchreisevisum. Das Fräulein vom Konsulat in Marseille hat mir eingeschärft, das Papier nicht zu falten, denn sonst verliere es seine Gültigkeit. Gewöhnlich trug ich es mit mir in meiner Kartonmappe. Bei diesem ständigen Tropenregen befürchtete ich, daß es naß werden könnte. So steckte ich die Mappe in den Koffer. Geschieht dem Visum etwas, so werden sie mich nicht auf das Schiff lassen.

Nach zwei Stunden Warten und Wasserschöpfen erscheint unser Retter, ein Fährendampfer. Er nimmt uns auf und bringt uns in den Hafen.

Die »Acadia« ist ein silbernes stromliniges Wunderschiff. Vom obersten Deck winken uns das Mädchen Annemarie und Arthur Pressburger zu. So finden wir einander wieder, die Insassen des Nelson-Island- und des Festland-Lagers. Mit einem Koffer, aus dem Wasser trieft, besteige ich die Gangway. Vor dem Purserstand öffne ich den Koffer. Die Mappe mit dem Visum liegt obenan. Die Mappe ist feucht, das Visum aber heil. Der Purser schreibt mich in die Liste ein und reicht mir den Schlüssel für meine Kabine, Kabine Nummer 263, eine Kabine, für mich allein! Ein Bett, ein Ventilator, ein Telefon sogar. Toilettenseife, Handtücher, Zivilisation. Ich packe aus. Der Koffer muß waagerecht gelegen haben, je tiefer ich greife, um so feuchter wird das Zeug.

Das Telefon klingelt. Wer mag das sein? Es ist Carlo Carducci.

– Hallo, Balk, spricht er. – Ja, antworte ich, ich höre, was gibt's? – Nichts, was soll es denn geben? – Nun? – Ich wollte nur 'mal wieder durchs Telefon sprechen. – Fein, ist euer Zeug naß geworden? – Durch und durch. Aber was willst du, mal naß, mal trocken. Mal in Lumpen, mal in blendendweißem Tropenanzug. Mal in Holzbaracken, mal auf diesem First-Class-Dampfer. So ist unser Leben. Ein Leben voller Unbekannten. Ein Leben ... – Genug, Carlo, unterbreche ich ihn. Ich habe keine Tina, die für mich auspackt, See you later.

Die Manuskriptmappe liegt ganz unten, auf dem Grund des Koffers. Sie ist weich und gewellt von Nässe. Ich öffne sie vorsichtig. Ich halte die Blätter meiner Marseiller Aufzeichnungen in der Hand, einen teigigen Klumpen. Ich denke nach, was hier stand. Soll dieser violette Tintenklecks »Europas Notausgang« heißen? Sie die violetten Tintenkleckse, die folgen, der Text?

Macht nichts, denke ich laut, darin liegt Konsequenz. Mit Leuna hat sie begonnen und hier mit Trinidad schließt sie ab, eine Zeit, die vielleicht die unheilvollste in der Geschichte der Menschheit gewesen ist. Eine Zeit, in der manche ihre Manuskripte, viele ihr Leben verloren haben.